तांत्रिक अघोरानन्द

भाग 1

श्री सदगुरु चरण कमलेभ्यो नमः

तंत्र साधनाएं और उनका रहस्यमय संसार मुझे किशोरावस्था से ही अपनी ओर आकर्षित करता रहा। वर्ष 1992 में जब मैं 20 वर्ष का था तो विश्वविख्यात तंत्र गुरु सदगुरुदेव डॉ० नारायण दत्त श्रीमाली जी से दीक्षा प्राप्त करने का सौभाग्य प्राप्त हुआ। उसके बाद इस क्षेत्र में गतिशील रहा। कुछ रहस्यमय बिंदुओं पर लिखने की अंत: प्रेरणा वर्ष 2019 में मिली। महामाया की इच्छा और सदगुरुदेव की कृपा से उन्हें प्रतिलिपि के प्लेटफ़ॉर्म पर काल्पनिक कहानियों के रूप में प्रस्तुत करने का सौभाग्य मुझे मिला, जिनमें रहस्य भी है, रोमांच भी है, और कुछ रास्ते भी।

वर्तमान में मैं भिलाई इस्पात संयंत्र, भिलाई, छत्तीसगढ़ में चीफ यार्ड मास्टर के पद पर कार्यरत हूँ।

गुरु चरण रज:-

अनिल शेखर "अमस"

गुरु निलयम,

MIG-556, पद्मनाभपुर,दुर्ग

छत्तीसगढ़—491001

email: anilshekhar.amas@gmail.com

blog: anilshekhar.blogspot.com

PRATILIPI PAPERBACKS
प्रतिलिपि पेपरबैक्स

भारतीय भाषाओं की कहानियों का सबसे बड़ा मंच है प्रतिलिपि।

साहित्य प्रेमियों के बीच बहुप्रसिद्ध इस ऑनलाइन मंच पर बारह भाषाओं में नौ लाख लेखकों द्वारा रचित एक करोड़ से अधिक कहानियां मौजूद हैं। भारत के सबसे बड़े डिजिटल कॉमिक्स प्लेटफ़ॉर्म, 'प्रतिलिपि कॉमिक्स' के साथ-साथ प्रतिलिपि 'आईवीएम पॉडकास्ट', 'वेस्टलैंड बुक्स' और आठ भाषाओं में सर्वश्रेष्ठ ऑडियो कहानियों के ऐप 'प्रतिलिपी FM' को भी संचालित करता है।

हमारा नया इम्प्रिंट, 'प्रतिलिपि पेपरबैक्स' प्रतिलिपि की सफल कहानियों को प्रकाशित किताबों के रूप में बड़े पैमाने पर नए पाठकों तक ले जाने की एक कोशिश है। ऐप पर सबसे ज़्यादा पढ़ी और सराही गई कहानियों के अलावा हम अन्य विधाओं के कहानीकारों को भी प्रकाशित करेंगे जिन्होंने 'ट्रेड प्रकाशन' जगत में बहुत सफलता पायी है और उन्हें भी, जिनमें रोमांचक कहानियां कहने-लिखने की प्रतिभा है। हम आपको बेहतरीन मूल्य पर बेहतरीन कहानियों की गारंटी देते हैं।

अनिल शेखर 'अमस'

तांत्रिक अघोरानन्द

भाग 1

PRATILIPI PAPERBACKS | प्रतिलिपि पेपरबैक्स

PRATILIPI PAPERBACKS
प्रतिलिपि पेपरबैक्स

First published in Hindi as *Tantrik Aghoranand - Bhag 1* in 2023 by Pratilipi Paperbacks, an imprint of Westland Books, a division of Nasadiya Technologies Private Limited

No. 269/2B, First Floor, 'Irai Arul', Vimalraj Street, Nethaji Nagar, Alapakkam Main Road, Maduravoyal, Chennai 600095

ISBN: 9789395767927

10 9 8 7 6 5 4 3 2 1

Typeset in ChanakyaUni by Neo Software Consultants, Prayagraj (Allahabad)

Printed at Nutech Print Services-India

लेखक की बात

एक सरकारी कार्यालय में काम करने वाला युवक जो तंत्र साधनाओं के क्षेत्र में उस अज्ञात शक्ति की प्रेरणा से प्रवेश कर गया। उसे एक अद्भुत सिद्ध गुरु का सानिध्य प्राप्त हुआ जिन्होंने उसे दीक्षा प्रदान करके इस क्षेत्र में आगे बढ़ने के लिए प्रेरित किया। साधना का क्षेत्र तलवार की धार पर चलने के समान कठिन और जटिल होता है, लेकिन अघोरानन्द एक-एक करके साधना के विचित्र सोपानों को तय करता हुआ आगे बढ़ रहा है। उसकी इस यात्रा में—

सनातन धर्म का वैभव है !

साधनाओं की विचित्रता है !!

तंत्र और तांत्रिकों का रहस्य है !!!

तो चमत्कारों का प्राकट्य भी है।

आइये चलते हैं इस काल्पनिक चमत्कारिक यात्रा पर...

तांत्रिक अघोरानन्द

अँधेरी रात का वक़्त। मसान घाट में दो चिताएँ जल रही थीं। लकड़ी के जलने की आवाज के बीच में मांस के चटचटाने की आवाज भी आ रही थी! सांय-सांय कर रहे मसान का पूरा इलाका जलते हुए मांस की बदबू से भरा हुआ था। दारू की बोतल को हलक में गड़ा कर डोम नदी के किनारे सोया हुआ था। उसे मालूम था कि अब सारी रात उसका कोई काम नहीं है। फिर सुबह होगी! फिर लाशें रह जाएँगी! फिर वही काम! सारी दुनिया से बेखबर अप्रिय से लगने वाले लेकिन हर एक की अन्तिम यात्रा के लिए सहायक कार्य को करने की व्यवस्था का काम! यहाँ उस कार्य को करते हुए पैदा हुई इस स्थिति को निर्लिप्तता कहें या वैराग्य! उसे जैसे सारी दुनिया से कोई लेना-देना नहीं था।

कोई नहीं जानता था कि वह कहाँ से आया है। कोई नहीं जानता था कि वह किस गाँव का रहने वाला है। कोई भी नहीं जानता कि कब से वह श्मशान भूमि में डटा हुआ है। उम्र साठ के ऊपर और बलिष्ठ देह का स्वामी बाबा। हाँ, सभी उसे बाबा ही कहते थे! श्मशान में पिछले तीन-चार दशकों से विराजमान था। वहाँ के चप्पे-चप्पे से वाकिफ था। नित्यप्रति उसका कोटा पूरा होता और वो तानकर जमीन पर कहीं भी सो जाता। पथरीली जमीन भी उसे बिस्तर जैसी ही लगती थी और इतने सालों की आदत और श्मशान भूमि की मूलभूत प्रवृत्ति ने उसे भी पत्थर बना दिया था। सुबह जब तक सूरज की रोशनी इतनी तेज नहीं हो जाती कि उठने की मजबूरी आन पड़े वह आराम से पड़ा रहता और क्योंकि सब उसकी आदत जानते थे कोई उसे परेशान भी नहीं करता था।

ऐसे ही दिन गुजर रहे थे, और बाबा की जिन्दगी भी खामोशी से आगे बढ़ती जा रही थी। नदी के किनारे एक पुराना मन्दिर था जिसमें प्राचीन शिवलिंग स्थापित था। वह मेरा प्रिय स्थान था! मेरी साधना का

सबसे महत्वपूर्ण कालखंड! जब मैं साधना का ककहरा पढ़ रहा था! उस समय मैं 10वीं कक्षा में पढ़ता था, जब मुझे साधनाओं के प्रति गहन आकर्षण पैदा हुआ। सोलह वर्ष की आयु में सौभाग्य से मुझे स्वामी अखिलेश्वरानन्द जी से दीक्षा मिल चुकी थी। मुझे दीक्षा लिए हुए दस साल बीत चुके थे और मैं छब्बीस साल का हो चुका था।

गृहस्थ जीवन में रहते हुए थोड़ी-बहुत साधना तो हो जाती थी, लेकिन वह इतनी नहीं थी जिसे साधनात्मक रूप से सफलता के लिए आवश्यक समझा जा सके। मैं अपनी क्षमता के अनुसार धीरे-धीरे साधना के पथ पर आगे बढ़ रहा था और कोशिश करता था कि जब भी सम्भव हो गुरु के पास कुछ समय बैठकर उनसे ज्ञान ले सकूँ। शायद गुरुवर भी मेरी दशा को समझ रहे थे और उन्होंने मुझे कभी भी किसी निर्धारित संख्या में मंत्र जाप के लिए नहीं कहा। वह बस इतना कहते थे कि जितनी तेरी शक्ति है उतनी ही कर ले। इतना सुनकर मैं 'जान बची तो लाखों पाए', ऐसा सोचकर वहाँ से वापस आ जाता था।

मैं अपनी इच्छा और क्षमता के अनुसार काम करता, मेरी जिन्दगी ऐसे ही बेहद शान्तिपूर्ण ढंग से चल रही थी। सरकारी नौकरी से इतनी आमदनी हो जाती थी कि आराम से मेरा और मेरी पत्नी का खर्चा चल जाता था। नई-नई शादी हुई थी! पत्नी माला अद्‌भुत देहयष्टि की स्वामिनी थी। यौवन की माँग भी और साथ ही वासना की प्रचंडता भी! इसलिए दीन-दुनिया से बेखबर हम अपनी ही प्रेम गलियों में घूमते रहते थे और समय गुजरता जा रहा था... मैं एक अनाथ था, सड़क किनारे रेहड़ी लगाकर दुकान चलाने वाली मेरी विधवा माँ के गुजर जाने के बाद गाँव के एक बनिये की दुकान पर काम करके मैं अपनी पढ़ाई और जिन्दगी दोनों जारी रख पाया। एक लम्बा संघर्ष से भरा जीवन मैंने जिया था। यह सब जानते हुए भी माला ने मुझे स्वीकार किया और मेरी जिन्दगी को गुलजार कर दिया।

मस्ती से भरी हमारी जिन्दगी हँसी-ख़ुशी चल रही थी, लेकिन... विवाह के लगभग पाँच वर्ष के बाद भी माला गर्भवती नहीं हो पायी और लोगों ने उसे ताना मारना शुरू कर दिया। लगातार इलाज के बाद भी कोई विशेष लाभ नहीं हुआ। सभी तरह की जाँच में कोई कमी दिखाई नहीं देती थी। माला की माहवारी भी नियमित थी और मेरे शुक्राणुओं की संख्या भी पर्याप्त थी। लेकिन बात कुछ आगे नहीं बढ़ पा रही थी, ऐसे ही धीरे-धीरे वक्त गुजरता

जा रहा था। इसके साथ हमारे यौन जीवन में भी धीरे-धीरे इस निराशा ने घर करना शुरू कर दिया। माला मुझसे ज्यादा दुखी रहती, मैं उसे समझाने की कोशिश करता! लेकिन कभी-कभी खुद भी उदास हो जाता। जब विषाद और निराशा धीरे-धीरे मानव को अन्दर से काटना चालू करें तो वह धीरे-धीरे गलता जाता है।

अन्दर ही अन्दर बढ़ती पीड़ा से माला की काली आँखों के नीचे कालिमा छाने लगी। कमजोरी उस पर हावी होने लगी और एक दिन उसने बिस्तर पकड़ लिया। बड़े-बड़े डॉक्टरों से इलाज कराया मगर हालत दिन-ब-दिन बिगड़ती चली गई। देह का रोग कोई पकड़ नहीं पा रहा था और मन का रोग लाइलाज होता चला गया। जीवन से वितृष्णा-सी होने लग गई थी। सावन का महीना चल रहा था और अमावस्या का दिन था। मैं सुबह हाथ-मुँह धोकर बरामदे तक आया और सामने जो दृश्य दिखा, उसकी मैंने कल्पना भी नहीं की थी। मैंने देखा एक नंगे बदन का साधु, जो छह फुट और हट्टे-कट्टे मजबूत बदन का मालिक है वह सामने खड़ा था। उसकी आँखों से तेज की वर्षा हो रही थी, मैं ना चाहते हुए भी आगे बढ़ा और उस दिव्यमूर्ति के सादर चरण स्पर्श किए। साधु ने आशीर्वाद दिया और पूछा, "भोग पूरा हो गया क्या? पूरा हो गया हो तो अब योग की ओर चलें?" मेरी समझ में कोई बात नहीं आई लेकिन न जाने किस भावना के वशीभूत मेरा सिर हाँ की सहमति में हिला! मैंने बमुश्किल कहा कि बस हो गया अब मुझे स्वीकार करो गुरुवर ! गुरुवर ने हल्की हँसी के साथ मेरे सिर पर हाथ फिराया और कहा, "ठीक है! यहाँ से तेरी यात्रा शुरू होगी! विचलित मत होना! बहुत ज्यादा उम्र बहू की नहीं बची है! नियति को स्वीकार कर और अपने निर्धारित मार्ग पर आगे चल!"

धीरे-धीरे समय आगे बढ़ता जा रहा है। चलते-चलते दीपावली भी आ गई। दीपावली की रात मैं बाहर गलियारे में चारपाई पर सोया हुआ था। पटाखों की धुआँधार आवाजों का समय गुजर चुका था। धीरे-धीरे उनकी आवाज मध्यम होते-होते समाप्त होने के कगार पर आ चुकी थी... मैं भी सोने की कोशिश करता हुआ पुराने दिनों को याद कर रहा था! हल्की नींद का झोंका मेरी आँखों में समाने लगा था, तभी! अचानक! ऐसा लगा जैसे चारपाई के पास कोई बम फूट गया हो! मैं हड़बड़ाकर उठ बैठा! नीले रंग की रोशनी का एक गोला मेरी चारपाई के पास नजर आया। जिसमें लगभग

एक फुट की मानव आकृति दिखाई दे रही थी। इस प्रकार की कोई चीज मैंने वास्तविक जीवन में नहीं देखी थी। तांत्रिक कथाओं और मनोहर कहानियाँ जैसे काल्पनिक ग्रंथों में अवश्य पढ़ी थी, जिनमें कई रहस्यमय घटनाओं का जिक्र होता था।

किसी अनहोनी घटना की आशंका से मेरा दिल घबराया और मन-ही-मन मैंने गुरुमंत्र का जाप प्रारम्भ कर दिया, क्योंकि मैं जानता था कि हर मुसीबत की स्थिति में मेरे गुरु के द्वारा दिया गया मंत्र हमेशा सहायक बन कर रास्ता दिखाता ही था। मंत्र का जाप करते ही अन्दर की घबराहट थोड़ी कम हुई, नीले रंग की रोशनी के अन्दर की वह मानव आकृति धीरे-धीरे थोड़ी स्पष्ट हुई। वह एक स्त्री की आकृति थी! मैंने हाथ जोड़कर प्रणाम की मुद्रा में अपना सिर झुकाया क्योंकि उस रोशनी का स्वरूप बेहद सात्विक लग रहा था। मेरे प्रणाम के उत्तर में उस नीली आकृति का हाथ आशीर्वाद की मुद्रा में उठा। वह आकृति धीरे-धीरे बड़ी हुई और उसने मुझे अपने घेरे में ले लिया, प्रकाश का नीला वर्ण जैसे ही मेरे चारों तरफ फैला मैं एक अजीब-सी शान्ति और समाधि जैसी अवस्था में चला गया। उसके बाद क्या हुआ मुझे कुछ पता नहीं चला।

जब मेरी आँखें खुलीं तो सूरज की किरणें सूर्योदय का संकेत दे रही थीं। मैंने अपने चारों तरफ देखा तो कुछ समझ नहीं आया कि चारपाई से मैं कहाँ आ गया हूँ। अब आगे क्या होगा यह मुझे भी नहीं पता था, तभी मुझे एक परिचित आकृति दिखाई दी। मैंने आँखें मसलीं और ध्यान से देखने की कोशिश की। अरे, यह तो श्मशान घाट का डोम बाबा है। मतलब मैं श्मशान घाट में पड़ा था। वो मेरे पास आया उसकी आँखों में आज एक अलग-सी चमक थी और यह चमक बेहद प्रभावशाली थी। शायद बाकी दिनों में मैंने उसे इतने ध्यान से नहीं देखा था। ऐसा लग रहा था, जैसे दो चमकते सितारे उसकी आँखों में समा गए हों। उसने मुझे पकड़कर उठाया, हाथ में रखी हुई बोतल मेरी तरफ बढ़ा दी। इतनी प्यास लग रही थी कि मैंने यह भी नहीं सोचा कि वह पानी था कि दारू और मुँह लगाकर गटागट पी गया।

बड़ा अजीब-सा स्वाद था पानी का, कुछ-कुछ दारू के जैसा। पीने के बाद मुझे चक्कर आने लगे। ऐसा लगा जैसे आकाश-पाताल दोनों घूम रहे हों। आधी बेहोशी की हालत में मैंने देखा कि बाबा ने मुझे उठा लिया और मसान घाट के दूसरे छोर पर बनी अपनी झोपड़ी में ले जाकर सुला दिया। उसके

बाद शायद वह अपने काम में चला गया और मैं फिर बेहोशी की अवस्था में पड़ा रहा... जब फिर आँख खुली तो चारों तरफ सन्नाटा छाया हुआ था। झोपड़ी के किनारे पर काला कंबल बिछा हुआ था जो देखने में आसन जैसा लग रहा था। आसन पूरा खाली था। उठने की कोशिश की, लेकिन अभी सिर चकरा रहा था। पास में बोतल रखी हुई थी, लेकिन सुबह का चक्कर याद करके उसमें से पानी पीने की हिम्मत नहीं हो रही थी। इसलिए धीरे-धीरे बाहर निकला।

चारों तरफ अँधेरा पसरा हुआ था... दूर एक चिता जल रही थी। मैं धीरे-धीरे नदी की ओर बढ़ा। नदी के पाट पर बैठकर हाथ धोये और कुछ पानी के छींटे आँखों पर मारे। चेतना वापस लौट के आयी। भूख नहीं लग रही थी मगर प्यास इतनी जबर्दस्त थी कि ऐसा लगा जैसे एकाध लीटर पानी तो पी ही जाऊँगा। पानी पीने के बाद दिमाग ने थोड़ा काम करना चालू किया और ध्यान आया कि यह हो क्या रहा है? और इस सवाल का जवाब जानने के लिए मुझे डोम की झोपड़ी सबसे उचित जगह लगी। मसान घाट पूरी तरह से खाली था... दूर-दूर तक इंसान का नामोनिशान नहीं था...

शाम के 7 बजे के बाद वहाँ इंसान कम ही नजर आते थे और अब तो लगभग आधी रात हो चुकी थी... मैं वापस डोम की कुटिया में पहुँच गया। आसन उसी तरह लगा हुआ था लेकिन अभी खाली था।

कुछ देर इन्तजार करने के बाद मैं चारपाई पर लेट गया। मुझे कुछ समझ नहीं आ रहा था कि हो क्या रहा है? इसी उहापोह में लेटे-लेटे लगभग एक घंटा गुजर गया। मैंने हाथ को टटोला... घड़ी मौजूद थी... समय देखा... रात के 2 बजे थे... नींद आँखों से कोसों दूर थी। मैं अपने उलझे हुए दिमाग के साथ सम्भावनाओं की तलाश करता हुआ बैठा था, जिन घटनाओं का मैं साक्षी हो रहा था वह अजीब थीं, अद्‌भुत थीं और साथ ही डरावनी भी थीं। तभी! वही नीली रोशनी फिर से उस झोपड़ी में प्रकट हुई! मैंने फिर से प्रणाम की मुद्रा में सिर झुकाया! मेरे सवाल पूछने से पहले ही नीली रोशनी में उपस्थित मानव आकृति ने कड़े शब्दों में निर्देश दिया। यहीं रहो। जल्दी जवाब मिल जाएगा। और वह आकृति फिर से गायब हो गई...

मेरे लिए यह सबकुछ जितना अदभुत था, उतना ही रहस्यमय और अजीब भी। क्योंकि मुझे कुछ समझ में नहीं आ रहा था। मैं फिर वापस

चारपाई पर पसर गया और आँख बन्द करके सोने की कोशिश करने लगा। लेकिन नींद आँखों से अभी भी कोसों दूर थी और नींद तक पहुँचने के मेरे सारे प्रयास विफल हो गए। चारपाई पर करवट बदलते-बदलते 3:30 बज गए, लेकिन नींद नहीं आई। लगभग 4 बजे मेरी आँखें हल्की-सी झपकीं। मैं वापस नींद के आगोश में चला गया।

गुरु ब्रह्मा गुरु विष्णु गुरु देवो महेश्वरा।
गुरु साक्षात परब्रह्मा तस्मै श्री गुरुवे नमः।।

गुरु ध्यान की इन पंक्तियों का स्वर मेरे कानों में पड़ा और मेरी आँखें खुल गईं। मैंने देखा आसन पर डोम गुरु पूजन कर रहा था। शुद्ध संस्कृत में पूरी वैदिक ध्वनि के साथ उसका मंत्रोच्चार सुनकर मैं दंग रह गया। मेरी समझ में आ गया यह कोई सामान्य व्यक्ति नहीं। यह अवश्य कोई पहुँचा हुआ साधक है। गुरुध्यान के बाद निखिल पंचक का उच्चारण सुनकर मैं समझ गया कि यह मेरे अग्रज गुरु भाई हैं।

मैंने मन-ही-मन उनको प्रणाम किया। हाथ जोड़कर बिस्तर से नीचे उतर जमीन पर बैठ गया। डोम ने मेरी ओर देखे बिना पन्द्रह मिनट में पूजा सम्पन्न की...

उस कमरे में कोई पूजन सामग्री नहीं थी। गुरु पूजन सम्पन्न होने के साथ पूरा कमरा गुलाब के फूलों की खुशबू से महक उठा। ऐसा लगा जैसे हजारों गुलाब के फूलों की पंखुड़ियाँ वहाँ बिखेर दी गई हों... जो साधक हैं वे जानते होंगे कि जब मानसिक रूप से गुरु पूजन पूरी श्रद्धा के साथ किया जाता है तो जिन-जिन सामग्रियों का मानसिक अर्पण होता है उनका प्रभाव पूजन स्थल पर दिखाई देता है! यदि मानसिक रूप से गुलाब का पुष्प अर्पित किया गया हो, तो गुलाब के पुष्प की खुशबू वहाँ बैठे सारे लोग महसूस कर सकते हैं। यदि रजनीगंधा का पुष्प अर्पित किया गया हो, तो रजनीगंधा के फूलों की महक पूजा स्थल में स्पष्ट महसूस होती है।

इस बात का अनुभव मैंने भी किया था, क्योंकि जब भी गुरु पूर्णिमा के अवसर पर अपनी क्षमता अनुसार गुरु का पूजन करता था, तो गुरुदेव अपनी उपस्थिति का इस प्रकार की खुशबू के रूप में अहसास अवश्य कराते थे। पूजा समाप्त करके डोम उठ खड़ा हुआ। मैं हाथ जोड़कर खड़ा था। उसने

अभय मुद्रा में हाथ उठाया और कहा, अब समय आ गया है... विश्राम कर लो... आज शाम से साधना प्रारम्भ होगी... उसके बाद आराम का अवसर तुमको कम ही मिलेगा... मैंने सहमति में सिर हिलाया...

उसकी धीर-गम्भीर वाणी फिर मुखरित हुई, मैं जाता हूँ! अपनी जिम्मेदारियाँ निभाकर वापस लौटता हूँ! दो शव आएँगे आज! उन्हीं में से एक तुम्हारी साधना का निमित्त भी बनेगा!

इन्तजार के और उत्तेजना के साथ में आने वाले क्षणों की प्रतीक्षा कर रहा था... समय काटे नहीं कट रहा था... ऐसा लग रहा था कि सूरज को अपने हाथों से पकड़कर अस्ताचल की ओर ढकेल दूँ ताकि साधना का समय जल्दी से करीब आ जाए... लेकिन यह केवल कपोल कल्पना थी, क्योंकि ऐसा होना तो सम्भव नहीं था। इन्तजार का वक्त बहुत लम्बा गुजरा। ऐसा लगा जैसे एक जन्म की प्रतीक्षा हुई हो। उस दिन उस श्मशान में आए शवों में से एक बुजुर्ग व्यक्ति का था और एक शव सर्प दंश से मरे हुए एक युवा व्यक्ति का था, जिसकी आयु करीब तीस वर्ष रही होगी। परम्परा के अनुसार बुजुर्ग व्यक्ति का दाह संस्कार किया गया और सर्पदंश वाले युवक को मसान के दूरस्थ कोने में दफना दिया गया। परिजन धीरे-धीरे करके वापस लौटने लगे, श्मशान में सन्नाटा छा गया।

जलती हुई चिताओं के अँगारों की चमक धीरे-धीरे धीमी पड़ने लगी और उसके साथ-साथ श्मशान में अँधेरा बढ़ने लगा। ऐसा लग रहा था जैसे कालिमा मसान को अपने आगोश में धीरे-धीरे समेटती जा रही है। लगभग 9 बजे का समय रहा होगा तभी डोम वापस कक्ष में उपस्थित हुआ। आते ही उसने मुझे निर्वस्त्र होकर नदी में स्नान करके आने का निर्देश दिया। मैं यंत्रवत चारपाई से उठा सारे वस्त्र उतारकर नदी की ओर चला गया। जब स्नान करके लौटा तो मैंने देखा की ताजी भस्म एक पात्र में रखी हुई है। सम्भवत उसी वृद्ध की चिता भस्म होगी। उसमें से हल्का-हल्का धुआँ निकल रहा था। उसने भस्म को शरीर पर मलने का निर्देश दिया और मैं भस्म को पात्र से लेकर अपने नग्न शरीर पर मलने लगा। धीर-गम्भीर स्वर में डोम ने महाकाली की स्तुति उच्चरित प्रारम्भ की।

प्रत्यालीढ़पदां मुंडमालाम विभूषिताम...

मंत्रमुग्ध-सा खड़ा हुआ मैं डोम के विशुद्ध स्तोत्र उच्चारण को सुन रहा था। जिसे मैं एक सामान्य डोम समझ रहा था वह कितनी उच्चकोटि की साधना में लीन मेरा अग्रज गुरु भाई है, यह सोचकर मन प्रफुल्लित भी हो रहा था। मन में यह खेद भी था कि मैं उसे पहचान भी नहीं पाया। जब मैं यह सोच रहा था तभी उसकी करुणामई आँखें मेरी और उठीं! ऐसा लगा जैसे उसने आश्वस्त किया हो, गृहस्थ में ऐसा होना स्वाभाविक है... और जैसे ही उसने ध्यान की पंक्तियाँ पूर्ण कीं, मैंने भी अपने शरीर पर भस्म का लेपन पूरा कर लिया। तभी, कोने में रखा हुआ दीपक भभककर जलने लगा! उसकी लौ धीरे-धीरे बढ़ने लगी और लगभग एक फुट ऊँची हो गई। किसी भी बत्ती की लौ, दो-तीन इंच तक उठ सकती है, मगर एक फुट लम्बी लौ मैंने अपने जीवन में पहली बार देखी थी।

उस लौ के बीच में एक अत्यन्त ही सुन्दर मुख स्पष्ट हुआ और हम दोनों ने साष्टांग दंडवत प्रणाम किया। आशीर्वाद भरे हुए नेत्रों के साथ वह आकृति वापस विलुप्त हो गई।

दीपक की लौ फिर से सामान्य स्थिति में आ गई। डोम की आँखें आँसुओं से भरी हुई थीं, उसने दीपक को प्रणाम किया, मेरी ओर देखा और कहा, "माँ प्रसन्न है! चल तेरा कार्य सिद्ध होगा!" हम दोनों श्मशान के उस कोने की ओर बढ़ चले जहाँ उस युवक को दफनाया गया था। मुझे आभास हो गया कि उस युवक के शव को निकालकर उसी पर साधना करनी है। लेकिन न उनके हाथ में कोई हथियार था न ही कुदाली जैसी कोई चीज जिससे उसे खोदा जा सके और ना ही उसने मुझे कुछ रखने के लिए कहा था। उसके पास था तो बस बांस का एक लट्ठा जिसे वह बेहद लापरवाह अन्दाज में अपने हाथों में घुमाता हुआ आगे बढ़ रहा था। बाबा के पीछे-पीछे विश्वास-अविश्वास, सकारात्मक-नकारात्मक विचारों के साथ मैं भी चल रहा था।

किताबों में साधना के विषय में पढ़ा जरूर था, लेकिन व्यावहारिक रूप से अनुभव करने का यह मेरा पहला अवसर था। पहले ही अवसर में एक सामान्य गृहस्थ व्यक्ति के लिए शव साधना में संलग्न होना कितनी मुश्किल और भयावह स्थिति होगी उसकी आप केवल कल्पना कर सकते हैं... मेरे प्राण हलक की ओर आ रहे थे। आत्मा थरथरा रही थी। पैर डर से काँप रहे थे। लेकिन मेरे पास कोई दूसरा विकल्प नहीं था क्योंकि मुझे उसके पीछे

जाना ही था... मैं उसी प्रकार डरी हुई अवस्था में उसके पीछे-पीछे चलता गया। दफन किए गए स्थान पर पहुँचते ही बाबा ने डंडे को हवा में उछाल दिया। डंडा जैसे ही हवा में उछाला आसमान में जाकर हवा में लटका...

उसने बेहद गम्भीर शब्दों में डंडे को निर्देश दिया... जल्दी से अपना काम करो और जैसे कोई वॉइस ऑपरेटेड मशीन हो, वह डंडा तेजी से जमीन की ओर गया और देखते ही देखते जितना इलाका उस शव को दफनाने के लिए लगा था, उसे किसी केक के टुकड़े की तरह उसने काट दिया। वह कटा हुआ पूरा का पूरा हिस्सा जमीन से ऊपर आने लगा। जमीन के ऊपर आते हुए उस मिट्टी के हिस्से के साथ सबसे नीचे दफनाए गए युवक का शव भी था। जमीन से थोड़ा ऊपर आने के बाद धड़ाम से गड्ढे के बाजू वाली जगह पर वह शव जा गिरा और डंडे ने मिट्टी वापस गड्ढे में डाल दी। उस जगह को देखकर ऐसा लगता ही नहीं था कि यहाँ खुदाई की गई हो और शव अन्दर से बाहर निकाल लिया गया हो।

शव के नीचे गिरते ही बाबा का स्वर फिर गूँजा—यहाँ नहीं... नदी में स्नान कराकर स्थान पर पहुँचा... किसी आज्ञाकारी सेवक की तरह वह डंडा नीचे की ओर आया और उस शरीर से जाकर चिपक गया। शरीर को अपने साथ चिपकाकर नदी की ओर तीव्र गति से गया। थोड़ी देर के बाद हम वापस झोपड़ी में आ गए। जब तक हम वहाँ पहुँचते डंडा अपना काम कर चुका था, उसने शव को स्नान करा दिया था और वह शव कक्ष में पड़ा हुआ था। युवक की देह सर्पदंश के कारण पूरी नीली पड़ गई थी और उस अँधेरे में ऐसा लग रहा था जैसे कोयले से बना हुआ शरीर हो। दीपक की हल्की रोशनी में वह दृश्य बेहद डरावना था... बाबा ने फिर डंडे को कुछ आदेश दिया और डंडा फिर सनसनाता हुआ झोपड़ी से बाहर निकल गया। कुछ क्षण में एक झोले के साथ वापस लौटा उस झोले में सिन्दूर की पुड़िया और मांस के कुछ टुकड़े थे और साथ ही शराब की दो बोतलें भी थीं।

झोपड़ी में सुबह वाली बोतल अभी भी पड़ी हुई थी, उस बोतल को डोम ने मेरी ओर बढ़ाया। मैं एक पल को झिझका, बाबा की चमकती हुई आँखें मेरी आँखों से टकराईं, मुझे ऐसा लगा कि जो हो रहा है उसे होने दो और मैंने बोतल मुँह से लगा ली और गटागट पी गया। इस बार का स्वाद और भी अजीब था, उस द्रव्य में से अष्टगंध जैसी खुशबू आ रही थी और पीने पर शहद में गुलूकंद मिले हुए शरबत जैसा स्वाद था, पूरी बोतल खाली

करने के बाद मैंने जमीन पर रख दी। मेरी हरकत पर बाबा हल्के से मुस्कुराए और बोले कि अब तू गुरुवर को याद कर और आज की साधना प्रारम्भ कर। मैं इस शव को तैयार कर रहा हूँ आज तुझे शव साधना करनी है, इस साधना के बाद तू तंत्र के क्षेत्र में प्रवेश करेगा और तुझे एक नया नाम मिलेगा। मैं हाथ जोड़कर सब सुन रहा था अब मेरा डर गायब हो चुका था, उसकी जगह उत्साह और वीर भाव ने ले ली थी...

बाबा ने बताया कि ऐसी देह का मिलना सौभाग्य की बात होती है और विरले अघोर साधकों को इस प्रकार की देह प्राप्त होती है। उन्होंने बताया कि आज की साधना श्मशान भैरव की साधना है, इस साधना से श्मशान के अधिष्ठाता प्रसन्न होते हैं और आगे की साधनाओं का मार्ग प्रशस्त होता है। उन्होंने मुर्दे के ऊपर सिन्दूर से तिलक लगाना प्रारम्भ किया 108 जगहों पर उन्होंने तिलक किया इसके बाद उन्होंने त्रिकोणात्मक यंत्र बनाया यंत्र निर्माण के बाद उन्होंने सिन्दूर की पुड़िया मुझे दी मेरी प्रश्नवाचक निगाहों के जवाब में उन्होंने कहा कि तुझे उसके वक्ष पर बैठकर साधना करनी है और इस त्रिकोणात्मक यंत्र के मध्य में बिन्दी लगाते ही यह शव शक्ति युक्त होकर शिव हो जाएगा और इस मुर्दे में प्राण आ जाएँगे।

मेरे लिए यह बेहद अकल्पनीय-सी बात थी, लेकिन जो मेरे सामने घटित हो रहा था वह भी कल्पना की अन्तिम सीमा से परे था, इसलिए जो भी बाबा कह रहे थे उसे मैं सत्य ही मान रहा था। बोतल के द्रव्य का प्रभाव था या कुछ और यह मैं कह नहीं सकता, लेकिन उसके आदेश का पालन करने के लिए मैं सहज ही तत्पर हो गया, आज जब उस क्षण को याद करता हूँ तो झुरझुरी आ जाती है। उन्होंने मुझे अपने पास बुलाया और मेरे माथे पर सिन्दूर का तिलक किया सिन्दूर का तिलक लगते ही मुझे अपने माथे पर तेज जलन का अहसास हुआ ऐसा लगा जैसे उनका अँगूठा किसी आग के गोले में तब्दील हो गया था और उसकी सारी ऊष्मा मेरे मस्तक में समा रही थी...

उन क्षणों में मैं अपने पूर्वजन्म के दृश्य देख पा रहा था और देख रहा था कि महाश्मशान में मैं गुरुवर के साथ बैठकर साधना कर रहा था और मेरे साथ ही बाबा भी बैठे हुए थे... यह दृश्य देखकर मैं बेहद रोमांचित हुआ और साथ ही उत्तेजना से भर गया... यह स्थिति लगभग दस मिनट तक रही होगी उसके बाद उन्होंने हाथ हटा लिया और मैं वापस सामान्य हो गया... तिलक लगाने के बाद उन्होंने मुझे शव पर बैठने का आदेश दिया मैं उसकी

छाती पर चढ़कर बैठ गया मेरे बैठने के बाद बाबा ने उस देह के चारों तरफ एक गोला बनाया इस दौरान उनका मंत्र पाठ निरन्तर जारी था और वह किसी अजीब भाषा में मंत्र जाप कर रहे थे उस मंत्र जाप में केवल एक ही शब्द मुझे समझ आ रहा था और वह था काली... बाकी के शब्द कुछ अजीब से प्रतीत हो रहे थे सम्भवत: वे असमी भाषा के शब्द थे।

घेरा बनाने के बाद उन्होंने उस घेरे के अन्दर शराब की बोतल तथा मांस के टुकड़े रख दिए दो वाक्य में उन्होंने अपनी बात समाप्त की कि जब यह उठेगा तब भोग माँगेगा। उस समय यह तेरे काम आएगा। मैंने पूछा कि मैं यह कैसे कर पाऊँगा? बाबा के चेहरे पर एक निश्छल मुस्कुराहट तैर गई। उन्होंने कहा, "तू शुरू तो कर, तू समझ जाएगा कि तू सब कुछ जानता है।" इतना कहकर झोपड़ी से बाहर निकल गए। मेरे मुख से अचानक मंत्रोच्चारण आरम्भ हो गया।

कट कट प्रचट प्रचट श्मशान भैरव...

मेरा स्वर धीरे-धीरे बढ़ता जा रहा था, मेरा शरीर क्रोध से थरथराने लगा और मंत्रोच्चार की तीव्रता भी उसी के साथ बढ़ने लगी ऐसा लग रहा था, जैसे पूरी झोपड़ी मेरे मंत्रोच्चार से हिल रही हो। आधे घंटे तक उसी प्रकार मंत्रों के उच्चारण के बाद मैंने सिन्दूर की पुड़िया में से सिन्दूर निकाला और त्रिकोण के मध्य में बिन्दु बना दिया, बिन्दु के लगते ही शव का मुँह खुल गया और जिह्वा बाहर लपक आयी। मेरा मंत्रोच्चार जारी था बिन्दु लगने के बाद शव हिलने लगा। शव के हिलने के साथ मेरी आवाज भी बुलन्द होती चली गई, दस मिनट के अन्दर शव बुरी तरह से हिलने लगा मुझे ऐसा लगा कि मैं उसके ऊपर से गिर जाऊँगा लेकिन मैं कसकर बैठा रहा।

उस मुर्दे की आँख अचानक खुली और जैसे ही उसकी आँख खुली वह भयानक आवाज में बोला... तूने मुझे बुलाकर अच्छा नहीं किया। आज तेरा आखरी दिन है। इतना सुनकर एक पल को मेरी रूह काँप गई, लेकिन अन्दर से किसी मार्गदर्शन की तरह संकेत मिला और मैंने दारू की बोतल उसके मुँह में डाल दी। पूरी की पूरी बोतल खाली हो गई उसने तृप्ति भरी डकार मारी। अचानक एक भयानक आवाज के साथ जमीन फट गई! उस फटी हुई जमीन के अन्दर से एक काले रंग की आकृति प्रकट हुई! आकृति एक स्त्री की थी! ठीक वैसे ही जैसे स्मशान में स्थित महाकाली की होती है।

बिखरे हुए बाल लाल-लाल आँखें लप-लप करती हुई जीभ। शरीर में मांस कहीं नजर ही नहीं आ रहा था। ऐसा लग रहा था हड्डियों के ऊपर चमड़ी लगा दी गई हो। रात के अँधेरे में उसकी काली छवि और भयानक दिखाई दे रही थी। एक हाथ में ताजा कटा हुआ सिर था जिसमें से खून बह रहा था।

पूरा कमरा जलते हुए मांस की बदबू से भर गया। जलते हुए बाल और मांस के जलने से श्मशान में जिस प्रकार की गंध फैली रहती है, वही तीव्र गंध पूरे कमरे में फैल गई। उस आकृति की लम्बाई धीरे-धीरे बढ़ने लगी लगभग आठ फुट तक पहुँच गई। वह शव के सिर के ठीक पास में आकर बैठ गई और मुझे घूर-घूर कर देखने लगी।

उसकी भयानक दृष्टि देखकर मेरी आत्मा तक काँप गई। मैंने गुरुवर को याद किया, मन-ही-मन गुरुमंत्र का जाप किया और फिर से भैरव मंत्र का जोर-जोर से जप करने लगा। डर के मारे मैंने अपनी आँखें भी बन्द कर ली थीं, लगभग दस मिनट बाद मैंने फिर आँखें खोलीं, वह उसी मुद्रा में सामने बैठकर उस नरमुंड से टपकते हुए खून को चाट रही थी। मैंने फिर आँखें बन्द कर लीं और जोर-जोर से मंत्र जाप करने लगा। पाँच मिनट का समय और गुजरा। मैंने धीरे से आँखें खोली तो पूरा दृश्य बदला हुआ था!

सामने एक अप्रतिम सुन्दरी बैठी हुई थी! जो पूरी तरह से नग्न थी... ऐसी सौन्दर्य की स्वामिनी मैंने अपने जीवन में कभी नहीं देखी थी! वह मुझे अपनी ओर आने के लिए निमंत्रण देती हुई दिख रही थी! एक क्षण के लिए वासना का ज्वार मेरे अन्दर फूट पड़ा, लेकिन दूसरे ही क्षण जैसे अन्दर से किसी ने चेताया हो! मैं वापस शान्त हो गया! पुनः गुरुमंत्र का उच्चारण किया और वापस आँखें बन्द करके भैरव मंत्र के उच्चारण में लग गया! कुछ समय बाद मुझे ऐसा लगा जैसे शव में कुछ हलचल हुई मैंने डरते-डरते आँखें खोली तो वह सुन्दरी शव के ऊपर ठीक मेरे सामने ही बैठी हुई थी। वही मादक शरीर और निमंत्रण देती हुई कटाक्ष करती हुई आँखें।

चमेली के इत्र की मन भरमाने वाली खुशबू पूरे कमरे में फैली हुई थी। मन अनियंत्रित होने लगा, देह पर नियंत्रण छूटता प्रतीत हुआ! इच्छा हुई कि उसे अपने आगोश में ले लूँ! लेकिन तभी दोनों नेत्रों के बीच एक स्पन्दन-सा प्रतीत हुआ... कान में धीमी गुरु गम्भीर ध्वनि गूँजी! "लक्ष्य पर ध्यान केन्द्रित कर! बाधाओं में साधना को बर्बाद मत कर!" गुरुवर का यह चेतावनी भरा

स्वर मेरे दिमाग को ठिकाने लगाने के लिए पर्याप्त था। मैं वापस मंत्र जाप में लग गया, अब मेरी आँखें भी खुली थीं और मंत्र जाप भी चालू था और वह सुन्दरी साक्षात मेरे सामने पूर्ण नग्न अवस्था में बैठकर मेरा परीक्षण ले रही थी। उच्च कोटि की साधनाओं में विघ्न डालने के लिए इस प्रकार की परीक्षाएँ अनन्त काल से होती आ रही हैं। जैसे ऋषियों की तपस्या को भंग करने के लिए इन्द्र अपनी अप्सराओं को भेजते थे। शायद यह दुनिया की सबसे जटिल परीक्षा होगी और गुरुवर के आशीर्वाद से मैं अपने ऊपर संयम रख पाया।

यह स्थिति लगभग पन्द्रह मिनट रही होगी उसके बाद युवती की आँखें शान्त होती चली गईं और वह वापस अपने कालिका स्वरूप में आ गई, अब उन आँखों में वात्सल्य नजर आने लगा। अपने हाथ में रखा वह नरमुंड उसने शव के दाहिनी तरफ रख दिया, मेरे सिर पर हाथ फिराया और विलुप्त हो गई। मैंने राहत की सांस ली और पुनः मंत्र जाप में लग गया। पूरी झोपड़ी मेरे मंत्र जाप से गूँज रही थी, बाहर बारिश हो रही थी, बेमौसम की बारिश और भयानक ढंग से बिजली कड़क रही थी, मुझे ऐसा प्रतीत हो रहा था जैसे आसमानी बिजली झोपड़ी के चारों तरफ गिर रही हो! भयानक आवाज के साथ रोशनी का गोला उठता हुआ प्रतीत होता था और मैं बड़ी मुश्किल से अपने-आपको सँभालता हुआ बैठा था।

अचानक वह शव झोपड़ी की छत तोड़ता हुआ आसमान की ओर चला गया। मैंने बड़ी मुश्किल से अपना सन्तुलन बनाया और उस पर बैठा रह सका! लगभग सौ फुट की ऊँचाई तक वह चला गया होगा, उसके बाद फिर वापस धम्म से जमीन पर उसी घेरे में आ गिरा। नीचे गिरते ही उसकी आँखें अपने गड्ढों से बाहर निकल आईं और उसकी जीभ बाहर लप-लप करने लगी। बेहद डरावना दृश्य था और मैंने किसी अदृश्य निर्देश का पालन करते हुए मांस के टुकड़े उसके मुख में समर्पित किए और उसकी लप-लप करती जीभ ने उन टुकड़ों को सहज स्वीकार करते हुए ग्रहण कर लिया। मेरा मंत्र जाप निरन्तर जारी था। अब शव के मुख से आवाज निकली, "बोल तुझे क्या चाहिए...?" मैंने प्रणाम की मुद्रा में सिर झुकाया और कहा, "प्रभु आपका आशीर्वाद और सानिध्य चाहता हूँ !" शव का हाथ आशीर्वाद की मुद्रा में उठा और वह शव शान्त हो गया।

अब सामने काले रंग का धुआँ फैलने लगा। धीरे-धीरे धुआँ एक आकृति में बदलने लगा। एक भयानक पुरुष आकृति सामने प्रकट होने

लगी। जिसका केवल विशाल मुख दिखाई दे रहा था बाकी अस्पष्ट-सा था। मुझे आभास हुआ कि यह अवश्य श्मशान के अधिष्ठाता श्मशान भैरव का प्राकट्य है, और मेरे होठों से भैरव की स्तुति स्वत निकल पड़ी :

तीक्ष्णदंष्ट्र महाकाय कल्पान्त दहनोपम।
भैरवाय नमस्तुभ्यमनुज्ञान्दातुमर्हसि।।

आकृति के स्पष्ट होते-होते तेज हवाएँ चलने लगीं और घासफूस से बना हुआ वह झोपड़ा पूरी तरह से उखड़कर हवा में विलीन हो गया। ऐसा लग रहा था जैसे भयानक तूफान आ गया हो। लगभग दो मिनट तक तूफान चलता रहा। आस-पास के तीन-चार पेड़ उखड़कर जमीन पर गिर पड़े। कुछ समय बाद मेरी अचम्भित स्थिति समाप्त हुई और मैं दंडवत मुद्रा में उस आकृति के सामने गिर पड़ा। आकाश से बिजली कड़कने जैसी आवाज के साथ आशीर्वाद उनके श्रीमुख से निकला और धीरे-धीरे वायु का वेग शान्त होता चला गया। मैं शव के ऊपर ही गिर पड़ा और लगभग बेहोश हो गया।

जब मेरी आँखें खुली और ऊपर देखा तो बाबा सामने खड़े थे। मैं उनके चरणों से लिपट गया, उन्होंने मुझे स्नेह से उठाकर गले लगाया और कहा,"बेटा तू सफल हुआ... अब गुरुदेव तुझे अघोर दीक्षा प्रदान करेंगे।" झोपड़ी तो अब पूरी उखड़ चुकी थी। अँधेरा छाया हुआ था, अघोरी मुझे और उस दिव्य शक्ति के द्वारा रखे गए नर मुंड को लेकर श्मशान में स्थित काली मन्दिर की ओर बढ़ गया। जाते-जाते वह डंडे को आदेश दे गया डंडा शव को वापस उसके स्थान पर पहुँचाने के लिए चल पड़ा और हम दोनों काली मन्दिर पहुँच गए। काली मन्दिर के गर्भ गृह का दरवाजा शाम को पुजारी ताला बन्द कर के चला जाता था।

हम लोग गर्भ गृह के दरवाजे पर पहुँचे तो ताला लटका हुआ था, बाबा मन-ही-मन कुछ बुदबुदाए और ताला अपने-आप खुलकर लटक गया, उन्होंने दरवाजा खोला और हम दोनों गर्भ गृह के अन्दर पहुँच गए दरवाजा अपने-आप बन्द हो गया। आज महाकाली की मूर्ति एक अलग ही तेजस्विता से भरी लग रही थी, ऐसा लग रहा था जैसे उसमें प्राण आ गए थे आँखें जागृत हो चली थीं। सुबह लगभग 4:30 बजे का समय रहा होगा बाबा के श्री मुख से गुरु स्तुति प्रारम्भ हुई और उसके समाप्त होते-होते गर्भ गृह प्रकाश से जगमगा गया। गुरुवर सूक्ष्म रूप में आ चुके थे, हम दोनों ने साष्टांग

दंडवत प्रणाम किया। उन्होंने मुस्कुराकर आशीर्वाद दिया और कहा,"आज तुझे अघोर दीक्षा प्रदान की जाएगी।" फिर मुझे बाबा ने चौकी पर बैठाया वह नरमुंड भी मेरी बगल में रखा हुआ था। चौकी पर बैठने के बाद बाबा ने वह मुंड मेरे सिर पर रख लिया और उसे पकड़कर खड़े हो गए। गुरुदेव के मुख से अघोरेश्वर महादेव की स्तुति प्रारम्भ हुई। मैं आँखें बन्द करके बैठा हुआ था, मेरे आज्ञा चक्र में तेज प्रकाश फैलने लगा। उस प्रकाश के मध्य में अघोरेश्वर महादेव साक्षात अपनी शक्ति के साथ विराजमान दिख रहे थे, मेरे आँखों से आँसुओं की अविरल धारा बहने लगी। कुछ क्षण के बाद प्रभु का बिम्ब विलुप्त हो गया मैंने हड़बड़ाकर आँखें खोली तो सामने गुरुवर और बाबा को पाया, नरमुंड अभी भी मेरे सिर पर रखा हुआ था।

गुरु मुख से लगातार मंत्रों का उच्चारण हो रहा था और उसके साथ-साथ मेरे सिर पर रखा हुआ नरमुंड धीरे-धीरे मेरे खोपड़ी के अन्दर समाता जा रहा था। लगभग दस मिनट के समय में वह नरमुंड पूरी तरह से मेरे खोपड़ी में समा गया। और जैसे ही वह नरमुंड मेरे खोपड़ी में समाया मुझे तेज बिजली के झटके जैसा अहसास हुआ और मुझे ऐसा लगा जैसे मेरा पूरा शरीर फूल जैसा हल्का हो गया है। मेरा वायव्य शरीर निकलकर गुरुदेव के चरणों में दंडवत पड़ा हुआ है, सारी प्रकृति जैसे मेरे इर्द-गिर्द गुरुमंत्र का सहस मुख से उच्चारण करती हुई प्रतीत हो रही थी :

।। ॐ परम् तत्वाय नारायणाय गुरुभ्यो नमः ।।

गुरुदेव के श्री मुख से गहन गम्भीर स्वर में आशीर्वाद उच्चरित होने लगा। उन्होंने मुझे उठाकर अपने सीने से लगा लिया और कहा, "बेटा तूने सबसे बड़ी परीक्षा पार कर ली है! मैं तुझसे बेहद प्रसन्न हूँ! मेरा आशीर्वाद सदा तेरे साथ रहेगा... आज से तेरा नाम अघोरानन्द होगा।"

उस दिन के बाद तंत्र जगत में मेरी यात्रा प्रारम्भ हुई।

जिसमें कई पड़ाव आए...
कई रहस्यमयी घटनाएँ घटीं...
जिनको समझना भी मुश्किल है...
और समझाना भी...

अघोरानन्द की अप्सरा

ऐसा कहा जाता है कि प्रत्येक सफल पुरुष के पीछे एक स्त्री होती है और यह बात तंत्र साधना के क्षेत्र में भी पूरी तरह से लागू होती है। तंत्र साधनाओं में दो प्रकार की साधनाएँ होती हैं, जिसमें एक को वाममार्गी साधना कहा जाता है और दूसरे को दक्षिणमार्गी साधना। तंत्र साधनाओं के क्षेत्र में सबसे विचित्र है अघोर पंथ। अघोर पंथ अनन्त काल से चला आ रहा है, जिसके अधिष्ठाता अघोरेश्वर भगवान शिव हैं।

भगवान शिव को देवों के देव महादेव कहा जाता है, क्योंकि उनकी विशिष्टता बाकी सभी देवताओं से पूरी तरह अलग और अतुलनीय है। वे सम्पूर्ण सृष्टि की स्वामिनी जगदम्बा के पति हैं, लेकिन नग्न अर्थात् दिगम्बर हैं। उनके शरीर पर कोई वस्त्र नहीं है। वे उस चीज से अपना श्रृंगार करते हैं, जिसे पूरा विश्व किसी काम का नहीं मानता और वो है श्मशान की भस्म! इसी भस्म से उनका श्रृंगार होता है। उनके आभूषणों के रूप में उनके गले में सर्प सज्जित है। ऐसे अद्‌भुत देवता है भगवान शिव! और उन्हीं के शिष्य और वंशज माने जाते हैं, **"अघोरी"!**

अघोरियों के बारे में कई प्रकार की कहानियाँ प्रचलित हैं। पहली तो यह कि वे बहुत गुस्सैल होते हैं और अनाप-शनाप गालियाँ बकते हैं। क्रोध आने पर किसी को भी लात-घूसे से पीट सकते हैं। कभी-कभी तो डंडा भी मार देते हैं। सबसे मजेदार बात यह है कि कई ऐसी घटनाएँ हैं, जिसमें अघोरियों के द्वारा पीटे जाने या उनकी लात खाने के लिए लोग लालायित होते थे, क्योंकि उससे उनका भाग्य बदल जाता था। कई ऐसे अघोरी हुए, जो मसान में निर्लिप्त पड़े रहते और भोग आकांक्षी गृहस्थ उनके पास बार-बार इस आशा के साथ जाते कि वह अपनी डंडे की एक चोट मार दे या एक लात ही मार दें! जिससे उनका जीवन संवर जाए!

ऐसा विचित्र होता है अघोरियों का संसार... और उनके इस प्रकार के व्यवहार का प्रमुख कारण होता है लोगों को अपने से दूर रखना, क्योंकि अघोर साधनाओं के लिए सबसे आवश्यक है कि अघोरी एकान्त में रहे! अघोर साधना में किसी प्रकार के नियम, भोजन, पूजन सामग्री का बन्धन नहीं होता! अगर अघोरी सोच ले तो वह पत्थरों से भी पूजन कर सकता है, पानी से भी पूजन कर सकता है और मिट्टी से भी पूजन कर सकता है, यह उसकी क्षमता है कि उसका पूजन अघोरेश्वर महादेव स्वीकार कर लें!

अघोर दीक्षा प्राप्त करने के बाद मुझे इक्कीस दिनों तक श्मशान में बैठकर गुरुमंत्र का जाप करना था और इन इक्कीस दिनों में मुझे दुनिया के किसी भी व्यक्ति से, किसी भी प्रकार का सम्पर्क या बातचीत नहीं रखनी थी। मेरे लिए यह थोड़ा-सा कठिन विषय था, क्योंकि मैं सरकारी नौकरी में था और मेरे पास अपना घर भी था। सबसे पहले मैं अपने कार्यालय गया और तीन महीने की छुट्टी का आवेदन दिया! मेरी मानसिक स्थिति को देखते हुए छुट्टी का आवेदन पास हो गया। दोस्त को घर सौंपकर श्मशान की ओर चल पड़ा... उस अनन्त यात्रा की ओर जो मेरी प्रतीक्षा कर रही थी...

श्मशान में पहुँचने के बाद बाबा से मिला। बाबा से मिलकर साधना की विधि जानी। गुरु ने मुझे मंत्र दीक्षा दी, अब मुझे उसी मंत्र का अघोर रूप में ध्यान करना था, जाप करना था और गुरु सिद्धि प्राप्त करनी थी। साधना के क्षेत्र में गुरुमंत्र की सिद्धि को सबसे ज्यादा महत्व दिया जाता है, क्योंकि गुरुमंत्र साधना के समय विभिन्न प्रकार का मार्गदर्शन और रक्षा प्रदान करता है, इसलिए गुरुमंत्र की साधना सबसे पहले सम्पन्न की जाती है और इसलिए सबसे महत्वपूर्ण मानी जाती है। दीपावली के अवसर पर मुझे अघोर दीक्षा मिली, इसलिए मैं सारी सामाजिक जिम्मेदारियों को और घर को निपटाने के लिए आवश्यक कार्यवाही करने के बाद शरद पूर्णिमा तक इस साधना को प्रारम्भ करना चाहता था...

शरद पूर्णिमा के दिन शाम का समय था! मसान घाट में चारों तरफ दूधिया उजाला फैला हुआ था! चन्द्रमा अपने पूर्ण यौवन पर था और सफेद रंग की अमृत वर्षा करता हुआ प्रतीत हो रहा था। दोनों योगी अघोरानन्द और बाबा प्रकृति के सौन्दर्य और चंद्रमा से निर्झरित होते, अमृत का पान करते हुए आनन्दित नदी के किनारे शान्त बैठे हुए थे। ठीक रात के 11:30 बजे काली मन्दिर से घंटी बजने की आवाज सुनाई दी। ये एक तरह का संकेत

था कि साधना का समय हो चुका है। मैं काली मन्दिर के अन्दर बने कक्ष में बैठ गया। आँखें बन्द कर लीं और गुरु का मधुर स्वर में ध्यान करने लगा...

त्वमेव माता च पिता त्वमेव
त्वमेव बंधुश्च सखा त्वमेव
त्वमेव विद्या द्रविणं त्वमेव
त्वमेव सर्वं मम् देव देवा

ध्यान सम्पन्न करने के बाद मंत्र जाप का क्रम प्रारम्भ हुआ। इस प्रकार प्रतिदिन रात्रि 11:30 बजे अपना जाप प्रारम्भ करता और प्रातः ब्रह्म मुहूर्त तक 108 माला का जाप पूर्ण होता। इसी प्रकार ग्यारह दिन निकल गए। बारहवीं रात्रि जब मंत्र जाप कर रहा था, तभी घुँघरुओं की आवाज सुनाई देने लगी। शुरू में भ्रम हुआ कि ऐसा आभास हो रहा है! लेकिन आवाज लगातार मेरे इर्द-गिर्द सुनाई देती रही।

लगभग आधे घंटे बाद समझ में आया कि वास्तव में घुँघरू बज रहे हैं। मैंने अपनी आँखें खोलीं! और देखने का प्रयास किया, लेकिन कुछ दिखाई नहीं दिया!!! और मैं पुनः मंत्र जाप करने लगा... पूरी रात इसी तरह से घुँघरुओं की आवाज सुनाई देती रही... कभी दूर जाती हुई, कभी पास आती हुई, कुछ समय के बाद मुझे आभास हुआ यह भटकाने की प्रक्रिया है, इसलिए अपने मंत्र जाप में लगा रहा और बाकी सारी रात इस पर कोई ध्यान नहीं दिया। बारहवीं रात भी इसी प्रकार से गुजर गई।

तेरहवीं रात साधना का क्रम 11:30 बजे फिर से प्रारम्भ हुआ... बारह बजते-बजते घुँघरुओं की झंकार फिर से प्रारम्भ हो गई! लेकिन आज घुँघरू की झंकार केवल झंकार नहीं थी, ऐसा प्रतीत हो रहा था जैसे कोई नर्तकी नृत्य कर रही हो और उसके घुँघरू बज रहे हो... मैंने देखने के लिए आँखें खोलीं, लेकिन कोई दिखाई नहीं दिया! घुंघरू की आवाज स्पष्ट प्रतीत होती रही!! सारी रात ऐसा लगता रहा चौबारे के चारों तरफ कोई नर्तकी घुँघरू बाँधकर उन्मुक्तता के साथ नृत्य कर रही है...

दो-तीन बार आँखें खोलकर देखने की कोशिश की, लेकिन जब कुछ नहीं दिखा तो मैं भी पुनः ध्यान करने लगा और उस दिन का मंत्र जाप भी पूर्ण हो गया। ब्रह्म मुहूर्त में पूजन इत्यादि सम्पन्न करके, जब मैं विश्राम के

लिए थोड़ी देर के लिए लेटा तो मुझे ऐसा प्रतीत हुआ, जैसे मेरी बगल में कोई आकर कोई लेट गया है। मैंने अपने सिर को झटक कर दोबारा देखने की कोशिश की, लेकिन कोई दिखाई नहीं दिया...

मैंने सोचा कि शायद यह मेरा भ्रम हो, लेकिन कमरे में बेहद मादक गंध फैली हुई थी ऐसा लग रहा था जैसे गुलाब और चमेली के पुष्पों को छिड़क दिया गया हो, जबकि वहाँ पर कुछ भी नहीं था! सबकुछ मेरी समझ से बाहर होता जा रहा था! फिर थोड़ी देर बाद मुझे नींद आने लगी और मैं सो गया। तीन-चार घंटे की नींद के बाद जब मैं उठा, तब भी कमरा उसी तरह महक रहा था ऐसा लग रहा था, जैसे गुलाब और चमेली के इत्र का बहुत बड़ी मात्रा में छिड़काव किया गया हो। यह समझ में नहीं आया कि खुशबू कहाँ से आ रही है...।

वह साधना की पन्द्रहवीं रात थी! मंत्र जाप का क्रम चालू था! कमरा अभी भी चमेली की महक से पूरी तरह आजाद नहीं हुआ था! हल्की-हल्की भीनी-भीनी खुशबू अभी भी फैली हुई थी! ग्यारह माला पूरी होते-होते फिर से वही घुँघरुओं की आवाज आनी शुरू हो गई, घुँघरुओं की आवाज इतनी स्पष्ट थी, जैसे कोई नर्तकी मेरे पास ही घुँघरू पहने हुए नृत्य कर रही हो, लेकिन कोई स्पष्ट दिख नहीं रहा था! मंत्र जाप चलता रहा और लगभग रात के एक बजे के आसपास मुझे घुँघरुओं की आवाज आनी बन्द हो गई और ऐसा एहसास हुआ जैसे मेरे आसन के पास कोई आकर बैठ गया हो, मैं एक स्पर्श जैसा महसूस कर सकता था! लेकिन अब भी मुझे कुछ दिख नहीं रहा था, इसी उहापोह में रात कट गई और मंत्र जाप भी पूर्ण हुआ!

सोलहवीं रात मंत्र जाप के प्रारम्भ होते ही फिर से कमरा उसी प्रकार चमेली की महक से भर गया, अब यह रोज का क्रम हो गया था, इसलिए मुझे भी आदत-सी पड़ गई थी। मैं अपने जाप में लग गया! कुछ समय पश्चात मेरे सामने एक अत्यन्त ही रूपवान षोडश वर्षीय युवती आकर बैठ गई। उसका सौन्दर्य व्याख्या से परे था। उसका रंग चटक गोरा जैसे पंजाब की युवतियों का होता है वैसा ही था! उसकी काली कजरारी आँखें बहुत कुछ अनकहे को भी कह जाने में सक्षम थी! जिसे बोलती हुई आँखें कहते हैं! चेहरे का हर हिस्सा चाहे वह आँख हो, नाक हो, मादक होंठ हों, सब सुन्दरता की परिभाषा को अभिव्यक्त करता हुआ-सा प्रतीत होता था... उसके बाल खुले

हुए थे, जिन्हें हल्के जूड़े की तरह उसने बाँधा हुआ था और वे उसके कानों से होते हुए कमर तक किसी बेचैन नदी की तरह बिखरे हुए थे।

ऐसा प्रतीत होता था जैसे खजुराहो में लगी हुई अप्सरा की मूर्तियों में से किसी एक मूर्ति में प्राण आ गए हों। उसका हर अंग यौवन की परिपूर्णता से भरा हुआ और शास्त्रीय व्याख्या के अनुसार सुडौल था। उसके शरीर पर वस्त्र के नाम पर एक झीनी-सी साड़ी थी, जिसमें से लगभग सब कुछ दिख रहा था। एक क्षण को मेरी आँखें उसे देख कर स्तब्ध रह गईं और मैं मंत्र जाप करना भी भूल गया!!!

कुछ समय तक मैं उसी स्थिति में अचम्भित स्तम्भित-सा बैठा रहा! मेरा मंत्र जाप रुक गया था, फिर अन्दर की संकेत प्रणाली ने मुझे सजग किया और मेरा मंत्र जाप शुरू हो गया! क्योंकि बाबा ने मुझे बता दिया था कि किसी भी हालत में नित्य मंत्र जाप को पूरा किए बिना न तो आसन छोड़ना है और ना ही कोई और कार्य करना और इस बात का ध्यान आते ही मैं पुनः मंत्र जाप करने लगा!

मेरी यह हरकत उसे नागवार गुजरी... शायद उसे अपने सौन्दर्य का अपमान लगा हो...

उसकी आँखों में झुँझलाहट के भाव स्पष्ट हुए, लेकिन मैं अपने मंत्र जाप में लगा रहा। पूरी रात वह मेरे सामने बैठी रही और मैं भी अपनी पूरी कोशिश करता हुआ मंत्र जाप में लगा रहा। ऐसा लग रहा था जैसे वह मेरे धैर्य की परीक्षा ले रही हो और मुझे ऐसा लग रहा था कि गुरुवर मेरी परीक्षा ले रहे हैं! जिसमें मुझे पास होना है! ताकि मैं अपने साधना के मार्ग पर आगे बढ़ सकूँ और गुरु के विश्वास पर खरा उतर सकूँ! हम दोनों की इसी आपसी कशमकश में मेरा मंत्र जाप पूर्ण हो गया और रात भी गुजर गई, जाप पूरा हो जाने के बाद मैंने गुरुवर को प्रणाम किया आसन को प्रणाम किया और जाकर चुपचाप सो गया! परन्तु सारी रात मुझे उसकी उपस्थिति का आभास होता रहा! कभी घुँघरू की खनक... कभी सरसराहट की आवाज... और कभी वही चमेली की मादक खुशबू आती रही! मैं अपने-आपको नियंत्रित करने की कोशिश करता रहा, इस तरह से सोलहवीं रात भी गुजर गई।

सत्रहवीं रात फिर से वही साधना का क्रम प्रारम्भ हुआ। रोज की घटनाओं के बाद मुझे भी ऐसी किसी घटना की प्रतीक्षा रहती थी। लेकिन वह

पूरी रात बिना किसी घटना के सामान्य रूप से निकल गई और मैंने राहत की सांस ली! यह सोच कर कि परीक्षण शायद पूरा हो गया होगा! आने वाली चार रातें बाकी थीं जिसके बाद मुझे पूर्णाहुति करनी थी।

अठारह दिन हो चुके थे, दिन का समय लगभग पूरा ही सोने में गुजर जाता था और सारी रात साधना में, यही क्रम बन गया था। अठारहवीं रात आयी और फिर मैंने अपना मंत्र जाप प्रारम्भ किया। अर्धरात्रि होते तक सब कुछ सामान्य रहा, लेकिन अर्धरात्रि होते ही फिर से चमेली की खुशबू कमरे में फैलने लगी...

कुछ देर के बाद एक बेहद सुन्दर षोडश वर्षीय कन्या प्रकट हुई! उसका रंग बेहद गोरा था! उसके बाल घुँघराले थे! जो उसके कंधों तक बिखरे हुए थे! उसने गुलाबी रंग के वस्त्र पहने हुए थे! जिसमें से उसकी पूरी देहयष्टि दिख रही थी! उसने अपने वक्षस्थल पर एक झीना आंचल भी लिया हुआ था, लेकिन वह भी ऐसा था जो ढाक कम रहा था और दिखा ज्यादा रहा था... उसने नृत्य की मादक भंगिमाओं के साथ अपना नृत्य प्रारम्भ किया! वह मेरे चारों तरफ घूम रही थी और बेहद लुभावने अन्दाज में नृत्य कर रही थी। उसे देखकर स्वयं पर नियंत्रण रखना बहुत मुश्किल हो रहा था!

मैंने अपनी आँखें कसकर भींच लीं और मंत्र जाप करता रहा! उसकी उपस्थिति का आभास मुझे बराबर होता रहा, वह मेरे चारों तरफ घूम-घूम कर नृत्य करती रही और मैं आँखें बन्द किए बैठा रहा। कुछ समय बाद वह मुझसे सटकर बैठ गई! उसने अपना सिर मेरे कंधे पर रख दिया... अब आप स्वयं कल्पना कर सकते हैं कि उस समय मुझ पर क्या गुजर रही थी... लगभग एक घंटे वैसी ही स्थिति रही। फिर मुझे ऐसा लगा वह उठकर चली गई। उस रात आँखें मींचे-मींचे ही मैंने अपना पूरा मंत्र जाप समाप्त किया।

आखरी माला समाप्त करके और गुरु को प्रणाम करके, मैंने जब आँखें खोलीं तो वह युवती मेरे सामने हाथ जोड़कर विनम्र मुद्रा में बैठी हुई थी। मेरी आँख खुलते ही उसने मुझसे पूछा कि मेरे लिए क्या आदेश है? मुझे समझ नहीं आ रहा था कि मैं क्या बोलूँ? मुझे यह भी समझ में नहीं में आ रहा था कि मैं गुरु मंत्र का जाप कर रहा हूँ और यह देवी कहाँ से प्रकट हुए जा रही है? फिर उसने मेरी ऊहापोह को समझते हुए स्वयं अपना परिचय दिया और बताया कि वह 'पुष्प देहा अप्सरा' है। यह नाम मैंने सुना अवश्य था,

लेकिन वो ऐसी अतुलनीय सौन्दर्य की स्वामिनी होगी, मैंने इसकी कल्पना भी नहीं की थी और वही अप्सरा अपने साक्षात स्वरूप में मेरे सामने बैठी हुई थी! मेरी जुबान पर ताले पड़ गए थे! मैं कुछ भी नहीं बोल पा रहा था! क्योंकि नियमानुसार मुझे किसी से भी कोई भी बात कहने की अनुमति नहीं थी। मेरे मौन को तोड़ने की काफी चेष्टा करने के बाद जब वो असफल रही तो उसने प्रस्थान किया।

उन्नीसवीं रात मैं फिर से मंत्र जाप के लिए बैठा। जैसा कि आप लोग जानते होंगे कि वह काली मन्दिर श्मशान के एक भाग में स्थित था। श्मशान साधनाओं में श्मशान जागरण नाम की एक क्रिया भी होती है जिसमें श्मशान में स्थित सारी शक्तियों को जागृत करके फिर साधना सम्पन्न की जाती है। श्मशान में स्थित शक्तियों का मतलब आप समझ रहे हैं। सभी इतर योनि की शक्तियाँ जिन्हें हम भूत, प्रेत, डाकिनी जैसे नामों से जानते हैं! जिनके स्वरूप के बारे में भयावह कहानियाँ प्रचलित हैं। इस बारे में मैंने पढ़ा जरूर था लेकिन इसका अनुभव कभी नहीं किया था। उस रात्रि जैसे ही मैं साधना करने बैठा, मुझे भयानक ध्वनियाँ सुनाई पड़ने लगी... ऐसा लगा जैसे कहीं बम फट रहा हो... कोई पेड़ टूटकर गिर रहा हो... कोई जोर-जोर से चिल्ला रहा हो... कोई भयानक अट्टहास कर रहा हो...

इस प्रकार की भयानक ध्वनियाँ मेरे चारों तरफ सुनाई देने लगीं। प्रत्यक्ष रूप से कोई दिखाई नहीं दे रहा था, लेकिन भयानक आवाजें सारी रात चलती रहीं। उन आवाजों के बीच भयभीत, उत्साहित, जिज्ञासु इन सारे भावों के सम्मिलित मिश्रण के साथ में बैठकर मंत्र जाप करता रहा। वह रात इन्हीं आवाजों के साये में गुजर गई। दिक्कत यह थी कि मैं इन बातों को बाबा को भी नहीं बता सकता था, क्योंकि किसी भी व्यक्ति से किसी भी प्रकार का सम्पर्क या वार्ता करने की मनाही थी। अब दो रातें और बाकी थीं... मैं सोच रहा था कि अब क्या होगा... पिछली रात तो सिर्फ भयानक आवाजों ने पीछा किया था, इस रात कहीं वो सारी शक्तियाँ वास्तव में प्रकट ना हो जाएँ! यह सोच-सोच कर मैं सशंकित भी था और उत्तेजित भी, कि गुरु सानिध्य में अल्प समय के साधना काल में मुझे कितना कुछ अनुभव प्राप्त हो रहा है।

बीसवीं रात नियत समय पर मैं अपने आसन पर बैठा। मंत्र जाप चालू हो गया। शुरू में सब कुछ शान्त रहा... ग्यारहवीं माला समाप्त होते-होते भयानक आकृति वाली कई स्त्रियाँ मेरे चारों और दिखने लगीं... उनमें से

कुछ स्त्रियों की लम्बाई दस से बारह फुट की थी। कुछ की लम्बाई दो से चार फुट की थी, तो कुछ की लम्बाई छह इंच से एक फुट तक की थी। उनकी लम्बाई में जितनी विचित्रता थी उससे भयानक उनका स्वरूप था। कुछ की दो आँखें थीं! कुछ की एक आँख थी!! कुछ की कई आँखें थीं!!!

शरीर भी उनका बड़ा विचित्र-सा था...एक भयानक स्त्री के वक्षस्थल उसके कमर तक झूल रहे थे... एक के दांत उसके कंधों तक लम्बे थे... एक के बाल उसकी एड़ियों तक पहुँच रहे थे तो एक पूरी तरह से गंजी थी... किसी का मुँह गधे की तरह था तो किसी का साँप की तरह... ऐसे भयानक दृश्य कि मैंने कल्पना भी नहीं की थी। मेरा मंत्र जाप रुक गया। मुझे ऐसा लगा कि वहाँ से उठकर भाग जाना चाहिए। लेकिन फिर ध्यान आया कि गुरुवर हैं फिर चिन्ता किस बात की!!! यह बात ध्यान में आते ही गुरु को प्रणाम करके मैंने मंत्र जाप जारी रखा। वह आकृतियाँ मेरे चारों तरफ घूमती रहीं। कुछ आकृतियाँ तो आगे बढ़कर मेरे मुँह के पास, मेरी आँख के पास तक आ जाती थीं।

आँखें बन्द होने पर भी उनकी सांसों की हवा को मैं महसूस कर सकता था। कुछ समय पश्चात... मेरी गाल पर जोर का तमाचा पड़ा! तमाचा पड़ते ही मेरी आँखें खुल गईं... तमाचा इतनी जोर का था कि मुझे एक पल के लिए ऐसा लगा कि मेरा पूरा का पूरा जबड़ा घूम गया हो। मैंने जब सीधे सामने देखा तो एक विशालकाय काले रंग की स्त्री मेरे सामने बैठी हुई थी। उसकी आँखें लाल थीं, जैसे उनमें से खून टपक रहा हो, और दोनों तरफ के दो दांत बाहर की तरफ निकले हुए थे। उसके हाथों के नाखून चार-चार इंच लम्बे थे। अजीब-अजीब घटनाओं से दो-चार होने के बाद यह स्थिति मेरे लिए बहुत भयानक नहीं थी, इसलिए मैं किसी प्रकार संयत होकर अपना मंत्र जाप करता रहा।

हर पाँच मिनट बाद उस विशालकाय स्त्री का एक थप्पड़ मेरे एक गाल पर पड़ता और मैं पूरा का पूरा हिल जाता। थोड़ा संयत होकर फिर से मंत्र जाप चालू करता तब तक दूसरे थप्पड़ का समय हो जाता। लगभग आधे घंटे तक यही स्थिति रही। थप्पड़ की मार से मेरी हालत खराब हो रही थी, लेकिन मेरे पास कोई दूसरा विकल्प नहीं था। मैं अपने गुरु को स्मरण कर मंत्र जाप करने के अलावा और कुछ नहीं कर सकता था। रहस्यमय स्त्री ने अब नाखूनों से मेरे वक्ष स्थल को नोंचना शुरू कर दिया और जो मांस का

टुकड़ा निकलता उसे वह किसी चॉकलेट की तरह खाती और फिर दोबारा अपने तीखे नाखूनों से मेरे सीने पर वार करती। बहुत दर्दनाक स्थिति थी। ऐसा चलता रहा। लगभग एक घंटे के बाद वह स्त्री वहाँ से लुप्त हो गई और मैंने राहत की सांस ली।

लगभग साठ माला मंत्र जाप मेरा पूरा हो चुका था। कोई घटना नहीं हुई, इसलिए मैं फिर से अपने सहज स्थिति में आ चुका था और पूरे ध्यान से जप कर रहा था।

सत्तरहवीं माला होते-होते मैं काफी सहज और नियंत्रित हो चुका था। आँखें बन्द कर पूरे ध्यान से मंत्र जाप कर रहा था, कि अचानक मुझे ऐसा लगा मेरे शरीर पर कुछ रेंग रहा है। मैंने धीरे से आँखें खोलीं। जो दृश्य सामने दिखा वह भयानक था। पूरा कमरा काले रंग के साँपों से भरा हुआ था। सभी किस्म के साँप थे। कोई साँप दुबला-पतला और लगभग छोटी उँगली के साइज का, तो कोई साँप लगभग हाथ की कलाई के बराबर था। जो साँप मेरे ऊपर चढ़ा हुआ था, वह लगभग दो इंच मोटा रहा होगा। उस साँप ने धीरे-धीरे मुझे लपेटना शुरू कर दिया। मुझे लपेटकर उसने अपना फन ठीक मेरी आँखों के सामने कर दिया। अब स्थिति बड़ी भयानक थी...

मेरी आँखों से लगभग छह इंच की दूरी पर अपना फन दिखाता हुआ। मेरी आँखें सीधे उसकी आँखों से टकरातीं। वह बीच-बीच में अपनी जीभ बाहर निकालकर लपलपाता तो वह मेरी नाक से मुश्किल से एक या दो सेंटीमीटर पीछे होती। मुझे ऐसा लगता था कि इसने मुझे अब डँसा और तब डँसा। यह कशमकश लगभग पन्द्रह से बीस मिनट रही होगी, दर्द तो मुझे जबरदस्त हो रहा था। लेकिन गुरु कृपा से अपना सन्तुलन बना कर बैठा हुआ था। इसके बाद धीरे-धीरे उस साँप ने अपनी पकड़ ढीली करनी शुरू की और मुझे छोड़कर सामने फ़न निकालकर बैठ गया। यह पहले से बेहतर स्थिति थी लेकिन तब भी डरावनी तो थी ही...

मैंने मंत्र जाप फिर से चालू किया। साँप मेरे पूरे कमरे में टहल रहे थे, जैसे मैगी नूडल्स पड़े हों लगभग वैसी ही स्थिति थी। पूरा कमरा उनसे भरा हुआ था...

कुछ समय के बाद मैंने देखा कि एक सुनहरे रंग का साँप कमरे में प्रकट हुआ। उसका प्रकट होना था और सारे के सारे साँप अचानक गायब हो गए।

पूरा कमरा फिर से साफ हो गया, अब सिर्फ सुनहरा साँप मेरे सामने के आसन पर बैठा हुआ था। वह साँप लगभग दो से ढाई इंच मोटा होगा उसके पूरे शरीर में सुनहरी चमक थी, ऐसा लग रहा था जैसे गोल्डन कलर की एलईडी लाइट जल रही हो।

अब वह सुनहरा साँप और में आमने-सामने थे वह अपना फ़न निकालकर सामने बैठा हुआ था और मैं अपने मंत्र जाप में लगा हुआ था। तभी... अचानक उसने अपना फन मेरे मस्तक के बीचोबीच मारा। जहाँ पर तीसरे नेत्र की स्थिति दिखाई जाती है ठीक वहीं पर, उसका फन मुझे महसूस हुआ और उसके बाद वह वापस अपनी जगह पर बैठ गया। जहाँ उसने फन मारा था वहाँ से खून निकलने लगा, मैं महसूस कर रहा था। वह मेरे नाक के ऊपर से बहता हुआ नीचे की तरफ टपक रहा था। मंत्र जाप जारी था और मैं यह सोच रहा था इसके बाद यह कहाँ काटेगा। अब वह साँप धीरे से मेरी ओर बढ़ने लगा और मेरी रीढ की तरफ घूम गया, मुझे ऐसा लगा जैसे वह मेरी रीढ की हड्डी पर सीधा चल रहा हो मैं उसे अपनी रीढ की हड्डी पर महसूस कर रहा था।

वह साँप मेरी रीढ की हड्डी पर चिपका हुआ था। थोड़े समय बाद मुझे ऐसा प्रतीत हुआ, जैसे मेरी रीढ की हड्डी के ऊपर वाले चमड़े को किसी ने धारदार चाकू से चीर दिया हो। मैं खून बहता हुआ महसूस कर कर रहा था, धीरे-धीरे वह साँप उस चीरे हुए हिस्से में अपना सिर डाल रहा था। कुछ समय के बाद वह साँप कटे हुए हिस्से से होता हुआ मेरे रीड की हड्डियों में से गुजरने लगा। मैं महसूस कर सकता था कि वह मेरे शरीर में किसी लोहे के डंडे की तरह घुस रहा है।

यह स्थिति लगभग एक मिनट रही होगी, उसके बाद सबकुछ शान्त हो गया, शायद वह पूरी तरह से मेरे शरीर में प्रवेश कर चुका था। उसके मेरे शरीर में प्रवेश करते ही मैं पृथ्वी से ऊपर उठने लगा और लगभग चार फुट की ऊँचाई पर जाकर मेरा आसन स्थिर हुआ और उसी प्रकार हवा में

बैठे-बैठे उस दिन का 108 माला मंत्र जाप सम्पूर्ण हुआ। मैंने गुरु चरणों में जाप को समर्पित किया और हाथ जोड़कर गुरु स्तुति की।

गुरुवर का दिव्य स्वरूप प्रकट हुआ, उन्होंने मेरे सिर पर हाथ फेरा आशीर्वाद दिया और निर्देशित भी किया कि... अब तुझे वापस गृहस्थ जीवन में लौटना है और इस विद्या का ज्ञान अर्जन भी करना है और उसका प्रचार भी करना है।

इसके बाद क्या हुआ मुझे नहीं पता चला... जब मेरी आँख खुली तो मैं बाबा की झोपड़ी में था... मैं अभी भी बिस्तर से एक फुट ऊपर हवा में ही लेटा था। हवा में ही मेरे सिरहाने पर वही अप्सरा बैठी हुई थी... और बाबा मेरे सिर पर हाथ फिरा रहे थे।

मैं उन्हें देखकर मुस्कुराया और वह भी मुझे देखकर मुस्कुराए। मैं प्रणाम की मुद्रा में हाथ जोड़कर उठा और उनके चरण स्पर्श किए। पुष्पदेह अप्सरा की ओर इशारा करते हुए उन्होंने कहा कि पिछले जन्म में तूने इसे सिद्ध किया था, इस जन्म में भी यह तेरे साथ होगी। यह केवल तुझे दिखेगी, क्योंकि यह वायवीय देह में है। जब भी तुझे किसी समस्या के समाधान की जरूरत होगी, तो यह तेरी सहायता का मार्ग प्रशस्त करेगी।

तू दो दिन समाधि की अवस्था में रहा, ऐसा दिव्य अनुभव योगियों को भी दुर्लभ होता है। गुरुवर के आदेश का पालन करना और जब भी कुछ असहज लगे मेरे पास आ जाना। वह दिन है और आज का दिन... मेरी तंत्र यात्रा जारी है...

तारापीठ की छाया

मैं 26 वर्षीय एक गृहस्थ युवा जो शासकीय सेवा में था और छत्तीसगढ़ राज्य में रहता था। मेरी पत्नी का युवावस्था में ही देहान्त हो गया। उसके देहान्त के बाद मैं बेहद अकेला पड़ गया। कुछ समय बाद मेरे जीवन में अजीब-अजीब-सी घटनाएँ घटीं।

मेरे गुरु ने मुझे अघोर दीक्षा प्रदान की और मुझे **अघोरानन्द** नाम दिया। जिसके बाद मेरा साधनात्मक जीवन प्रारम्भ हुआ। साधनात्मक जीवन में मुझे अलग-अलग प्रकार के अनुभव मिले। जिसमें कई बातें ऐसी हैं, जो नहीं लिखी जा सकतीं और कई बातें ऐसी हैं जो अविश्वसनीय हैं। बहुत सारी बातें ऐसी हैं जो बेहद रोमांचक हैं और जिसे पढ़ने में आपको आनन्द भी आएगा। ऐसी ही कुछ घटनाओं को गुरु के आशीर्वाद से और भगवती महानील सरस्वती की कृपा से शब्द श्रृंखला में बाँधने का प्रयास किया है जो आपको पसन्द आएगा।

एक दिन प्रातः गुरुदेव के दिव्य बिंब की उपस्थिति पूजन कक्ष में हुई। उन्होंने निर्देशित किया कि पश्चिम बंगाल में रामपुर में स्थित तारापीठ जाकर तारा साधना करनी है। भगवती तारा को दस महाविद्याओं में से एक माना जाता है। यह महाविद्या साधना बाकी सभी महाविद्याओं से ज्यादा कठिन मानी जाती है। इसके प्रमुख साधक महर्षि वशिष्ठ माने जाते हैं। इनकी साधना भगवान बुद्ध तथा उनके अनुयायी भी अलग-अलग स्वरूपों में करते हैं। बौद्ध धर्म में प्रमुख रूप से पूजी जाने वाली पौधे देवी मणिपद्मा माँ भगवती तारा का ही स्वरूप मानी जाती हैं। मैं तारापीठ की ओर निकल पड़ा, तारापीठ पश्चिम बंगाल में है। भगवती तारा के मन्दिर की स्थिति ठीक श्मशान में है। मन्दिर का द्वार श्मशान की ओर ही खुलता है। यह एक जागृत श्मशान है।

तारापीठ में जब मैं पहुँचा तब सुबह के 10 बजे थे। मैं भगवती के मन्दिर में पहुँचा। उनके दिव्य दर्शनों का सौभाग्य प्राप्त हुआ। तारापीठ के

सामने ही श्मशान है। तारापीठ के श्मशान की यात्रा लोग बाकी श्मशान की तरह नहीं करते बल्कि एक सिद्ध पीठ की तरह करते हैं। वहाँ पर लोगों का आना-जाना लगा रहता है। यह श्मशान कहने को श्मशान है। लेकिन वहाँ पर बाबाओं के अलग-अलग झोपड़े जो सामान्यत: टेंट के जैसे होते हैं और ताल पत्री या वैसे किसी चीज से बने होते हैं, काफी संख्या में हैं। मैं उन्हीं के बगल से निकलता हुआ श्मशान में उस जगह पहुँचा जहाँ चिता जलती है। वहाँ पर मैंने एक अद्‌भुत दृश्य देखा... आज तक मैंने जितने भी श्मशान देखे हैं। उसमें नीचे लकड़ी रखी जाती है। लकड़ी के ऊपर शव रखा जाता है और उसके ऊपर फिर से लकड़ी रख दी जाती है। उसके बाद आग लगाई जाती है, जिससे शव पूरी तरह चारों ओर से जल जाए। लेकिन...!

तारापीठ श्मशान में मामला कुछ अलग ही था, वहाँ पर कोयले जैसा ढेर था, लकड़ियाँ थीं और लकड़ियों में सबसे ऊपर एक पुरुष का मृत देह उत्थान पड़ा हुआ था। अर्थात पीठ जमीन की ओर थी। उसका कंधे से नीचे का हिस्सा लकड़ी के ऊपर था और कंधे के ऊपर का हिस्सा लटका हुआ था। आग जल रही थी। आजू-बाजू में दो डोम खड़े थे। उनके हाथ में बड़े-बड़े बांस थे। जो लगभग दस से बारह फुट लम्बे रहेंगे। क्या वजह थी यह तो मैं नहीं जानता, लेकिन उस शव के देह का जो मूल था, वह आसमान की ओर तन कर खड़ा हुआ था। दोनों डोम मजाक में अपने बांस से बीच-बीच में उसे भी एक-दो बार मार देते थे, लेकिन वह वैसा का वैसा ही था। जैसे-जैसे आग बढ़ती गई दोनों डोम सिर और पैर को एक तरफ मोड़ते चले गए और आखरी में वह शव एक पोटली जैसा हो गया। इस प्रकार की जलाने की अन्तिम संस्कार की पद्धति मैंने पहली बार देखी थी। वहाँ इसी प्रकार से शवदाह होता है और जलने के अन्त में वह पूरा शरीर मुश्किल से एक फुट बाई एक फुट के गोले जैसा हो गया था।

इतना देखने के बाद मैं अचम्भित होता हुआ वहाँ से बाहर निकल आया। बाहर निकल कर मैं अपने होटल की ओर चल पड़ा। होटल की बजाय कमरा कहना ज्यादा बेहतर होगा, क्योंकि वह एक बड़ा-सा मकान था, जिसमें मकान मालिक में लोगों को किराए पर देने की व्यवस्था कर रखी थी। नवरात्रि और पर्व के सीजन में वहाँ काफी भीड़ रहती है लेकिन जब मैं वहाँ पहुँचा तो वह आफ़ सीजन वाला समय था। इसलिए मुझे डेढ सौ रुपए में कमरा मिल गया। यह कमरा ठीक-ठाक था। मकान मालिक ने मुझसे आने

का कारण पूछा। मैंने उसे बताया कि मैं तारापीठ पर भगवती की साधना करने आया हूँ तो उसने मुझसे और कोई सवाल नहीं किया। शायद वहाँ पर लोग आते रहते होंगे। खैर... धीरे-धीरे रात का समय हुआ। लगभग 11 बजे के आसपास मैं फिर होटल से निकला। तब तक तारापीठ के श्मशान में बाबाओं ने अपना-अपना भजन पूजन का कार्यक्रम चालू कर दिया था। कोई चिमटा बजा कर गीत गा रहा था, तो कोई अपने ही अन्दाज में नाच रहा था। कुल मिलाकर सब अपनी-अपनी मस्ती में थे।

मैं श्मशान के अन्दर घुसा तो वहाँ के लोगों ने मुझे घूर-घूर कर देखना शुरू कर दिया। मैं अघोर साधना तो करता था, लेकिन अपने गुरु की तरह ही मैं भी गृहस्थ में होने के कारण सामान्य आदमी ही की तरह बाल भी कटवाता था और दाढ़ी भी बनवाता था। इसलिए मुझे देख कर कहीं से नहीं लगता था कि मैं अघोरी हूँ। अघोर साधना में वस्त्रों का बन्धन नहीं रहता है। इसलिए मैं सभी प्रकार के वस्त्र पहन लेता था। उस दिन मैं काले रंग की जींस और सफेद रंग की शर्ट पहने हुए था। जो वहाँ के परिवेश के हिसाब से मैच नहीं हो रही थी। इसलिए शायद वह यह देख रहे थे कि यह लँगूर कहाँ से आ गया?

लगभग सौ कदम अन्दर चला होऊँगा तभी एक लाल चोले वाला बाबा ठीक मेरे सामने आकर खड़ा हो गया। शरीर से वह हट्टा-कट्टा था। आँखें लाल-लाल थीं। गले में एक गमछा था...वह साधु इस तरह से रास्ता रोककर खड़ा था कि उसका सीना मेरे सीने से टकरा रहा था। उसने मुझे घूरते हुए कुछ मंत्र पढ़ना शुरू कर दिया। मंत्र की भाषा शायद बंगाली थी, जिसमें काली कंकाली जैसे कुछ शब्दों के अलावा मुझे कुछ समझ में नहीं आ रहा था। यह भी समझ में नहीं आ रहा था कि यह बन्दा, जिसको मैं जानता भी नहीं हूँ, यह मेरे सामने क्यों खड़ा हुआ है। मेरी समझ में यह भी नहीं आ रहा था कि आखिर वह मंत्र जाप करके क्या दिखाना चाहता है? तभी मेरे अन्दर से कुछ प्रतिक्रिया चालू हुई! मेरे मुँह से भगवती तारा का ध्यान प्रस्फुटित होने लगा।

प्रत्यालीढ़ पदाम मुँडमाला विभूषिताम
खरवा लम्बोदरी भीमाम व्याघ्र चर्मावृताम कटि...

यह उच्चारण करते-करते मैं आगे बढ़ चुका था। मेरी छाती उसकी छाती से टकरा रही थी! वह मुझे धकेल रहा था! मैं उसे धकेल रहा था! हम लोग लगभग बराबर ताकत के थे। इसलिए ना वह मुझे धकेल पा रहा था ना मैं उसे धकेल पा रहा था! उसका मंत्र जाप जारी था और मेरा ध्यान। यह स्थिति लगभग दो मिनट रही होगी शायद। फिर एक बार उसने मुझे घूरा और फिर रास्ता दे दिया। यह था महामाया का अपने पीठ में मेरा पहला परीक्षण... बाद में मुझे पता चला कि श्मशान में फालतू लोगों की उपस्थिति रोकने के लिए वह इस प्रकार का परीक्षण करते हैं। जिससे वे यह जान सके की आने वाला व्यक्ति साधना करने आया है या साधना करने वालों को परेशान करने आया है। चित्र-विचित्र प्रकार के जीवों से दुनिया भरी पड़ी है कई लोग ऐसे हैं जो खुद साधना नहीं करते, और ना किसी को करने देना चाहते हैं। उनका परीक्षण मैं पार कर गया था। इस प्रकार से मेरी उपस्थिति वहाँ पर हो गई।

अब मैंने भगवती के मन्दिर के सामने अपना माथा टेका और श्मशान के एक खाली कोने की ओर चल पड़ा। श्मशान के बाजू में ही द्वारका नदी बहती है। नदी के पानी की आवाज़ आ रही थी। मैं एक कोने में जाकर अपना आसन लगाकर बैठ गया।

जो विधान मुझे मिला था उसके तहत मुझे हर रात्रि 108 माला तारा मंत्र का जाप करना था। वह तारा मंत्र था : *ओम तारा तूरी स्वाहा*। यह तारा साधना का तंत्रोक्त मंत्र है और इस मंत्र की 108 माला का जाप मुझे करना था। मेरे पास रुद्राक्ष की छोटे दाने वाली एक माला थी। उससे मैंने मंत्र जाप प्रारम्भ किया। देवी के प्रमुख दस स्वरूप माने जाते हैं, जिन्हें दस महाविद्या कहा जाता है। उन्हीं में से एक महाविद्या है भगवती महातारा। हर महाविद्या की साधना में कुछ बातों का ध्यान रखना जरूरी होता है।

तारा साधना में दो बातों का ध्यान रखना जरूरी होता है। पहली तो यह कि प्रतिदिन उसी समय पर जाप करने बैठना है जिस समय पहले दिन बैठे। यानी अगर आप 9 बजे बैठे तो अगले दिन भी ठीक 9 बजे बैठ जाना है। दूसरी, यह साधना श्मशान में ही करनी है और रात 9 से सुबह 4 बजे के बीच ही करनी है। मुझे इन दोनों बातों का ध्यान रखना था, ताकि मैं साधना को सही ढंग से पूरा कर पाऊँ। रात के 11 बजे के बाद का समय मैंने इसलिए चुना था, क्योंकि तब तक अधिकांश लोग सो चुके होते हैं और किसी के व्यवधान डालने की सम्भावना कम रहती है। वैसे भी रात्रि को दो ही प्रकार

के लोग जागते हैं। पहला होता है **भोगी** और दूसरा होता है **जोगी**। दोनों के जागने के कारण अलग-अलग हैं भोगी इसलिए जागता है, क्योंकि उसे भोग करना होता है। रात्रि का एकान्त इसके लिए उपयुक्त होता है। ठीक उसी तरह जोगी रात में जागता है क्योंकि दुनियादारी लगभग शान्त हो चुकी होती है।

अधिकांश लोग सो चुके होते हैं। ऐसा एकान्त का समय साधना के लिए अच्छा होता है। अपने आसन पर बैठकर जैसे ही मैंने मंत्र जाप प्रारम्भ किया एक कुत्तों का झुंड भौंकता हुआ मेरी तरफ लपका। मुझे थोड़ा डर लगा लेकिन मैं अपने आसन पर बैठा रहा। जैसा कि साधना में होता है आसन लगाने से पहले अपने चारों ओर एक सुरक्षा घेरा बनाया जाता है। यह सुरक्षा घेरा मंत्र से बनाया जाता है। साधक की शक्ति के अनुसार यह भी ताकतवर होता है। यह रक्षा घेरा विभिन्न प्रकार की शक्तियों से रक्षा करता है। मैंने भी यह सुरक्षा घेरा बनाया हुआ था। वे कुल मिलाकर आठ थे। कुत्तों का झुंड तेजी से मेरी ओर लपकता हुआ आ रहा था, लेकिन वह कुत्तों का झुँड मेरे घेरे को पार नहीं कर पाया और घेरे के बाहर रुक गया। अभी स्थिति यह थी कि मैं बीच में घेरे के अन्दर बैठा हुआ था और घेरे के चारों तरफ आठ कुत्ते बैठकर मुझे घूर रहे थे। इसमें सबसे विचित्र बात यह थी कि सारे कुत्ते काले रंग के थे! सभी की आँखें सुर्ख और चमकती हुई थीं! उनको देखकर ऐसा लगता था जैसे वास्तव में वे भैरव वाहन ही हों। उन जैसे हटे-कट्टे मोटे-तगड़े देसी कुत्ते मैंने कहीं नहीं देखे थे। हाँ लैबराडोर कुत्ते जरूर मोटे-तगड़े होते हैं। लेकिन यह कुत्ते देसी थे। उसके बावजूद मोटे तगड़े भेड़ियों जैसे दिखते थे। आठों दिशाओं में आठ कुत्ते बैठे हुए थे और मैं घेरे के अन्दर बैठकर मंत्र जाप कर रहा था।

सारी रात यही स्थिति रही। मैं घेरे में रहा। वह आठों घेरे के बाहर अपनी खूँखार आँखों से मुझे घूरते हुए अपनी लम्बी जीभ को बाहर लपलपाते हुए, मेरे मंत्र जाप पूरा होते तक बैठे रहे। इसके बीच मेरे सुरक्षा चक्र के चारों ओर घूमते हुए हर आधे पौने घंटे में वे एक साथ जब विलाप के स्वर निकालते तो ऐसा लगता जैसे कान के पर्दे फट जाएँगे। जब मेरा मंत्र जाप पूरा हुआ तो वे किसी अज्ञात निर्देश को मानकर अपने आप पीछे मुड़कर चले गए। इस प्रकार से पहले दिन की साधना पूर्ण हुई। मुझे आठ दिन तक श्मशान में साधना करनी थी। यह मेरा पहला दिन था जो बिना किसी बड़े व्यवधान के निकल गया।

रात के लगभग 2 बजे मेरा जाप पूरा हो गया। अब वापस होटल कैसे जाऊँ यह एक समस्या थी। क्योंकि इतनी रात को किसी को परेशान करना मुझे ठीक नहीं लगा। मैंने सोचा थोड़ी देर वही सो जाता हूँ। मैंने अपनी पूजा सामग्री के थैले को सिरहाना बनाया और सो गया। अघोर साधना में जो साधक होता है। उसके लिए आसमान छत और पृथ्वी बिछोना होता है। इसलिए कहीं भी सो जाना उसके लिए बेहद सहज होता है। मुझे भी थोड़े ही समय में नींद आ गई। सूरज की किरने जब चेहरे पर पड़ी तब मेरी नींद खुली। सुबह के लगभग 8 बज चुके थे। गुनगुनी धूप निकल चुकी थी। वापस श्रद्धालुओं समेत लोगों का आना-जाना चालू हो गया था।

मैं उठा और द्वारका नदी की ओर चल पड़ा। वहाँ जाकर मैंने नित्यकर्म सम्पन्न किए और नहाया। जब वापस लौट रहा था तो नीले रंग की रेशमी साड़ी पहने हुए एक लगभग 25 वर्ष की सामान्य-सी दिखने वाली युवती जो लगभग चार फुट की रही होगी, सामने से आ रही थी। आमतौर पर युवतियाँ एक बार नजर मिलाने के बाद हटा लेती हैं। दूसरी ओर पुरुष जब तक वह नजरों से ओझल ना हो जाए तब तक घूरता रहता है। यही पुरुष और स्त्री के बीच का अन्तर है। हम दोनों की नजरें मिलीं। वह मुस्कुराई। मैं उसे जानता नहीं था। इसलिए मैंने सोचा कि वह किसी और को देखकर मुस्कुराई होगी। मैं आगे बढ़ा वह भी आगे बढ़ी। जब हम दोनों एक दूसरे से लगभग दो फुट के फ़ासले पर रह गए, तब उसने फिर मुझसे नजरें मिलाईं। उसकी बिल्लौरी आँखों में गजब का तेज था। इस प्रकार का तेज आँखों में तब उतरता है, जब कोई महाकाली, महातारा छिन्नमस्ता जैसी उग्र साधनाएँ सम्पन्न करता है। मैं एक पल को अवाक रह गया। मेरे पैर ठिठक गए। मेरी हालत देखकर वह मुस्कुराई। अबकी बार मैं भी मुस्कुराया और हम दोनों अपने-अपने रास्ते चले गए। यह थी छाया से मेरी पहली रहस्यमयी मुलाकात...

मैं अपने कमरे में लौट चुका था मकान मालिक बनर्जी दादा ने पूछा, "रात को कहाँ चले गए थे?" मैंने बताया, "रात में श्मशान में साधना कर रहा हूँ।" उन्होंने गहरी नजरों से मेरी तरफ देखा। जैसे आँखों ही आँखों में मुझे तोल रहे हों। उसके बाद उन्होंने मुझे अपने साथ आने का इशारा किया। मैं उनके पीछे-पीछे चल पड़ा। घर के पीछे की तरफ खुला दालान था। दालान के आगे एक और कमरा बना हुआ था। वह मुझे उस कमरे में ले गए। कमरे में घुसते ही मैं आनन्द-विभोर हो गया, क्योंकि सामने ही मेरे गुरुवर की फोटो

लगी हुई थी। मैं समझ गया कि गुरुदेव ने मेरे आने से पहले ही मेरे लिए सारी व्यवस्था कर दी थी। आगे का मार्ग दर्शन यह गुरुभाई बनर्जी दादा ही करेंगे।

मैंने फोटो को प्रणाम किया और मकान मालिक को भी प्रणाम किया। वह मुस्कुराए और पूछा, "देवी तारा के बारे में क्या जानते हो?" मैंने दादा से कहा, "आप ही भगवती तारा के विषय में बताइए।" उन्होंने बताया, "महाविद्या तारा को काली कुल की शक्ति माना जाता है। उनका स्वरूप अत्यन्त दिव्य है और महाविद्याओं में वे ऐसी विद्या हैं, जो अपने साधक को उँगली पकड़कर साधना के मार्ग पर ले जाती हैं।

मैंने पूछा, "यह तारा शक्तिपीठ कैसे बना? दादा बोले, "कथा कहती है कि देवी सती प्रजापति दक्ष की कन्या थीं। उनका विवाह महादेव शिव से हुआ। एक बार प्रजापति दक्ष के यज्ञ आयोजन में दक्ष द्वारा भगवान शिव को यज्ञ में स्थान नहीं देकर, अपमान से त्रस्त सती अत्यन्त क्रोधित हुईं। उन्होंने अपनी योग शक्ति से अग्नि उत्पन्न करके अपने शरीर को समाप्त कर लिया। क्रोधित और विचलित भगवान शिव जली हुई सती के शरीर को कंधे पर लेकर ब्रह्मांड का चक्कर लगाने लगे। ब्रह्मांड में हाहाकार मच गया। शक्ति का लुप्त हो जाना ब्रह्मांड के अस्तित्व के लिए खतरा बन गया। तब भगवान विष्णु ने सती के शरीर को अपने सुदर्शन चक्र से टुकड़ों-टुकड़ों में काट दिया। वे टुकडे एक-एक करके पृथ्वी पर गिरे। जहाँ-जहाँ यह टुकड़े गिरे, वहाँ-वहाँ शक्तिपीठ की स्थापना हुई। पश्चिम बंगाल में स्थित तारापीठ में भगवती सती के आँख की पुतली गिरी थी और इसे महाविद्या तारा का सिद्ध पीठ माना जाता है।"

इतना बताकर वे रुके... तब तक चाय आ चुकी थी, हम दोनों ने चाय पी और मैंने विश्राम के लिए इजाजत माँगी। बनर्जी दादा ने एक किताब मुझे सौंपी। किताब का शीर्षक था: ***महा श्यामा साधना***। यह किताब हिन्दी में लिखी हुई थी और उस पर किसी लेखक का नाम नहीं था। मैंने उनकी ओर प्रश्नवाचक निगाहों से देखा। उन्होंने बताया कि यह किताब उन्होंने ही लिखी है। उसे लिखने का निर्देश उन्हें गुरुदेव से प्राप्त हुआ, लेकिन वे किताब प्रकाशित नहीं करवा पाए। बनर्जी दादा की हैंडराइटिंग इतनी सुन्दर थी कि उसे देखकर प्रिंटेड कॉपी होने का सन्देह होता। उन्होंने वह सारी किताब अपने हाथों से लिखी थी। उसे बड़े सुन्दर ढंग से बाइंड भी किया था।

मैं किताब लेकर अपने कमरे की ओर चल पड़ा... पढ़ना मेरा प्रिय शौक है। अगर कोई पसन्द की किताब हाथ लग गई तो उसे खत्म किए बिना, कोई दूसरा काम करने का तो सवाल ही नहीं। तंत्र साधना वैसे भी मेरे लिए सबसे दिलचस्प विषय है। श्यामा साधना के विषय में मैंने हल्का-फुल्का सुना जरूर था, लेकिन किसी प्रकार की प्रामाणिक जानकारी उपलब्ध नहीं थी। उसके विषय में जानने की मेरी प्रचंड आकांक्षा को महसूस करते हुए दादा ने वह किताब मुझे दी थी। किताब मिलते ही मेरे मन में जो पहला विचार आया वह यही था कि अब इसे पढ़े बिना, आज कोई दूसरा काम नहीं करना है।

कमरे में पहुँचकर मैं पढ़ने में लीन हो गया। उस किताब में इस रहस्यमय साधना के बारे में सब कुछ लिखा हुआ था... श्यामा साधना तंत्र जगत की सबसे जटिल साधना मानी जाती है। श्यामा साधना की विधि मंत्रों के साथ पूरे बृहद रूप में उस किताब में वर्णित की गई थी। साथ ही इसमें बनर्जी दादा के साधनात्मक संस्मरण भी जुड़े थे। आध्यात्मिक ग्रंथों का प्रकाशन सामान्यत: फायदे का धँधा नहीं होता है। इसलिए ऐसे ग्रंथों के लिए प्रकाशक बड़ी मुश्किल से मिलते हैं। शायद इसीलिए बनर्जी दादा को भी उसका प्रकाशक नहीं मिल पाया था।

श्यामा साधना युगल साधनाओं में सबसे मुश्किल और सबसे उच्च कोटि की साधना मानी जाती है। इस साधना के लिए काफी लम्बी तैयारी करनी पड़ती है। आत्म-नियंत्रण और ध्यान का बहुत तगड़ा अभ्यास जरूरी होता है। इसमें पूर्ण यौवनवान स्त्री और पुरूष को दिगम्बर अवस्था में एक-दूसरे के सामने बैठना होता है। आप खुद सोचें कि दुनिया का सबसे बड़ा आकर्षण आपके सामने होता है। आपको विचलित नहीं होना है... विचलित होने का मतलब दोनों के शरीर में किसी भी प्रकार का तनाव, जो कि वासना की प्रारम्भिक अवस्था होती है, वह भी नहीं आनी चाहिए अगर ऐसा कुछ हुआ तो मामला खत्म। यह स्थिति लगभग वैसी ही है कि किसी भूखे आदमी के सामने छप्पन भोग रखा हुआ है और वह उसे देखकर लार तक नहीं निकाल सकता... ऐसी स्थिति में अपने आसन से हिले बिना पूरे 24 घंटे तक एक-दूसरे को देखते हुए श्यामा मंत्र का जाप करना पड़ता है। साधना के दौरान आँख खुली रहनी चाहिए और नजर भी अपनी सहयोगी के ऊपर ही रहनी चाहिए। इस दौरान दोनों के मन में किसी प्रकार का विकार नहीं आना

चाहिए। अगर किसी वजह से विकार आ गया तो साधना खंडित हो जाती है। इसके परिणामस्वरूप दोनों साधकों की या तो मानसिक अवस्था गड़बड़ा जाती है। या फिर वे मृत्यु को प्राप्त हो जाते हैं। इसलिए इस साधना में बहुत कम लोग प्रवृत्त होते हैं।

उस किताब में ऐसी ही घटना का विवरण भी था। एक पहाड़ी गुफा में उच्च कोटि की साधना में लीन एक साधक तथा साधिका का विवरण था। जो कामाख्या की एक पहाड़ी गुफा में श्यामा साधना में संलग्न हुए थे। साधना सुबह 6:30 बजे से प्रारम्भ हुई थी और अगले दिन सुबह 6:30 बजे उसे पूर्ण होना था। उस दिन रात लगभग 8 बजे तक साधना ठीक चल रही थी। बनर्जी दादा गुफा के बगल वाली दूसरी गुफा में अपनी साधना में लीन थे। रात के लगभग 9 बजे दोनों को साधना में छोड़कर बनर्जी दादा किसी कार्य से कामाख्या शक्तिपीठ तक गए। सम्भवतः रात्रि काल में शेष साधना के दौरान साधक और साधिका दोनों विचलित हुए थे और दोनों समाहित हो गए थे। जिसके परिणामस्वरूप अगले दिन दोनों का शव युग्म अवस्था में साधना कक्ष में पड़ा हुआ मिला था। यह रोंगटे खड़े कर देने वाला और भयानक संस्मरण था। इसके अलावा भी दो-तीन घटनाएँ थी मैंने सारी पढ़ डालीं। पूरी किताब पढ़ने के बाद किताब तकिये के नीचे रखकर मैं सो गया। जब नींद खुली तब शाम के 5 बज चुके थे।

बनर्जी दादा अपनी सन्ध्या पूजा में व्यस्त हो चुके थे उनके कक्ष में से सुमधुर ध्वनि में भगवती तारा का स्तोत्र उच्चरित हो रहा था। मैं भी जाकर उनके पास बैठ गया...

लगभग आधे घंटे तक उनकी पूजा चली होगी। मैं साथ में बैठा रहा। चमेली के फूलों से भगवती का श्रृंगार किया हुआ था। सामने मिनी पेड़े का भोग लगा हुआ था। पाँच कटोरिया लाइन से रखी हुई थीं और हर कटोरी में तीन पेड़े रखे थे और हर कटोरी के सामने एक दीपक था। दीपक गुलाबी था। उसके अन्दर की बत्ती गुलाबी थी। दादा की धोती गुलाबी थी। यानी पूजन कक्ष पूरा गुलाबी था। यहाँ तक कि दीवारें तक गुलाबी थीं। यही नहीं कमरे में लगा हुआ बल्ब भी गुलाबी प्रकाश बिखेर रहा था। पूजा समाप्त होने के बाद दादा ने बताया, "देवी तारा की साधना में गुलाबी रंग के वस्त्र और आसान का प्रयोग किया जाता है।" फिर उन्होंने पूछा, "किताब पढ़ ली?" मैंने सहमति में सिर हिलाया। उनका अगला सवाल था, "फिर क्या सोचा?" मैंने

जवाब दिया, "एक बार कोशिश जरूर करूँगा।" उनके चेहरे पर रहस्यमयी मुस्कुराहट आयी और विलुप्त हो गई। इसका मतलब मैं समझ नहीं पाया।

रात को 11 बजे मैं फिर से मसान की ओर निकल पड़ा। मेरे गुरु ने बताया था कि अगर 11:30 से 12:30 का समय साधना करते हुए गुजरे तो वही वास्तविक रात्रि साधना मानी जाती है। इसलिए मैंने रात के 11 बजे का समय चुना था, ताकि साधना प्रारम्भ होते-होते 11:30 बज जाए। जिससे अर्ध रात्रि का समय मंत्र जाप करते हुए गुजरे। जब मैं श्मशान पहुँचा तब लगभग 11:05 हुए होंगे। कल वाला साधु आज भी मौजूद था। वह मुझे देखकर मुस्कुराया। मैंने उसे हाथ जोड़कर प्रणाम किया। शायद श्मशान के साधुओं को पता चल गया था कि मैं भी उन्हीं की बिरादरी का हूँ। यह आत्मीयता सारे साधुओं के चेहरों पर छलक रही थी। यह ठीक वैसा ही था जैसा एक समाज के लोग एक-दूसरे को देखकर खुशी व्यक्त करते हैं, या सहज महसूस होते हैं। साधुओं का समाज लगभग हमारे समाज जैसा ही होता है। उनकी अपनी प्रतिबद्धताएँ और नियम-कानून होते हैं। लेकिन मानव तो वे भी हैं। इसलिए उनमें भी बाकी मानवों की तरह सहज भावनाएँ, प्रेम, उत्साह, आत्मीयता सब कुछ होती है। वे भी क्रोधित होते हैं। वह भी प्रसन्न होते हैं। अपने जैसों के बीच में ज्यादा सहज भी महसूस करते हैं। उनका व्यक्त करने का तरीका अलग होता है, बस फर्क इतना ही है। अस्तु...

मैं वापस अपने स्थान पर पहुँच गया और प्रारम्भिक पूजन सुरक्षा क्षेत्र आदि बनाने के बाद फिर से मंत्र जाप करने बैठ गया। दूसरी माला खत्म होते-होते आठों कुत्ते फिर से आ गए। कल की स्थिति में वे फिर से पोजीशन लेकर बैठ गए। मेरा मंत्र जाप चलता रहा और बीच-बीच में उनका आलाप भी चलता रहा। लगभग एक घंटे का समय गुजर गया। रात के 1 बजे के आसपास बारिश शुरू हो गई। बारिश हल्की-फुल्की नहीं थी, बल्कि घनघोर थी। बारिश के साथ बार-बार बिजली भी कड़कती। एक बार साधना में बैठ जाने के बाद आसन नहीं छोड़ना चाहिए। इसलिए मैं भी बारिश के बावजूद अपने आसन पर डटा हुआ था। जोरदार बारिश हो रही थी। बिजली गिर रही थी। धीरे-धीरे स्थिति यह हो गई कि मैं पानी के तालाब के बीच में लगभग आधा कमर तक डूबा हुआ बैठा हुआ था।

लगातार बारिश होने के कारण सभी कुत्ते गायब हो चुके थे। 1:30 बजे के आसपास बिजली मेरे बाजू में लगभग दस फुट की दूरी पर खड़े हुए एक

पेड़ पर गिरी। नीम का यह पेड़ लगभग पन्द्रह-सोलह फुट ऊँचा था। बिजली गिरते ही उसमें आग लग गई।

बारिश के चलते थोड़ी देर में वह आग बुझ गई। मेरा मंत्र जाप चलता रहा और हर पाँच-दस मिनट के बाद उसी पेड़ पर बिजली गिरती, आग लग जाती और फिर बारिश की बूँदें उसे बुझा देतीं। उसके बाद उसमें से हल्का-हल्का धुआँ निकलता रहता। ऐसा लगभग दस-बारह बार हुआ। जब-जब बिजली कड़कती, बिजली के साथ एक विशालकाय लंगोट पहना हुआ व्यक्ति भी दिखाई देता। मैं समझ नहीं पा रहा था कि वह कौन है। उनकी आँखें लाल-लाल और बाल लम्बे-लम्बे थे, जो कंधे तक बिखरे थे। दाढ़ी लम्बी थी, जो लगभग सीने तक आती थी। बिजली के साथ उनका चेहरा पेड़ के बराबर दिखाई देता था। अभी भी जब वह दृश्य याद आता है तो पूरे शरीर में सिहरन-सी दौड़ जाती है।

उस दिन का जाप बारिश और बिजली के साथ पूर्ण हो गया। क्षमा-प्रार्थना के साथ पूजन सम्पन्न हुआ। मैंने देखा सामने वही व्यक्तित्व, सफेद रंग के धुएँ के बीच खड़े थे और वो आठों कुत्ते उनके चरणों में बैठे हुए थे। यह देखकर मुझे आभास हो गया कि कोई दिव्य व्यक्ति हैं। मैंने साष्टांग दंडवत प्रणाम किया। उन्होंने आशीर्वाद की मुद्रा में हाथ उठाया। मेरी आँखें अपने-आप बन्द हो गईं, क्योंकि उनकी आँखों का तेज देखने का साहस मुझसे नहीं हो पा रहा था। यह स्थिति कुछ क्षण रही होगी। उसके बाद जब मैंने आँखें खोलीं तो वह स्वरूप गायब था। आठों कुत्ते वहीं के वहीं मौजूद थे।

मेरा सारा सामान बुरी तरह गीला हो चुका था, सबकुछ समेटकर सबसे पहले मैंने थैले में डाला, तब तक वे आठ कुत्ते मेरे चारों तरफ पहले की तरह घूमने लगे। धीरे-धीरे उनकी गति बढ़ने लगी। बढ़ते-बढ़ते गति इतनी ज्यादा हो गई जैसे कोई बवंडर हो। बवंडर ने मुझे उठा लिया। मैं चक्कर खाता हुआ बवंडर के अन्दर जा पहुँचा। कुछ समय बाद बवंडर के अन्दर मुझे एक नीले रंग का प्रकाश दिखाई दिया। इस नीले रंग के प्रकाश का कोई ओर-छोर दिखाई नहीं दे रहा था। ऐसा लग रहा था जैसे कोई नीले रंग की लेजर बीम हो। जो किसी अज्ञात स्रोत से आ रही थी और अज्ञात गहराई की ओर जा रही थी। वह दृश्य बेहद अद्‌भुत था। अकल्पनीय था। रोमांचक था और अवर्णनीय था।

एक ऐसा दृश्य था जिसकी व्याख्या करना या वर्णन करना शब्दों की सीमा से परे है। हाँ यह जरूर था कि मुझे बेहद आनन्द की अनुभूति हो रही थी। ऐसा लग रहा था जैसे वह बवंडर अनन्त काल तक चलता रहे! वह नीला प्रकाश यूँ ही बना रहे! और मैं उसी को देखता बैठा रहूँ... यह तो मेरी इच्छा थी, लेकिन ऐसा हुआ नहीं। कुछ देर बाद बवंडर शान्त होने लगा। उसके घूमने की रफ्तार धीमी पड़ने लगी। अब कुत्ते भी मुझे थोड़ा-थोड़ा दिखाई देने लगे। जब बवंडर छटा तो मैं तारा माई के मन्दिर के प्रांगण में बेहोश पड़ा हुआ था। आठों कुत्ते मेरे चारों तरफ बैठे हुए थे और मसान के सारे बाबा वहीं खड़े थे। उनकी आँखें अविश्वास से भरी थीं। कुत्ते किसी को मेरे पास आने नही दे रहे थे।

जैसे ही मुझे होश आया। आठों कुत्ते मेरी तरफ बढ़े। एक-एक करके उन्होंने मेरी तरफ छलांग लगाई और शून्य में लुप्त हो गए। ऐसा लगा जैसे वे मुझमें समा गए हों। हर कुत्ते के कूदते ही मुझे भी एक झटका लगता था और मैं दो कदम पीछे सरक जाता था। उसके बाद वह गायब हो जाते थे। मेरी समझ में कुछ भी नहीं आ रहा था कि यह क्या हो रहा है? मैंने उठकर माई को प्रणाम किया और वापस जाने की सोची। सभी बाबा मेरे पास आ चुके थे। सारे बाबा भयभीत भी थे और जानने को उत्सुक भी। लेकिन मैं बात करने की स्थिति में नही था। भय, जिज्ञासा, आश्चर्य, अविश्वास सब की मिश्रित स्थिति में था और नींद भी आ रही थी। बवंडर और कुत्तों की वजह से मेरी हालत वैसे ही खराब हो चुकी थी। मैं वहाँ से भाग जाना चाहता था। रात के तीन बज चुके थे। दादा ने कमरे की एक चाबी मुझे भी दे दी थी। इसलिए मैं वापस कमरे की ओर चल पड़ा।

कमरे में पहुँचकर मैंने ताला खोला। मेरे पूरे कपड़े भीग चुके थे। मन में यही विचार आया कि काश थोड़ा गर्म पानी मिल जाता। नहाकर सो जाता। अब इतनी रात को कोई उठकर मुझे गर्म पानी तो नहीं देता। इसलिए गुसलखाने में जाकर अपने कपड़े उतारे तथा जैसे ही बाल्टी में हाथ डाला, मैं दंग रह गया। बाल्टी में गर्म पानी भरा हुआ था। बन्द कमरे में गर्म पानी की बाल्टी? यह मेरी समझ से बाहर था...गर्म पानी की बाल्टी उस समय एक वरदान जैसी लगी। मैंने झटपट स्नान किया और बदन पोंछकर बिस्तर पर लुढ़क गया। गहरी नींद में पहुँचने में मुझे मुश्किल से पाँच या दस सैकंड

लगे होंगे। अगली सुबह 10 बजे तक मेरी नींद नहीं खुली। 10 बजे जब उठा तो मेरा शरीर तप रहा था। ऐसा लग रहा था जैसे 102 डिग्री का बुखार हो।

तभी दरवाजे को किसी ने खटखटाया। मैंने उठकर दरवाजा खोला। सामने बनर्जी दादा खड़े थे। मैंने दरवाजे से हटकर उन्हें अन्दर आमंत्रित किया। मेरी हालत देखकर उन्हें लगा कि कुछ गड़बड़ है। उन्होंने मेरा हाथ पकड़ा। बुखार से तपते हाथ से उन्हें मेरी हालत का पता चल गया... उन्होंने पूछा, "क्या रात को दर्शन हुए?" मैंने पूरे विस्तार से उनको सारी घटनाएँ बताईं। पूरी बात सुनकर वे अपनी जगह से उठे और मुझे गले से लगा लिया। उल्लास और उत्साह उनके चेहरे से फूट रहा था। उन्होंने मुझे गले लगा कर नाचना शुरू कर दिया। उन्हें भी और मुझे भी यह ध्यान नहीं रहा कि मुझे बुखार है। लगभग पाँच-दस मिनट हम लोग यूँ ही एक-दूसरे को गले लगाकर कूद-कूद कर नाचते रहे। जब वे थोड़े शान्त हुए तो उन्होंने कहा, "बेटा तू भाग्यशाली है। तुझे बाबा ने दर्शन दिए! तुझे साक्षात महातारा के पुत्र वामाखेपा ने दर्शन दिए! तेरा जीवन धन्य हुआ! और तेरे दर्शन करके मेरा जीवन भी धन्य हुआ!" थोड़ा शान्त होने पर हम दोनों बिस्तर पर बैठ गए। उन्होंने कहा, "तू नहाकर मेरे साधना कक्ष में आ।" इतना कहकर वे कक्ष से बाहर निकल गए।

वामाखेपा के बारे में मैंने ज्यादा कुछ पढ़ा नहीं था, इसलिए बनर्जी दादा का उत्साह देखकर उनके बारे में और जानने की इच्छा प्रबल हो उठी। मैंने झटपट स्नान किया। दस मिनट में दादा के साधना कक्ष में हाजिर हो गया। चमेली के फूलों से भगवती का श्रृंगार किया हुआ था। सामने मिनी पेड़े का भोग लगा हुआ था। नौ कटोरिया लाइन से रखी हुई थीं। हर कटोरी में तीन पेड़े रखे थे। हर कटोरी के सामने एक दीपक जल रहा था। दादा ने अपने आसन के बगल में मेरे लिए भी एक आसन बिछाया हुआ था। हवन कुंड रखा था और उसमें अग्नि जल रही थी। उनके सामने एक किताब खुली हुई पड़ी थी। मैं उसे बड़ी जिज्ञासा से देख रहा था। मेरी जिज्ञासा समझकर दादा ने बताया, "यह किताब ***तारा स्तव मंजरी*** है, जोकि कल्याण मन्दिर प्रकाशन प्रयाग से प्रकाशित है। इस किताब में भगवती तारा के विभिन्न स्तोत्रों का संग्रह है। इसमें सबसे महत्वपूर्ण है तारा त्रैलोक्य विजय कवच। इसी कवच के माध्यम से आज का हवन हम सम्पन्न करेंगे, ताकि तुम्हारी

साधना निष्कंटक रूप से पूर्ण हो सके और तुम भगवती की पूर्ण कृपा प्राप्त कर सको।

तारा त्रैलोक्य विजय कवच हवन प्रारम्भ हुआ। यह भगवती तारा के 108 स्वरूपों का बीज मंत्रों से संगठित मंत्रात्मक कवच है। जो भगवती की कृपा प्रदान करने वाला माना जाता है। हर स्वरूप के मंत्रों के साथ-साथ आहुतियाँ चलती रहीं। हम दोनों स्वाहा के उच्चारण के साथ दशांग अग्नि को समर्पित करते रहे। लगभग पैंतालिस मिनट का समय इस हवन में लगा होगा, हवन के अन्तिम चरण की आहुतियाँ चल रही थीं। पूर्णाहुति के लिए कवच के अन्त में एक विशेष मंत्र दिया हुआ है। उस मंत्र का उच्चारण करते समय दादा हाथ जोड़कर बैठ गए। कर्मकांड बहुत ज्यादा मैंने किया नहीं था। इसलिए विधि-विधान के मामले में मैं ठन-ठन गोपाल ही था। उनको हाथ जोड़ता देखकर मैं भी हाथ जोड़कर बैठ गया और जब अन्त में स्वाहा आ गया तो मैंने सोचा कि अब दशांग हवन में डालना होगा।

मैंने दशांग की ओर हाथ बढ़ाया, लेकिन दादा अब भी हाथ जोड़कर बैठे थे। उनकी आँखें बन्द थीं, तो मैंने भी दशांग वापस छोड़ दिया। तभी! एक आश्चर्यजनक घटना घटित हुई! यज्ञ कुंड में से अग्नि की लपटें कटोरियों की तरफ बढ़ी। कटोरियों में रखे पेड़े यज्ञ कुंड में आ गिरे। अग्नि को सप्त जिह्वा कहा जाता है। अर्थात सात जीभ वाली, ऐसा प्रतीत हुआ जैसे अग्नि की जीभ ने आगे बढ़कर उन कटोरियों में रखे पेड़े को ग्रहण कर लिया। पूजन के बाद जब हमने देखा तो सात कटोरियों के पेडे कुंड के अन्दर विलुप्त हो चुके थे। दो कटोरियाँ वैसी की वैसी रखी थीं और उनमें पेड़े रखे हुए थे।

हवन के बाद क्षमा-प्रार्थना तथा शान्ति पाठ करने के बाद दादा ने एक कटोरी मेरी तरफ बढ़ाई और एक कटोरी खुद अपने पास रख ली। मैंने प्रश्नवाचक निगाहों से उनको देखा। वे कटोरी से पेड़ा खाने के लिए उठा चुके थे। मुझे भी उन्होंने संकेत किया। भगवती को प्रणाम करते हुए मैंने तीनों पेड़े उदरस्थ कर दिए। जैसा कि आप लोग जानते होंगे, मिनी पेड़ा सबसे सस्ती मिठाइयों में से आता है, लेकिन उन पेड़ों में जो स्वाद था, उसकी तुलना काजू-कतली जैसी महंगी मिठाइयों से भी नहीं की जा सकती। वैसा स्वादिष्ट मिष्ठान मैंने कभी नहीं खाया था। उसका स्वाद अनूठा था। जिसे मैं जिन्दगी भर नहीं भूल सकता।

हवन के बाद कमरे के दरवाजे के ऊपर लगे हुए फोटो पर मेरी नजर पड़ी। मैं ठिठक कर रुक गया। अरे यह तो उन्हीं बाबा की फोटो है। यह उसी व्यक्तित्व की फोटो थी जिसे कल रात को मैंने बिम्ब रूप से देखा था। चित्र के नीचे लिखा हुआ था तारा पुत्र वामाखेपा। मुझे उत्सुक देखकर दादा ने कहा, "चल तुझे बाबा की कहानी सुनाता हूँ।"

दादा बोले, "पश्चिम बंगाल के एक गाँव में वामाचरण नाम के बालक का जन्म हुआ। बालक के जन्म के कुछ समय बाद उसके पिता का देहान्त हो गया। माता भी गरीब थी। इसलिए बच्चों के पालन-पोषण की समस्या आयी। उन्हें मामा के पास भेज दिया गया। मामा तारापीठ के पास के गाँव में रहते थे। जैसा कि आमतौर पर अनाथ बच्चों के साथ होता है। दोनों बच्चों के साथ बहुत अच्छा व्यवहार नहीं हुआ। धीरे-धीरे वामाचरण की रुचि बाबाओं की तरफ होने लगी। गाँव के मसान में आने वाले बाबाओं की संगत में रहते-रहते वामाचरण में भी देवी के प्रति रुझान बढ़ने लगा। अब वे तारा माई को बड़ी माँ कहते और अपनी माँ को छोटी माँ।

"वामाचरण कभी श्मशान में जलती चिता के पास जाकर बैठ जाता कभी यूँ ही हवा में बातें करता रहता। ऐसे ही वह युवावस्था तक पहुँच गया। उसकी हरकतों की वजह से उसका नाम वामाचरण से वामाखेपा पड़ चुका था। खेपा का मतलब होता है पागल। यानी गाँव वाले उसको आधा पागल समझते थे। उसके नाम के साथ उन्होंने पागल उपनाम जोड़ दिया था। वे यह नहीं जानते थे कि वस्तुत: कितनी उच्चकोटि का महामानव उनके साथ है।

"वह भाद्रपद मास की शुक्ल पक्ष की तृतीया तिथि थी। मंगलवार का दिन था। भगवती तारा की सिद्धि का परमसिद्ध मुहूर्त। रात का समय था। वामाखेपा जलती हुई चिता के बगल में श्मशान में बैठा हुआ था तभी! नीले आकाश से ज्योति फूट पड़ी और चारों तरफ प्रकाश ही प्रकाश फैल गया। उसी प्रकाश में वामाचरण को माँ तारा के दर्शन हुए। कमर में बाघ की खाल पहने हुए! एक हाथ में कैंची लिए। एक हाथ में खोपड़ी लिए। एक हाथ में नीले कमल का पुष्प लिए। एक हाथ में खड्ग लिए हुए। महावर लगे सुन्दर पैरो में पायल पहने हुए। खुले हुए कमर तक बिखरे केश से युक्त, परम ब्रह्मांड की स्वामिनी, सौन्दर्य की प्रतिमूर्ति। नील वर्णी, मंद-मंद मुस्काती माँ तारा, वामाखेपा के सामने खड़ी थीं... वामाखेपा उस भव्य और सुन्दर

देवी को देखकर खुशी से भर गए। माता ने उसके सिर पर हाथ फेरा और वामाखेपा वही समाधिस्थ हो गए ।

"तीन दिन और तीन रात उसी समाधि की अवस्था में वे श्मशान में रहे। तीन दिन के बाद उन्हें होश आया और होश आते ही वह माँ-माँ चिल्लाते हुए, इधर-उधर दौड़ने लगे। अब गाँव वालों को पूरा यकीन हो गया कि वामा पूरा पागल हो गया है। वामा की यह स्थिति महीने भर रही... कुछ दिन बाद वहाँ की रानी को सपने में भगवती तारा ने दर्शन दिए और निर्देश दिया कि मसान के पास मेरे लिए मन्दिर का निर्माण करो और वामा को पुजारी बनाओ। अगले दिन से मन्दिर निर्माण का कार्य प्रारम्भ हो गया। कुछ ही दिनों में मन्दिर बनकर तैयार हो गया और वामा को मन्दिर का पुजारी बना दिया गया। वामा बेहद खुश हो गए, क्योंकि उनकी बड़ी माँ अब उनके साथ थीं...

"रानी के द्वारा बनाया मन्दिर अर्थात मोटे चढ़ावे की सम्भावना। अब ऐसे मन्दिर में एक आधे पागल को पुजारी बनाना बहुत से पंडों को रास नहीं आया। वे वामाखेपा को निपटाने का मार्ग खोजते रहते थे। वामाखेपा की हरकतें अजीब-अजीब हुआ करती थीं। कई बार वह दिनभर पूजा करते। कई बार दो-दो, तीन-तीन दिन तक पूजा ही नहीं करते। कभी देवी को माला पहनाते कभी खुद पहन लेते। इनमें से कोई भी प्रक्रम पंडों के हिसाब से शास्त्रीय पूजन विधि से मेल नहीं खाता था। यह बात उनको खटक रही थी। फिर एक दिन ऐसा हुआ कि प्रसाद बना और प्रसाद बनने के बाद जब मन्दिर में पहुँचा तो देवी को भोग लगाने से पहले वामाचरण के मन में विचार आया कि इसे चखकर देख लो यह माता के खाने के लायक है भी कि नहीं। बस फिर क्या था। उन्होंने प्रसाद की थाली में हाथ डाला और प्रसाद चखने के लिए अपने मुँह में डाल लिया। चखने के बाद जब सही लगा तो बाकी प्रसाद उन्होंने माई को अर्पित कर दिया।

"इतना बड़ा अवसर पंडित कहाँ छोड़ते। उन्होंने बवाल मचा दिया कि देवी के प्रसाद को वामा ने खा लिया है। उसे जूठा कर दिया है। जूठा प्रसाद देवी को चढ़ा दिया है। अब देवी रुष्ट हो जाएँगी, उनका प्रकोप सारे गाँव को झेलना पड़ेगा। उसके बाद भीड़तंत्र का बोलबाला हुआ और गाँव वालों ने मिलकर पंडों के साथ वामाचरण की कस कर पिटाई कर दी। उसे श्मशान में ले जाकर फेंक दिया। मन्दिर पर पंडों का कब्जा हो गया। उन्होंने शुद्धीकरण और तमाम प्रक्रियाएँ कीं। उस दिन पूजन पंडों के अनुसार सम्पन्न

हुआ। उधर वामाखेपा को होश आया तो वह माई पर गुस्सा हो गया, 'मैंने गलत क्या किया जो तूने मुझे पिटवा दिया। तुझे देने से पहले खाना स्वादिष्ट है या नहीं देख रहा था। इसमें मेरी गलती क्या थी? मैं तो तुम्हें स्वादिष्ट भोग लगाने का प्रयास कर रहा था और चाहता था कि तुझे अच्छे स्वाद का प्रसाद ही मिले। अगर स्वाद गड़बड़ होता तो उसे फेंककर दूसरा बनवाता। लेकिन तूने बेवजह मुझे पिटवाया जा मैं अब तेरे पास नही आऊँगा।'

"मसान घाट पर बैठकर वामाचरण ने माँ को सारी बातें सुना दीं और वहाँ से उठकर जंगल की ओर चला गया। जंगल में जाकर एक गुफा में बैठ गया। यह स्थिति बिलकुल वैसे ही थी जैसे अपनी माँ से रूठ कर बच्चे किसी कोने में जाकर छुप जाते हैं। वामाचरण और तारा माई के बीच में माँ और बेटे जैसा रिश्ता था। यह रिश्ता बिल्कुल वैसा ही था जैसे एक अबोध शिशु और उसकी माँ के बीच में होता है। अपने शिशु की व्यथा तारा माई को सहन नहीं हुई। उसी रात रानी के स्वप्न में माई प्रकट हुईं। क्रोधित माई ने रानी को फटकार लगाई, 'तेरे पंडों ने मेरे पुत्र को बुरी तरह से पीटा है। मैं तेरा मन्दिर छोड़ कर जा रही हूँ। अब तुझे और तेरे राज्य को मेरा प्रकोप सहना पड़ेगा, अगर उससे बचना चाहती है, तो कल के कल मेरे पुत्र को वापस लाकर मन्दिर में पूजा का भार सौंप, वरना प्रतिफल भुगतने के लिए तैयार रह।'

"एक तो तारा माई का रूप ऐसे ही भयानक है। क्रोधित अवस्था में तो सीधी सरल माता भी काली से कम नहीं दिखाई देतीं। क्रोधित माई का स्वरूप व्याख्या से परे था।

रानी हड़बड़ाकर पलंग पर उठ बैठी। रानी के लिए रात बिताना भी मुश्किल हो गया। उसने सारी रात जागकर बिताई। अगले दिन अपने सेवकों को दौड़ाया और मामले का पता लगाने के लिए कहा। जैसे ही पूरी जानकारी प्राप्त हुई रानी अपने लाव लश्कर के साथ मन्दिर पहुँच गई। सारे पंडों को कसकर फटकार लगाई और मन्दिर में प्रवेश प्रतिबन्धित कर दिया, अपने सेवकों को आदेश दिया कि जैसे भी हो वामाखेपा को पकड़कर लाओ।

"अब सारे सेवक चारों तरफ वामाखेपा की खोज में लग गए। एक सेवक को गुफा में बैठा हुआ वामाखेपा मिल गया। बड़ी मानमनोव्वल के बाद भी वह नहीं माना, सेवक ने जाकर रानी को बात बताई। अन्ततः रानी खुद गुफा तक पहुँची। वामा ने उन पर भी अपना गुस्सा उतारा, 'आप के

कहने पर मैं पूजा कर रहा था और मुझे देखो इन लोगों ने कितना मारा!' उनकी बाल सुलभ सहजता को देखकर रानी का नारी हृदय भी ममत्व से भर गया। उनकी समझ में आ गया कि तारा माई का मातृत्व इस वामाखेपा के प्रति क्यों है।

"उन्होंने फरमान जारी कर दिया, 'इस मन्दिर का पुजारी वामाखेपा है। उसकी जैसी मर्जी हो, जैसी विधि वह करना चाहे उस प्रकार से पूजा करने के लिए वह स्वतंत्र है। कोई भी उसके मार्ग में आएगा तो दंड का भागी होगा। यह मन्दिर वामाखेपा का है और तारा माई भी वामाखेपा की हैं। वह जिस विधान को सही समझे, उस विधान से पूजा करेगा और वही विधान यहाँ पर सही माना जाएगा।' वामाखेपा को तो जैसे मन माँगी मुराद मिल गई। माँ और बेटे का मिलन हो चुका था। मन्दिर व्यवस्था फिर से वामाखेपा के हिसाब से चलने लगी।

"ऐसा माना जाता है कि तारा माई खुद वामाखेपा के हाथ से प्रसाद ग्रहण करती थीं। ऐसे अद्भुत ढंग से वामाखेपा तारा माई का पूजन करते जिसका कोई नियम नहीं था। कभी सुबह 4 बजे पूजा हो रही होती, तो कभी दोपहर 12 बजे तक पूजा प्रारम्भ नहीं होती। कभी रातभर पूजा चल रही है तो कभी पूरे दिनभर मन्दिर की ओर वामाखेपा के दर्शन ही नहीं होते थे। उनकी पूजन विधि लोगों को पसन्द नहीं थी, लेकिन उनके पास कोई उपाय नहीं था, क्योंकि रानी का फरमान था। वामाखेपा अपनी मस्ती में जीते थे और लोग उन्हें नीचा दिखाने का रास्ता खोजते थे।

"एक दिन वामाखेपा की माँ का निधन हो गया। नदी में बाढ़ आयी हुई थी। नदी के उस पार गाँव था। वामा जिद पर अड़ गए छोटी माँ का दाह संस्कार बड़ी माँ के पास वाले श्मशान में किया जाएगा। गाँव वाले बाढ़ वाली नदी को पार करने में जान का खतरा है यह जानते थे, लेकिन वामा को समझाना किसी के बस की बात नहीं थी। नाव वाले से बाबा ने देह को नदी के पार पहुँचाने की बात की। नाव वाले ने साफ इंकार कर दिया। बाबा ने नाव देने के लिए कहा। नाव वाला हाथ जोड़कर बोला, 'बाबा यही मेरे जीवन का सहारा है अगर बाढ़ में यह बह गयी तो मैं घर कैसे चलाऊँगा?'

"वामा के चेहरे में रहस्यमयी मुस्कान बिखर गई। जैसे उन्होंने कोई निर्णय ले लिया हो। उन्होंने अपनी माता के शव को उठाया और खुद नदी पर

चलते हुए उस पार पहुँच गए। गाँव वाले आँखें फाड़े उस दृश्य को देखते रहे। वामा की इच्छा के अनुसार ही उन्होंने माई के मन्दिर के पास वाले श्मशान में अपनी माँ का दाह संस्कार सम्पन्न किया।

"मृत्यु भोज के लिए आसपास के सारे गाँव में जितने लोग हैं, सभी को निमंत्रित करने के लिए वामाखेपा ने अपने घर के लोगों और आसपास के लोगों को कहा। सब इसे वामाखेपा का पागलपन समझकर शान्त रहे। जिसके पास दो वक्त की रोटी का पता नहीं वह आसपास के बीस गाँव को खाना कैसे खिलाएगा! यह उनके लिए कल्पना से भी परे की बात थी। जब कोई भी निमंत्रण देने जाने को तैयार नहीं हुआ तो वामाखेपा अकेले निकल पड़े। उन्होंने आसपास के बीस गाँवों में हर किसी को मृत्यु भोज के लिए आमंत्रित कर लिया। सारे गाँव वाले यह देखने के लिए तारापीठ पहुँचने लगे कि देखे ज़रा यह पगला किस प्रकार से इतने सारे लोगों को मृत्यु भोज कराता है। गाँव वालों की आँखें उस समय फटी की फटी रह गईं जब सुबह से बैलगाड़ियों में भर-भर कर अनाज सब्जी आदि तारापीठ की तरफ आने लगी। बैल गाड़ियों का पूरा एक काफिला मन्दिर के पास पहुँच गया। अनाज और सब्जियों का ढेर लग गया। जो लोग आए थे उन्होंने खाना बनाना भी प्रारम्भ कर दिया। दोपहर होते-होते सुस्वादु भोजन की गंध से पूरा इलाका महकने लगा।

"प्रकृति भी अपना परीक्षण कब छोड़ती है, आसमान में बादल छाने लगे। प्रकृति ने भी उग्र रूप धारण कर लिया। बिजली कड़कने लगी। हवाएँ चलने लगी और जोरदार बारिश के आसार नजर आने लगे। वामाखेपा अपनी जगह से उठे और जिस जगह पर श्राद्ध भोज होना था, उस पूरी जगह को बांस के डंडे से एक घेरा बनाकर घेर दिया। घनघोर बारिश शुरू हो गई, लेकिन घेरे के अन्दर एक बूँद पानी भी नहीं गिरा। गाँव वाले देख सकते थे कि वे जहाँ बैठकर भोजन कर रहे हैं वह पूरा हिस्सा सूखा हुआ है और उस घेरे के बाहर पानी की मोटी-मोटी बूँदें बरस रही हैं। जमीन से जल धाराएँ बह रही हैं। वह पूरा इलाका जिसमें भोज का आयोजन था, पूरी तरह से सूखा हुआ था। बीस गाँव से आए हुए सभी लोगों ने छक कर भोजन किया। हर कोई तृप्त हो गया। अब बारी थी वापस अपने-अपने गाँव जाने की। घनघोर बारिश को देखते हुए वापस जाने के लिए दिक्कत आएगी यह सोचकर सभी चिन्तित थे। वामाखेपा ने माई के सामने अपना अनुरोध पेश किया और कुछ

ही क्षणों में आसमान पूरी तरह से साफ हो गया और धूप खिल गई। सारे लोग बड़ी सहजता से अपने-अपने गाँव तक पहुँच गए।

"इस घटना के बाद वामाखेपा की अलौकिकता के बारे में लोगों को पता लगा। धीरे-धीरे लोगों की भीड़ वामाखेपा के तारा पीठ में बढ़ने लगी। कोई बीमार आता तो वामाखेपा उस पर हाथ फेर देते तो वह स्वस्थ हो जाता। निसन्तानों को सन्तान की प्राप्ति हो जाती। सभी आगन्तुकों की इच्छा और मनोकामना तारा पीठ में पूरी होने लगी। वामाखेपा कभी भी बिना चखे माई को भोजन नहीं कराते थे। माई स्वयं अपने हाथ से उनको भोजन खिलाती थीं और उनके हाथों से भोजन ग्रहण करती थीं। ऐसे अद्‌भुत महामानव वामाखेपा अपने अन्त समय में माई की प्रतिमा में लीन हो गए।"

उस अद्‌भुत महासाधक के जीवन का वर्णन सुनकर रोंगटे खड़े हो गए। हृदय में गर्व की अनुभूति भी हुई कि मुझे ऐसे दिव्य साधक के दर्शन हुए। दादा ने आगे बताया, "तारापीठ पर आने वाले साधकों की साधना के हिसाब से जो श्रेष्ठ साधक होता है उसे बाबा अवश्य दर्शन देते हैं और उस साधक के लिए आगे साधना का मार्ग प्रशस्त हो जाता है।" इतना बताने के बाद दादा रुके और फिर हम दोनों भोजन करने के लिए चल पड़े। भोजन करने के बाद मैं अपने कपड़े वगैरह धोने के कार्य में लग गया और शाम हो गई। शाम को कुछ सामान खरीदने के लिए बाजार जाना पड़ा...।

बाजार में सारी खरीदारी पूरी हो गई और मैं वापस लौट रहा था। वही साधु श्मशान वाला बाजार में मिल गया। हम दोनों ने साथ में चाय पी। चाय पीने के बाद साधु मेरी तरफ देखकर मुस्कुराया और बोला गुरुजी आपसे मिलना चाहते हैं। मैंने पूछा कि कौन से गुरु जी। तो उसने बताया कि मेरे गुरुजी जो श्मशान के बाबाओं के प्रमुख हैं वह तुमसे मिलना चाहते हैं। बाजार से आने के बाद मेरे पास भी कुछ काम नहीं था। रात को भोजन करना नहीं था इसलिए फ्री था। तभी कपालिनी ने कान में आवाज लगाई, "चले जाओ।" मैंने उसे कहा, "ठीक है मैं रात को लगभग 8 बजे तारा मन्दिर के पास मिलूँगा।" उसने हामी भरी। मैं घर आ गया। बनर्जी दादा इन्तजार में थे उन्होंने मुझे एक छोटी-सी बोतल दी उसमें लाल रंग का कुमकुम जैसा कोई पदार्थ था। मैंने प्रश्नवाचक निगाहों से उनकी तरफ देखा तो उन्होंने बताया, "यह कामिया सिन्दूर है। देवी को इसका अर्पण बहुत पसन्द है। विशेष कार्यों की पूर्ति के लिए देवी को अर्पित करने से कार्य निर्विवाद रूप से पूरा होता

ही है।" मैंने उसे लेकर प्रणाम किया फिर मैंने पूछा, "दादा यह मिलता कहाँ है?" दादा ने बताया, "यह कामाख्या पीठ की पहाड़ियों में पाया जाता है और इसका बड़ा महत्व है। यह तेरे काम आएगा।" बोतल मैंने जेब में डाली और कमरे के अन्दर सामान रखा। चाय पीने के लिए दादा की तरफ से आवाज आ चुकी थी। जब तक चाय पी तब तक 7:30 बज चुके थे।

मैं श्मशान की ओर निकल पड़ा। तारा मन्दिर पहुँचा और माता जी को प्रणाम करके अपने ज्ञान के अनुसार पूजन समर्पित किया, तब तक साधु आ चुका था। उसने अपना नाम गोपाल दास बताया था। गोपाल ने मुझे अपने साथ चलने का इशारा किया। मैं उसके साथ चल पड़ा। मसान के अन्दर बनी हुई झोपड़ियों में से एक झोपड़ी में वो मुझे लेकर गया। जो दो भाग में बँटी थी। सामने की तरफ साधना करने की जगह थी एक धूनी जल रही थी। त्रिशूल जैसे अघोरी साधु सामान वहाँ जमीन पर पड़े हुए थे। एक आसन भी लगा हुआ था और उस आसन के नीचे खोपड़ी का हिस्सा नजर आ रहा था। जो साधक अघोरी साधना में सिद्ध होते हैं। वे मुंडासन का प्रयोग करते हैं अर्थात नरमुंड को अपने आसन के नीचे सिद्ध करके रखते हैं।

गोपाल दास ने बताना चालू किया, "गुरु जी का नाम प्रचंड नाथ है। वे पंच मुंडी आसन पर बैठते हैं और कई सालों तक कामाख्या में तपस्या करके आए हैं। पिछले दस सालों से तारापीठ में ही साधना कर रहे हैं। तारापीठ के श्मशान में सबसे वरिष्ठ साधु हैं। आपकी आयु करीब सत्तर साल की है। इतना बताते-बताते गुरुजी अन्दर से बाहर आ गए। हम दोनों ने उनको प्रणाम किया। उन्होंने आशीर्वाद की मुद्रा में हाथ उठाया। गोपाल को उन्होंने कुछ इशारा किया। वह झोपड़ी से बाहर निकल गया।

प्रचंड नाथ जी ने अपने पंचमुंडी आसन पर बैठकर माँ को प्रणाम किया और मुझे गहरी निगाहों से देखा। जैसे वह मुझे नापने की कोशिश कर रहे हों। कुछ क्षणों तक उनकी दिप-दिप करती तेजस्वी आँखें मुझ पर टिकी रहीं। उसके बाद उनके चेहरे पर मुस्कुराहट के भाव उभरे। मुझसे पूछा, "अघोरानन्द साधना कैसी चल रही है।"

मैंने हाथ जोड़कर प्रणाम किया और कहा, "तारा माई और आप लोगों की कृपा से ठीक है।" प्रचंड नाथ जी ने कहा, "बेटा! मेरे पास एक दुर्लभ तांत्रिक वस्तु है। जो मैं तुम्हें देना चाहता हूँ। लेकिन उसे प्राप्त करने

के लिए तुमको एक परीक्षा देनी होगी। क्या तुम इसके लिए तैयार हो?" मुझे कपालिनी का संकेत प्राप्त हो चुका था, इसलिए मैंने सहमति में सिर हिलाया।

बाबा प्रचंड नाथ ने आगे कहा, "बेटा मैं पंचमुंडी आसन पर बैठकर साधना करता हूँ। तुम इसके बारे में जानते होगे?" मैंने कहा, "बाबा थोड़ा-बहुत जानता हूँ। आप और प्रकाश डालेंगे तो ज्यादा बेहतर जान पाऊँगा।" बाबा ने कहा, "अघोर साधना में सिद्ध साधक ही मुंडासन में बैठने के अधिकारी होते हैं। जैसे-जैसे साधनाओं की उग्रता बढ़ती जाती है मुंड की संख्या भी आसन के नीचे बढ़ती जाती है। पंचमुंडी आसन श्रेष्ठतम आसनों में से एक होता है। यह जिस पर मैं बैठा हूँ वह पंचमुंडी आसन है। इन आसनों की विशेषता यह होती है कि यह केवल समर्थ साधकों को ही अपने ऊपर बैठने देते हैं। कोई सामान्य व्यक्ति इस पर बैठ जाए तो यह मुंड उसे उठाकर फेंक देते हैं। इन आसनों पर बैठकर साधना करने का फल ठीक वैसा ही होता है जैसे शवासन पर बैठकर साधना करने का।"

इतना कहकर उन्होंने मेरी तरफ देखा। जैसे मेरे भावों को पढ़ रहे हों... प्रचंड नाथ आगे बोले, "तुम्हारी योग्यता मैं समझ रहा हूँ, लेकिन तुम्हें मेरे इस आसन पर बैठकर यह सिद्ध करना होगा कि तुम उस तांत्रिक वस्तु के योग्य अधिकारी हो।

मैंने पूछा, "कितनी देर बैठना होगा बाबा जी, क्योंकि 11:30 बजे मुझे अपनी साधना करनी है?" बाबाजी का उन्मुक्त अट्टहास झोपड़ी में गूँज उठा। जय भोले। हर हर महादेव। के उद्घोष के साथ उन्होंने कहा, "तुझे बैठकर केवल माई का ध्यान लगाना है और अघोरेश्वर महादेव के मंत्र की एक माला फेरनी है। ज्यादा से ज्यादा इसमें घंटा भर लगेगा।"

उस समय लगभग 8:30 बज रहे थे और मेरे पास पर्याप्त समय था सो मैंने हामी भर दी। बाबा ने धूनी की आग को कुरेदा। धूनी की आग भभककर जल उठी। बाबा ने मुंडासन और माई को प्रणाम किया और नीचे उतरने के बाद मुझे आसन पर बैठने का संकेत किया। मैं उनके चरण स्पर्श कर आसन की ओर बढ़ा। आसन के दो फुट दूर पहुँचते ही मुझे अपने पाँव में जलन-सी महसूस हुई। यह सुरक्षा घेरा था। जिसे भेद कर मुझे अन्दर जाना था।

हर क्षेत्र में जिस प्रकार किसी उच्च श्रेणी को प्राप्त करने के लिए परीक्षा देनी होती है या किसी स्पर्धा में सफल होना होता है, ठीक वैसे ही

अघोर साधनाओं में भी आगे की श्रेणी में पहुँचने के लिए आपको अपनी क्षमता दिखानी और साबित करनी पड़ती है। अब समय था कि मैं सुरक्षा चक्र को भेद कर आगे बढ़ूँ। मैंने प्रचंड नाथ जी की ओर देखकर आँखों ही आँखों में अनुमति माँगी। उन्होंने मुस्कुराकर अनुमति दी। मैंने शान्ति मंत्र का जाप करते हुए सुरक्षा घेरे को शान्त किया और आगे बढ़ा। इस बार पाँव में जलन महसूस नहीं हुई। थोड़ा आगे बढ़ते ही मुझे जोर का धक्का लगा और मैं लड़खड़ा कर पीछे हट गया। मैं बड़ी सहज स्थिति में आगे बढ़ रहा था, क्योंकि मुझे लगा कि जब बाबा मुझे बैठने के लिए कह रहे हैं तो मुझे सिर्फ जाकर बैठना है। लेकिन वास्तव में वैसा नहीं था। मुझे किसी वीडियो गेम की तरह कई लेवल की परीक्षा देकर आगे बढ़ना था। गेम के हर लेवल में अलग-अलग किस्म की रुकावटें पार करनी थीं।

धक्का लगते ही जहाँ मैं लड़खड़ाकर पीछे हटा। वहीं कमरा फिर बाबा प्रचंड नाथ के अट्टहास से गूँज उठा, "अघोरानन्द तू पंचमुंडी पीठ पर बैठने जा रहा है, इसे बच्चों का खेल मत समझ। सावधानी से आगे बढ़।" इतना सुनकर मेरे दिमाग की बत्तियाँ जलीं और मैं अपने अघोर रूप में आया। मैंने कपालिनी को याद किया। मंत्रों से अभिमंत्रित किया। अघोरेश्वर महादेव को प्रणाम किया और अपने गुरुमंत्र से स्वयं को रक्षित करके सर्वेश्वर मंत्र का जाप प्रारम्भ करते हुए, अपनी जेब से काली मिर्च के दाने निकालकर आसन की तरफ उछाला।

यह मंत्र भगवान शिव के सबसे उग्र रूप का मंत्र है इसलिए लगभग 90% बन्धन इस मंत्र के द्वारा टूट जाते हैं। मैंने जैसे ही काली मिर्च के दाने उछाले विस्फोट जैसी आवाज आयी और ऐसा लगा जैसे कोई कमरे से निकलकर भागा। अबकी बार बाबा प्रचंड नाथ का अट्टहास और जोरदार था। साथ में उनकी तालियों की आवाज भी थी। बोले, "शाबाश आगे बढ़।" मैंने फिर कदम आगे बढ़ाया। अब मैं पूरी तरह से सावधान था। हर सूक्ष्म से सूक्ष्म गतिविधि पर मेरी नजर थी। मैंने देखा उस मुंड पीठ के चारों तरफ चार शक्तियाँ जो डाकिनी तुल्य लग रही थीं। वह मौजूद थीं। उनको सन्तुष्ट किए बिना उस पीठ पर बैठना नामुमकिन था। मैंने कपालिनी को फिर से याद किया। अपने झोले में से द्रव्य और खंड निकाले।

मैंने डाकिनी साधना कर रखी थी। डाकिनी का सूक्ष्म स्वरूप मेरे मानस पटल पर स्पष्ट हुआ और फिर सामने रखे हुए पीठ पर स्थापित एक

शक्ति का स्वरूप मेरे सामने उपस्थित था। यह लगभग तीन फुट ऊँची गहरे काले रंग की शक्ति थी। जिसके चेहरे पर सिर्फ एक आँख थी और पूरा सिर गंजा था। एक आँख की वजह से चेहरा भयंकर भयानक लग रहा था। वह एक शव की पीठ पर विराजमान थी। उनके बाएँ हाथ में एक रक्त से भरा हुआ खप्पर था, जिसमें कुछ बोटियाँ भी पड़ी हुई थीं। जिसमें से एक बोटी निकालकर वह चबा रही थी। कचकच की आवाज कमरे में गूँज रही थी। उनके होंठों के किनारों से खून गले तक बह रहा था।

डाकिनी को प्रसन्न करने के लिए हमेशा यह ध्यान रखना पड़ता है कि उनको भरपूर सम्मान देना चाहिए। किसी भी प्रकार का विकृत स्वरूप होने पर भी साधक के हृदय में घृणा जुगुप्सा जैसे भाव उत्पन्न नहीं होने चाहिए। इससे डाकिनी जल्दी प्रसन्न होती है। मैं अपनी डाकिनी साधना के दौरान ऐसे-ऐसे स्वरूप देख चुका था। मैं समझ गया कि यह माई का मुझे बरगलाने का प्रयास है। मैंने मुस्कुराते हुए सहज स्वरूप में उनको द्रव्य और खंड अर्पित किए। जिसे ग्रहण करके वह शान्त हो गईं। इस प्रकार उस मुंड पीठ की एक रक्षक शक्ति को मैंने शान्त कर लिया था। अब तीन और बाकी थे।

पहली शक्ति के खंड ग्रहण करते ही फिर से बाबा प्रचंड नाथ का अट्टहास गूँजा। वह शायद इसलिए खुश हो रहे थे कि उन्होंने जिसे चुना है वह उनके परीक्षण पर खरा उतर रहा था। उनके अट्टहास से मेरा उत्साहवर्धन हो रहा था। जीवन में जब भी आप कोई कार्य कर रहे हो और वह कार्य बेहद जटिल हो तो किसी भी प्रकार का उत्साहवर्धन आपके लिए बहुत जरूरी होता है। इससे आप कठिनाइयों को आसानी से पार कर पाते हैं। यह अखंड सत्य है। मेरे साथ भी यही हो रहा था। मुझे यह पता था कि अखंड नाथ जी मुझे वह तांत्रिक वस्तु देना चाहते हैं। उससे पहले वह अपना परीक्षण भी कर लेना चाहते हैं, ताकि वे निश्चिन्त हो सकें की वह तांत्रिक वस्तु योग्य हाथों में जा रही है।

अब बची हुई तीन शक्तियों की साधना बाकी थी। मैंने भगवती का ध्यान किया और उन शक्तियों का भी आह्वान किया। आसन के दूसरे कोने से धुआँ निकला और धुएँ का वह गुबार लगभग झोपड़ी की छत तक पहुँच गया। धीरे-धीरे धुआँ कमरे में बढ़ता गया और सांस लेने में भी दिक्कत होने लगी। मेरे मानस पटल पर अचानक वह काले कुत्ते नजर आए। मैंने संकेत समझा और काल भैरव मंत्र का जाप करते हुए काली मिर्च के दानों को पीठ

की ओर उछाल दिया। धुएँ का वह गुबार घटने लगा। उसके स्थान पर एक अत्यन्त सुन्दर लगभग दस वर्ष की बालिका खड़ी थी। मैंने उन्हें श्रद्धापूर्वक प्रणाम किया। बाबा प्रचंड नाथ का अट्टहास फिर गूँजा, लेकिन इस बार उस अट्टहास में एक स्त्री अट्टहास भी शामिल था। मैं देखने के लिए पलटा। झोपड़ी के दरवाजे पर हँसती हुई छाया खड़ी थी वह अपनी कटाक्ष भरी मुस्कान के साथ मुझे देखते हुए झोपड़ी से बाहर निकल गई।

यह थी छाया से मेरी दूसरी मुलाकात...

आसन की दो शक्तियाँ सन्तुष्ट हो चुकी थीं। दो शक्तियाँ बाकी थीं। भैरव मंत्र का उच्चारण करने के बाद दूसरी शक्ति लुप्त हो चुकी थी, लेकिन धुएँ का गुबार अभी भी हल्का-हल्का बाकी था। धीरे-धीरे वह भी छँटता चला गया। पूरा कमरा साफ हो चुका था। मैंने गुरुदेव को याद किया, उनके द्वारा दिए गए पाशुपतास्त्र मंत्र का प्रयोग प्रारम्भ किया। मंत्र लगभग डेढ़ पेज का था। मंत्र पूरा होते-होते तीसरी शक्ति प्रकट हो चुकी थी। यह शक्ति आदिवासी स्त्री के स्वरूप में थी। ऊपर का हिस्सा नग्न था और नीचे के हिस्से में हरी पत्तियों से बना हुआ छोटा-सा वस्त्र पहने हुए थी। यह लगभग चार फुट के आसपास ऊँची थी। इनकी देहराशि गहरी साँवली थी। चेहरा सुन्दर था। शरीर की तुलना में वक्षस्थल विशाल थे। पृथुल नितम्बों से युक्त उनका स्वरूप बेहद मनमोहक था। वह मेरे बेहद करीब आकर खड़ीं हो गई।

उनकी देह तप रही थी, जिसकी तपिश मैं भी महसूस कर सकता था। ऐसा लग रहा था, जैसे मैं किसी भट्टी के पास खड़ा हूँ। उनकी अन्दर तक घुस जाने वाली तेजयुक्त आँखें मेरी आँखों से टकरा रही थीं, कुछ क्षणों के लिए मैं अपने होशोहवास भूल गया। ऐसा लग रहा था जैसे मैं उनके सम्मोहन में आ गया हूँ। उनकी आँखों से नीली-नीली रश्मियाँ-सी निकल रही थीं जो सीधे मेरी आँखों में प्रवेश करती हुई महसूस हो रही थीं। थोड़ी देर के बाद में सहज हुआ। मैंने उनको द्रव्य भोग प्रस्तुत किया। भोग स्वीकार कर वह भी विलुप्त हो गईं।

चौथी और अन्तिम शक्ति बाकी थी, जिन्हें सन्तुष्ट किए बिना मैं आसन पर नहीं बैठ सकता था। कपालिनी भी शान्त थीं। कोई ऐसी शक्ति थी जो शायद उनके अधिकार क्षेत्र से बाहर की थी। ऐसा सिर्फ महाविद्या के साथ ही हो सकता है। इसलिए मैंने भगवती महाकाली का ध्यान किया।

उनका बिंबात्मक स्वरूप मानस पटल पर स्पष्ट हुआ। मैंने महाकाल काली कवच का पाठ करके अपनी अनामिका उँगली भेद कर रक्त की बूँद समर्पित की। वह बूँद जमीन पर गिरने से पहले ही लुप्त हो गई, अर्थात मेरा अर्पण स्वीकार कर लिया गया था।

अब पूरा कमरा चमेली की खुशबू से महक उठा। मैं आगे बढ़ा और आसन को प्रणाम किया। आसन किसी वाइब्रेटर की तरह हिलने लगा। मैं उस पर चढ़कर बैठ गया। मेरे बैठने के बावजूद उसका हिलना नहीं रुका। वह दाएँ-बाएँ हिल रहा था। जैसे मुझे नीचे धकेलना चाहता हो। मेरे मानस में ख्याल आया कि जिन लोगों की मुंडी आसन पर स्थापित है, उनको तो मैंने भोग-समर्पण किया ही नहीं! यह ध्यान में आते ही मैंने अपने चारों दिशाओं में भोग-द्रव्य समर्पित किए। साथ ही पाँचवाँ भोग द्रव्य सामने धूनी के पास समर्पित कर दिया। पाँचवाँ भोग द्रव्य समर्पित होते ही आसन का हिलना बन्द हो गया।

धूनी की आग भभककर जलने लगी। लपटों की ऊँचाई लगभग छह फुट थी। धूनी में मुश्किल से चार लकड़ियाँ थीं, लेकिन उसकी आग लगभग पाँच फुट तक भभक रही थी। आग की लपटें ऊपर की तरफ भभकती रहीं। उसके बाद पूरी तरह से मुड़कर मुंडासन की ओर आ गईं। ऐसा लग रहा था जैसे अग्नि भी कुछ चाह रही हो। मेरे पास जो भोग-द्रव्य था, वह मैंने अग्नि को भी समर्पित किया। अग्नि शान्त हो गई। वह थम कर नीचे बैठ गई और लगभग एक फुट की ऊँचाई तक आग की लपटें बनी रहीं।

मेरे मानस पटल पर भगवती महाकाली का बिंब था और मैंने उनका ध्यान उच्चरित करना प्रारम्भ कर दिया। आग की लपटें फिर भभकने लगीं। अबकी बार आग की लपटों ने न सिर्फ ऊपर की तरफ बढ़ना शुरू किया बल्कि दाएँ-बाएँ भी बढ़ने लगीं।

उसकी आकृति लगभग छह से आठ फीट तक ऊँची हो गई। झोपड़ी का ऊपर का हिस्सा प्लास्टिक का बना हुआ था। उसमें लगभग चार फीट व्यास का छेद हो गया। आग की लपटें झोपड़ी की छत से भी ऊपर निकल रही थीं। मेरी समझ में यह नहीं आ रहा था कि मैं क्या करूँ? तभी! मेरे कानों में गुरुदेव का गम्भीर स्वर गूँजा, "कामिया सिन्दूर।"

अब मेरी समझ में आया कि दादा के द्वारा दिया हुआ कामिया सिन्दूर का डिब्बा मैंने अपनी जेब में क्यों डाल लिया था। मैंने फटाक से उसे निकाला। दाहिने हाथ में पलटा और भगवती को समर्पित कर दिया। अग्नि में से एक लपट जैसे हाथ की तरह मेरे सिर पर आयी और लुप्त हो गई। सामान्यतः आग की लपटों को गर्म होना चाहिए और परिस्थिति के हिसाब से मेरे सिर के बालों को जल जाना चाहिए था। इसके उलट अग्नि की ज्वाला बेहद ठंडी थी। मुझे ऐसा एहसास हुआ जैसे किसी माँ ने अपने शिशु के सिर पर प्रेम से और वात्सल्य से हाथ फेरा हो। मेरी आँखों से अपने-आप आँसुओं की धारा बह निकली। मैं हिचक-हिचक कर रोने लगा। वह लपट मेरे सिर पर किसी हाथ की तरह काफी देर तक छुअन का एहसास देती रही। जैसे माँ मुझे सान्त्वना दे रही हों। थोड़ी देर में मैं शान्त हुआ। मेरे शान्त होते ही वह ज्वाला भी वापस अपनी धूनी में समा गई। बाबा जी दंडवत मुद्रा में भूमि पर लेटे हुए थे। मैंने भी उठकर धूनी को दंडवत प्रणाम किया और वापस जाकर मुंडासन पर बैठ गया। भगवान अघोरेश्वर महादेव का ध्यान करने के बाद मुझे एक माला मंत्र जाप करना था। ध्यान पूरा होते-होते वातावरण में भारीपन आने लगा।

अगर आप कभी श्मशान गए हों और किसी शव के साथ नहीं गए हों तो आप इस भारीपन को महसूस कर सकते हैं। जब हम किसी के शव के साथ जाते हैं तो हमारे मानस पटल पर गए हुए व्यक्ति का बिम्ब इतना हावी रहता है कि हम उस भारीपन को महसूस नहीं कर पाते। शाम के समय अगर आप मसान में जाएँगे तो आपको इस भारीपन का एहसास होगा। वही भारीपन अब कमरे में बढ़ता जा रहा था, चिता के जलने पर मांस और बाल जलने की जो बदबू आती है वही बदबू कमरे में भरने लगी। हवा सन-सन करने लगी। अघोरेश्वर महादेव का मंत्र लगभग 10 लाइनों का है, इसलिए उसे पढ़ने में थोड़ा समय लगता है। मंत्र जाप जारी था। कमरे का भारीपन बढ़ रहा था। लगभग आधी माला का जाप पूरा हो चुका था और तेज हवाएँ चलने लगीं। ऐसा लग रहा था जैसे झोपड़ी उड़ जाएगी। बांस के सहारे ताल पत्री को बाँधा गया था। वह सारे बांस पीपल के पत्तों की तरह हिल रहे थे। ताल पत्री जिन रस्सियों के सहारे बँधी हुई थी, वह रस्सियाँ एक-एक करके टूट रही थीं। जब सारी रस्सियाँ टूट गईं तो ताल पत्री हवा में तेजी से फड़फड़ाने लगी। आग की लपटें फिर तेज होने लगीं।

एक बार ऐसा लग रहा था जैसे वह पूरी झोपड़ी को लील जाएँगी। माला पूरी होते-होते धूनी में एक विस्फोट जैसा हुआ। उसमें डली हुई सारी लकड़ियाँ और अँगारे पूरी झोपड़ी में छितर गए। झोपड़ी के छप्पर ताल पत्री सब में आग लग गई... अब यह स्थिति थी कि मैं मुंडासन पर बैठा हुआ था और ऊपर में आसमान दिख रहा था। पूरी झोपड़ी गायब हो चुकी थी। सामने अग्नि अपनी प्रचंडता के साथ लगभग आठ-दस फुट की ऊँचाई तक जल रही थी। आसपास की झोपड़ियों से लोग बाहर निकलकर आ गए। मेरी माला में दो-चार दाने बाकी थे। माला जैसे ही समाप्त हुई उस लपट ने मुंडासन का घेरा लगाया। ऐसा लगा जैसे मैं आग के समुद्र में गिर गया हूँ। या यूँ कह लीजिए कि वह अग्नि का घेरा मेरे चारों तरफ एक दीवार जैसा खड़ा था। आग का वह गोल घेरा जब मुझे पूरी तरह घेर चुका, तब अग्नि की उस दीवार में अघोरेश्वर महादेव का जाज्वल्यमान स्वरूप दिखने लगा। उनकी दिव्य और तेजस्वी आँखों में करुणा का सागर उमड़ रहा था... मैं अभिभूत था। नि:शब्द था। इससे बड़ा सौभाग्य क्या होगा? अघोरेश्वर! अघोर साधनाओं के अधिपति! मेरे आराध्य! साक्षात! मैं कृत कृत्य हुआ...

मेरा जीवन धन्य हुआ... उसके बाद सब कुछ शान्त हो गया... उस अनिर्वचनीय सुख के सागर से बाहर निकलना बेहद दुखद था... मैं चाहता था कि वे क्षण कभी समाप्त न हो... अनन्त काल तक उस दिव्य सानिध्य में आनन्द की अनुभूति के दिव्य अहसास को लेकर उसी तरह रह जाऊँ... समय थम जाए... लेकिन! वे अद्भुत क्षण समाप्त हो चुके थे... वही श्मशान था... उसमें मुंडासन और उस पर बैठा हुआ मैं... मैं आसन से नीचे उतरा और बाबा ने मुझे गले लगा लिया... बाबा की आँखें भी वात्सल्य, प्रेम, करुणा और शायद योग्य पात्र मिल जाने की प्रफुल्लता के कारण गीली थीं... उन आँखों में ठीक वैसी ही करुणा! वैसी ही दया! वैसा ही वात्सल्य! भरा हुआ था जैसे एक प्रिय शिशु को पहली बार चलता देखकर माता की आँखों में झलकता है। यह प्रकृति का शायद सबसे अद्भुत तोहफा है।

उन्होंने कहा, "बेटा तू वास्तव में इसका योग्य अधिकारी है। तुझ जैसे साधक को पाकर मैं धन्य हुआ... यह तारापीठ धन्य हुआ... तू हीरा है हीरा। धन्य है वह गुरु! और धन्य है वह माता! जिसकी कोख से तुझ जैसा नररत्न पैदा हुआ।" बाबा ने मुझे काफी देर तक गले से लगा कर रखा... फिर उन्होंने अपनी जेब से एक गुटिका निकाली और मुझे सौंप दी। गुटिका

बेहद सामान्य-सी नीले हरे रंग की कंकर जैसी थी। उसे देखकर मन में सबसे पहला ख्याल यही आया कि यह सामान्य-सी दिखने वाली गोली क्या वास्तव में इतनी अद्‌भुत है जिसके लिए इतना परीक्षण हुआ?

शायद उन्होंने मेरे मन के भावों को पढ़ लिया और फिर उनका अट्टहास गूँजा और बोले, "यह मदन कामेश्वर गुटिका है। दिखने में सामान्य है बच्चा! लेकिन कई जन्मों के पुण्य अर्जित होते हैं! साधनाओं की चरम सीमा स्पर्श करनी पड़ती है! तब जाकर यह गुटिका मिलती है! बनर्जी तुझे इसके बारे में बाकी सारी बातें बताएगा। जा तुझे रात्रि साधना भी करनी है..." बाबा प्रचंड नाथ को बनर्जी के बारे में कैसे पता? उसे सुनकर मैं आश्चर्यचकित क्यों नहीं हुआ? दरअसल, वास्तविक अघोरियों के लिए किसी का नाम पता कर लेना, उसका भूत वर्तमान देख लेना, बहुत सामान्य-सी बात है।

डोम बाबा से लेकर जितने भी सिद्ध पुरुष मिले थे, उनको अपने बारे में कुछ बताने की जरूरत नहीं पड़ती थी। वह काल के गर्भ में छुपे हुए रहस्य को बेहद सहजता से भाँप भी लेते थे! समझ भी लेते थे! और समझा भी लेते थे! खैर... गुटिका को माथे और हृदय से लगाकर मैंने जेब में रखा और बाबा के चरणों में साष्टांग दंडवत प्रणाम करके अपनी कृतज्ञता व्यक्त की। उन्होंने हृदय से लगाकर आशीर्वाद दिया। कल्याण कामना की। साधना का समय हो रहा था इसलिए मैंने अपने साधना स्थल की ओर प्रस्थान किया। आज की अद्‌भुत उपलब्धि के बाद सब कुछ प्राप्त हो गया ऐसा लग रहा था...

लेकिन! साधनाएँ जब प्रारम्भ की जाए तो उन्हें पूरा करना एक साधक का कर्तव्य होता है और गुरु आदेश जीवन की सबसे बड़ी सिद्धि...

घड़ी देखी तो समय 11:20 हो रहा था। साधना स्थल पर पहुँचकर मैंने अपना आसन लगाया और मंत्र जाप फिर से प्रारम्भ हो गया। लगभग एक घंटे मंत्र जाप करते हुए गुजरा होगा, तभी एक नाग का जोड़ा मेरे आगे से निकला। लगभग दस-बारह फीट की दूरी पर जाकर वह आलिंगनबद्ध होने लगे। जब सर्प सन्सर्ग करते हैं तो पूरी तरह से एक दूसरे से चोटी की तरह ट्विस्ट हो के लिपट जाते हैं और बीच-बीच में लगभग आधे से ज्यादा हिस्सा हवा में उठ जाता है। यह दुर्लभ दृश्य माना जाता है। यह क्रियाकलाप आधा-पौन घंटा चलता रहा। उसके बाद एक और जोड़ा वहाँ प्रकट हुआ। प्रकट इसलिए कह रहा हूँ क्योंकि मैंने उन्हें आते हुए नहीं देखा। जोड़े में से एक ने

सामने अपने मुँह से कुछ चमकदार-सी चीज जमीन पर रखी। वह छोटी-सी एल.ई.डी. की लाइट जैसी चीज थी। वह थी... **नागमणि!**

जिसमें से हल्के दूधिया रंग का प्रकाश निकल रहा था... मेरी आँखें फटी की फटी रह गईं... मैंने आज तक सिर्फ कहानियों में पढ़ा था कि नागमणि नाम की कोई चीज होती है... आज मैं उसे साक्षात देख रहा था... सर्प के नागमणि छोड़ते ही साँपों का दूसरा जोड़ा वहाँ से दूर चला गया, और झाड़ियों में लुप्त हो गया। अब नया आया हुआ दोनों साँपों का जोड़ा आलिंगनबद्ध होने लगा। साँपों का इस प्रकार का आयोजन बेहद तीव्र और आक्रामक किस्म का होता है। वे इस प्रकार आलिंगनबद्ध होते-होते लगभग बीस फुट की दूरी तक आगे चले गए। फिर उसी प्रकार से लिपट के लुढ़कते एक-दूसरे के ऊपर चढ़ते वापस उस मणि के पास आ गए।

वह मणि बेहद मध्यम-मध्यम रोशनी बिखेर रही थी। उसकी रोशनी को देखने से पूर्णिमा के चन्द्रमा की रोशनी जैसा मृदुल सरल और सौम्य भाव महसूस हो रहा था, जिसकी व्याख्या करना असम्भव है। मैं मंत्र जाप भूल गया और उस दिव्य नागमणि को देखकर स्तम्भित-सा बैठा रह गया। कुछ समय के बाद मुझे होश आया, मैंने फिर मंत्र जाप आरम्भ किया। साँपों की वह रासलीला चलती रही। काफी देर तक वे उसी मणि के आसपास रहे। धीरे-धीरे उनका दायरा बढ़ने लगा। उनका मूवमेंट द्वारिका नदी की ओर ज्यादा था। शायद उस तरफ की ठंडक उनको अपने संसर्ग की गर्मी को शान्त करने वाली लगती हो... लगभग डेढ़ घंटे के बाद दोनों सर्प उसी प्रकार द्वारिका नदी की ओर बढ़ते-बढ़ते मेरी दृष्टि से ओझल हो गए...

मुझे नागमणि का ख्याल आया। नागमणि मुझसे मुश्किल से पन्द्रह फुट की दूरी पर पड़ी हुई थी। एक क्षण के लिए मुझे ख्याल आया कि क्यों न उसे उठाकर रख लूँ। इतना तो मैं भी जानता था कि नागमणि अत्यन्त दुर्लभ वस्तु है... मणि लेने के लिए मुझे आसन से उठना पड़ता! अगर आसन से उठता तो साधना खंडित होती! मैं बड़े धर्म संकट में था!

मन का एक हिस्सा कह रहा था, 'नागमणि जैसी दिव्य वस्तु जीवन में दोबारा प्राप्त नहीं हो सकती। यह भगवती द्वारा उपलब्ध कराया गया अवसर है। उन्होंने तुझे नागमणि उपलब्ध कराई है। प्राप्त कर ले।' मन का दूसरा हिस्सा कह रहा था, 'भगवती ने तेरे सामने एक बड़ा लालच रखा है, ताकि

तू साधना छोड़कर मणि पकड़ने चला जाए और तेरी साधना खंडित हो जाए। मायाजाल में मत फँस। साधना कर...'

मन में ऊहापोह चल रही थी, लेकिन फिर विचार आया, 'गुरुदेव ने मुझे माँ तारा साधना करने के लिए भेजा है ना कि नागमणि हासिल करने के लिए।'

यह विचार आते ही मैंने अपने आसन से ना उठने का निर्णय लिया। यह निर्णय कठिन था। मगर ठीक था... तभी मैंने देखा... गोपाल दास झाड़ियों के बीच से निकल रहा था। शायद वह किसी वजह से उठा होगा और उसे नागमणि दिखाई दे गई होगी। साँपों के दूर जाने की प्रतीक्षा में झाड़ियों में छुपा हुआ था। जैसे ही वे नजरों से ओझल हुए कुछ क्षण की प्रतीक्षा के बाद गोपाल दास नागमणि की ओर तेजी से लपका। जैसे ही वह नागमणि उठाने के लिए झुका, ऐसा लगा जैसे किसी ने उसके सीने पर जोरदार प्रहार किया हो, वह लगभग चार फुट ऊँचा उछलकर पन्द्रह फुट दूर जा गिरा। मिट्टी गीली थी। इसलिए शायद उसे ज्यादा चोट नहीं लगी। वह धोती झाड़ता हुआ कुछ ही क्षणों में उठ खड़ा हुआ।

उठने के बाद कुछ देर सोचता रहा कि क्या हुआ? उसे कुछ समझ में नहीं आया तो फिर से वह नागमणि के पास पहुँचा! तभी वह नागों का जोड़ा दूर दिखाई देने लगा। उनकी दूरी लगभग पच्चीस से तीस फीट रही होगी! जैसे ही गोपाल दास मणि के पास पहुँचा न जाने कहाँ से एक हरे रंग का साँप उड़ता हुआ आया। वह मुश्किल से डेढ़ या दो फीट का रहा होगा। उसकी मोटाई लगभग क्रिकेट के स्टंप जैसी होगी। उड़ते हुए साँप ने गोपाल दास के गले पर प्रहार किया। वह जिस तेजी से उड़ता हुआ आया था, उसी तेजी से उड़ता हुआ गायब हो गया। गोपाल दास भूमि पर बेहोश पड़ा हुआ था! गले से खून बह रहा था। उसका शरीर नीला पड़ता जा रहा था। मेरी तीन माला बची हुई थी... अब मैं और संशय की स्थिति में आ गया। अगर गोपाल दास की मदद करने जाऊँ तो भी साधना खंडित होती है और ना जाऊँ तो ऐसा लगता है कि मैंने एक व्यक्ति को मरने के लिए छोड़ दिया...

फिर मन में यह विचार आया कि कहीं यह महामाया का कोई परीक्षण तो नहीं है अन्त में मैंने निर्णय किया कि जब इतना सब हो चुका है तो तीन मालाएँ भी पूरी करके ही उठूँगा... मैंने तीन माला पूर्ण कीं। तीसरी माला पूरी

होते-होते नाग का वह जोड़ा नागमणि के पास फिर से उपस्थित हो गया। नागमणि को उसने पुनः निगल लिया और वहाँ से चले गए... गोपाल दास का नीला शरीर पड़ा हुआ था। मेरी माला पूर्ण हुई। मैंने आँख बन्द करके भगवती तारा का ध्यान किया, गुरुदेव को प्रणाम किया आसन को प्रणाम किया। अपने माथे को भूमि पर स्पर्श कराकर कान पकड़ते हुए सभी त्रुटियों के लिए क्षमा माँगी...

उसके बाद जैसे ही सिर उठाकर देखा! सामने गोपाल दास का शरीर गायब था! वहाँ दूर-दूर तक उसका कोई निशान नहीं दिख रहा था... मतलब! वह माया थी! इतना हो जाने के बाद मैंने भी अपना सामान समेटा और अपने कमरे की ओर जाने के लिए आगे बढ़ा। जब मैं चिता भूमि के पास से आ रहा था तभी मुझे एक महिला के गाने की आवाज सुनाई दी। बेहद मधुर कंठ में वह बंगाली में कुछ गा रही थी। उसका गायन बेहद मीठा था। कोयल जैसी उसकी आवाज थी... मैं ठिठक कर रह गया! मेरे कदम चिता भूमि की ओर बढ़ गए। जिस चिता पर मैंने शव को जलते हुए देखा था । उसी चिता के ऊपर एक युवती खड़ी हुई थी... उसका एक हाथ कमर पर था... और दूसरा हाथ हवा में उठा हुआ था... वह आसमान की ओर देखते हुए मधुर स्वर में कुछ गा रही थी...

रात का समय था लगभग 2 बज रहे थे। इतनी रात में एक युवती श्मशान में! वह भी चिता के ऊपर खड़े होकर गाना गा रही है! यह मेरे लिए दुनिया के सातवें आश्चर्य से कम नहीं था, क्योंकि यह अनुभव मुझे सामान्य अवस्था में हो रहा था। साधना काल में अजीब-अजीब दृश्य देखना सामान्य था, जिसकी वजह से वहाँ किसी भी चीज के लिए मैं तैयार रहता था। लेकिन सामान्य जीवन में इस प्रकार की घटना अद्‌भुत और अविश्वसनीय थी। मैंने और करीब जाकर देखा... यह तो वही साँवली युवती थी! जिससे मैं एक बार रास्ते में और एक बार बाबा प्रचंड नाथ की झोपड़ी में टकरा चुका था।

उसका गाना चलता रहा। मैं भी वहीं खड़ा-खड़ा सुनता रहा... पूरा श्मशान सो रहा था...

कुत्ते भी सो चुके थे... इसलिए हवा से पत्तों की सरसराहट के अलावा कोई और आवाज नहीं आ रही थी... गाना पूरा होते ही वह वही पालथी मारकर बैठ गई। उसकी पीठ मेरी तरफ थी। इसलिए शायद उसे मेरे होने

का आभास नहीं हुआ। जो भी हो मैं वहीं खड़ा रहा... उसने पालथी मारकर बैठने के बाद कुछ मुद्राएँ दिखाईं। इनमें से ढेर सारी ऐसी मुद्राएँ थीं जो केवल अघोरी ही दिखाते हैं। या यूँ कहें कि केवल वाममार्गी साधना में ही प्रयुक्त होती हैं। इससे मुझे यह तो समझ में आ गया कि यह युवती तंत्र साधिका है।

मुद्राएँ दिखाने के बाद उसने हल्की आवाज में कुछ मंत्र जाप प्रारम्भ किया। मैं उससे करीब पन्द्रह फुट की दूरी पर था, इसलिए आवाज स्पष्ट नहीं थी कि वह किस विद्या का मंत्र जाप कर रही है। उसकी बैठने की मुद्रा और भाव यह बता रहे थे कि वह मंत्र जाप में लगी है। लगभग पन्द्रह मिनट तक उसका मंत्र जाप चलता रहा। उसका आभामंडल काफी स्पष्ट था। आभामंडल वह चीज होती है जो भगवान के फोटो में उनके सिर के पीछे प्रकाश जैसी दिखाई देती है। यह हर आदमी में पायी जाती है। यह आभामंडल व्यक्ति के व्यक्तित्व की पहचान बताता है। इसे अंग्रेजी में **ऑरा** भी कहते हैं। पश्चिम में इस पर काफी रिसर्च हुई है। वहाँ इसे विकसित करने के लिए विभिन्न प्रक्रियाओं का भी इस्तेमाल तथा चर्चा जारी है। आभा मंडल के द्वारा व्यक्ति के स्वस्थ होने, बीमार होने यहाँ तक कि उसकी सम्भावित मृत्यु तक की पहचान की जा सकती है। इसके लिए अनुभव और साधना दोनों जरूरी हैं। जो साधक होता है उसको आभामंडल दिखता है। चाहे वह सामान्य व्यक्ति का हो या किसी साधक का। उसी आभा मंडल के द्वारा वह पहचान पाता है कि सामने वाला व्यक्ति कितने उच्च स्तर का साधक है। खैर...

उस युवती के आभामंडल में साधनात्मक तेज स्पष्ट दिखाई दे रहा था। जैसे-जैसे उसका मंत्र जाप बढ़ने लगा, उसका आभामंडल हल्के नीले रंग का हुआ और धीरे-धीरे गहरे नीले रंग का होने लगा। ऐसा लग रहा था जैसे वह नीले रंग की रोशनी में नहा रही हो... कुछ देर के बाद उसके सामने एक धुँधली-सी आकृति उभरने लगी। ऐसा लग रहा था जैसे धुआँ कोई आकार ले रहा हो। उस आकृति का स्वरूप गणेश भगवान के जैसा था, लेकिन रंग एकदम काला था। जैसे महाकाली गणेश भगवान में परिवर्तित हो गई हों। गहरा काला रंग, पन्द्रह फीट का विशाल शरीर, बड़े-बड़े कान, बड़ी-सी सूँड और लाल-लाल आँखें। सफ़ेद रंग के चार-चार फुट के दो लम्बे-लम्बे मुड़े हुए दाँत। कुल मिलाकर भयानक आकृति थी... बाद में बनर्जी दादा ने बताया कि वह भगवान गणपति का तांत्रिक स्वरूप था, जिसे 'उच्छिष्ट गणपति' कहा जाता है...

उस भयानक आकृति को मैं हाथ जोड़े स्तब्ध खड़ा देखता रह गया। गणों के अधिपति, महागणपति, अपने तांत्रिक स्वरूप में उस युवती के सामने खड़े थे और वह उनके चरणों में झुकी हुई थी। मुश्किल से पांच या दस सैकंड तक यह दृश्य रहा। उसके बाद प्रभु विलुप्त हो गए। उसके आभामंडल का नीलापन और गहरा गया था। कुछ क्षणों तक यही स्थिति रही। उसका आभामंडल वापस सामान्य हो गया। उस युवती ने हाथ जोड़कर प्रणाम किया। चिता की भस्म को अपने माथे पर लगाया और पुनः प्रणाम करने के बाद वह खड़ी हुई। वह पलटकर मेरी तरफ मुड़ी। जैसे वह मेरी तरफ मुड़ी उसकी नजरें मुझसे टकराईं... अपनी आदत के अनुसार वह रहस्यमय ढंग से मुस्कुराई... यह हमारी तीसरी मुलाकात थी...

इस बार मैं उसके बारे में जानना चाहता था कि वह है कौन? और बार-बार मुझसे क्यों टकराती है? जैसा कि मैंने आपको बताया था। उस चिता में जमीन से कुछ आठ-दस फुट ऊँचाई तक कोयले और लकड़ी का ढेर था। उसके ऊपर चिता जलाई जाती थी और उसी ऊँचाई पर वह युवती खड़ी थी। वह दौड़ कर नीचे उतरी और मेरे बगल से होकर जाने लगी। इस बार मैं छोड़ने के मूड में नहीं था। मैंने उसकी कलाई पकड़ ली। कुछ देर उसने कलाई छुड़ाने का उपक्रम किया, लेकिन जब नहीं छुड़ा पायी तो शान्त होकर खड़े हो गई। मैंने भी उसकी कलाई छोड़ दी। मैंने पूछा, "तुम कौन हो?" उसने सीधा जवाब दिया, "छाया।"

अब वो एक सीधी-सादी सामान्य युवती लग रही थी। उसके चेहरे की मासूमियत को देख कर कोई यह नहीं बोल सकता था, कि यही अभी कुछ देर पहले चिता के ऊपर खड़े होकर गाना गा रही थी। मैंने अपने जीवन में एक से एक महिला साधिकाओं को देखा है। उनमें से कई देखने पर ऐसे लगती हैं जैसे सबसे सरल और आसानी से बेवकूफ बनाए जाने लायक महिला है, जिसे दुनियादारी से लेकर आध्यात्मिकता तक का कोई ज्ञान नहीं है। लेकिन जब वे अपनी औकात पर आ जाए तो उनकी सिद्धियों के सामने बड़े-बड़े तांत्रिकों और विद्वानों को उनके चरणों में साष्टांग दंडवत होते हुए देखा है। ऐसे-ऐसे भ्रष्ट महिला तांत्रिकों को भी देखा है, जो जानती तो कुछ नहीं हैं, लेकिन हाव-भाव, भाव-भंगिमा और वेशभूषा के दम पर अच्छे-अच्छे को बेवकूफ बनाकर निकल जाती हैं।

यह युवती पहली श्रेणी की साधिका थी जो साधनात्मक रूप से बेहद उच्च कोटि पर होने के बावजूद अपने-आपको सहज और सरल बनाए रखने में सक्षम थी। उनकी इच्छा के बिना आप उनके ज्ञान या सिद्धियों की कोई थाह नहीं पा सकते। यह तो मेरा सौभाग्य था कि उसके साधना काल में मुझे उसके दर्शन करने का सौभाग्य प्राप्त हुआ और साथ ही गणों के अधिपति विघ्नहर्ता भगवान महागणपति का दिव्य स्वरूप भी देखने को मिला। ऐसे साधक दुर्लभ होते हैं और इनको पहचानना, इनके ज्ञान की गहराई मापना लगभग असम्भव होता है। खैर...

मैंने पूछा, "छाया, तुम मुझे बार-बार क्यों दिख रही हो? मैं यह जानना चाहता हूँ।"

वो खिलखिलाकर हँसी और श्मशान के दूसरे कोने की ओर दौड़ पड़ी। मैं भी पीछे दौड़ा। आज मैं जान लेना चाहता था कि वह है कौन? लगभग सौ कदम दौड़ने के बाद एक झुरमुट के पीछे जाकर वहाँ बैठ गई। मैं भी वहाँ पहुँचा और उसके पास जाकर बैठ गया। उसने अपनी पलकें उठाकर मुझे देखा। उसकी आँखों में गजब का तेज था। ऐसा लग रहा था जैसे आँखों से रश्मियाँ-सी निकल रही हों। वह पालथी मारकर बैठ गई। मैं भी उसके सामने पालथी मार कर बैठ गया।

मैंने फिर अपना सवाल दोहराया, "तुम मुझे बार-बार क्यों दिख रही हो।" उसने मेरे सवाल को अनसुना करते हुए पूछा, "तुम कौन हो?" मैंने कहा, "अघोरानन्द।" उसका अगला प्रश्न था, "यहाँ कैसे?" मैंने कहा, "तारा माई की साधना करने आया हूँ।" छाया ने पूछा, "साधना पूरी हो गई?" मैंने कहा, "नहीं अभी चार ही दिन हुए हैं चार दिन बाकी हैं।" वह फिर खिलखिलाकर हँस पड़ी और बोली, "उसके बाद?" मुझे समझ में नहीं आया कि क्या जवाब दूँ, क्योंकि मुझे भी नहीं पता था उसके बाद क्या करूँगा। आने का रिजर्वेशन तो कराया था लेकिन वापसी तय ना होने के कारण पन्द्रह दिन बाद का रिजर्वेशन कराया था। यहाँ पर शुरू के आठ दिन की साधना करनी थी, उसके बाद जो सात दिन बचने थे उसमें क्या करूँगा? यह कुछ निश्चित नहीं था। इसलिए मैं मौन रहा। वह फिर खिलखिलाकर हँस पड़ी और बोली, "अपना पता नहीं! दूसरों की खोजबीन करने चला है!"

मैं अपने-आपको बेहद शर्मिन्दा महसूस कर रहा था। वह जो कह रही थी वह वास्तविकता थी। मैं अपने बारे में नहीं जानता था कि मैं आगे क्या करने वाला हूँ और उससे पता करने की कोशिश कर रहा था कि वह बार-बार क्यों दिख रही है।

मुझे लगा यह मैंने गलत किया, भगवती की इच्छा पर मुझे छोड़ देना चाहिए था। इस तरह उसे रोककर पूछताछ करना शायद उचित नहीं था। मैं जाने के लिए उठा। वह भी साथ में उठी। तभी उसकी नजर मेरे गले पर पड़ी! मेरे गले में रुद्राक्ष के छोटे दानों की एक माला थी, उस माला में मेरे गुरु के द्वारा दिए गए रुद्राक्ष थे! वह माला लगभग दस-ग्यारह सालों से मेरे पास थी। उसके साथ इतना लगाव था कि मुझे वह अपने शरीर का एक हिस्सा जैसी लगती थी। उसने वह रुद्राक्ष की माला पकड़ी! मेरी ओर गौर से देखा। उसके सुमेरु में गौरी-शंकर रुद्राक्ष लगा हुआ था। उसने उसे बड़े ध्यान से देखा।

उसे पकड़े-पकड़े छाया ने मुझसे कहा, "यह माला बड़ी सुन्दर है! यह मुझे दे दे।"

मेरे लिए धर्म संकट की स्थिति थी। भगवती तारा का दिव्य पीठ और उसमें उसका स्वरूप यह छाया, मुझसे रुद्राक्ष की माला माँग रही थी। यह वह रुद्राक्ष की माला थी जो मेरे गुरु ने मुझे दी थी, इसलिए मैं उसे देना नहीं चाहता था। मैं सोच में डूबा हुआ और निशब्द रहा। मुझे देखकर वो फिर खिलखिलाकर हँस पड़ी, "गुरु ने दिया है! इसलिए सँभालकर रखता है! ठीक है! रख ले..." मैंने सोचा जान बची। उस रुद्राक्ष की माला को मैं दुर्लभ तो नहीं कहूँगा, क्योंकि उसके दाने सामान्य दाने थे, लेकिन गुरु से मिलने की वजह से मेरे लिए वह अनमोल थी और मैं उसे देना नहीं चाहता था।

उसने कहा, "तेरी आँखें बड़ी सुन्दर हैं! मुझे दे दे!" और फिर खिलखिलाकर हँस पड़ी...

जब कोई अनजान महिला ऐसा करें। वह भी रात के 2 बजे तो आपकी पूरी बहादुरी की हवा निकल जाती है। मेरी भी निकल चुकी थी। मेरी दयनीय दशा देखकर शायद वह समझ गई इसलिए वह थोड़ी गम्भीर हुई। उसने कहा, "सब कुछ तो मिल गया तुझे अब और क्या चाहता है?" मैंने पूरी विनम्रता से पूछा कि आप बार-बार मिल रही हो। इसमें जो रहस्य है। वह मैं समझ नहीं पा रहा हूँ। वह फिर खिलखिलाकर हँस दी और काफी देर तक हँसती

रही। ऐसा लग रहा था जैसे उसकी हँसी थम ही नहीं रही हो। जब वह काफी देर हँस ली तो बोली, "बनर्जी दादा की किताब को भूल गया क्या तू?" और वहाँ से नौ दो ग्यारह हो गई, दो सैकंड में उसका वहाँ कोई अता-पता ही नहीं था, मैं उसकी कही गई बात का मतलब समझने की कोशिश कर रहा था। तब तक वह लापता हो चुकी थी, बनर्जी दादा के द्वारा दी गई किताब थी *महा श्यामा साधना* और छाया के कहने का मतलब शायद यह था कि आने वाले समय में उसी साधना से सम्बन्धित कुछ बात बनने वाली थी। इन्हीं विचारों में जूझता हुआ किसी निष्कर्ष पर पहुँचने की कोशिश करता हुआ मैं कमरे पर पहुँच गया। बिस्तर पर लेटते ही फिर नींद के आगोश में चला गया...

तारा पीठ पर चार दिन हो चुके थे। इन चार दिनों में एक युग का अनुभव प्राप्त हो चुका था। अगर आप किसी शक्तिपीठ पर साधना करते हैं तो उस जगह की विशिष्टता कहे, वहाँ का साधनात्मक प्रभाव या अधिष्ठात्री शक्ति का प्रभाव आपको साधनात्मक अनुभव बहुत प्रबल होते हैं। इस प्रकार के अनुभव साधक को उत्साहित करते हैं और वह ज्यादा लगन से साधना करता है। उसका विश्वास भी प्रबल होता है शायद इसीलिए विशिष्ट साधनाएँ शक्तिपीठ पर करने का तांत्रिक प्रावधान रहता है, रात को सोते-सोते लगभग 4 बज चुके थे, इसलिए सुबह मेरी नींद नहीं खुली। दरवाजा खटखटाने से मेरी नींद खुली। मैंने दरवाजा खोला, सामने बनर्जी दादा का नौकर बापी खड़ा था। बापी लगभग बीस साल का हट्टा-कट्टा युवक था। शक्ल-सूरत से वह नेपाली लगता था। उसने बताया, "दादा चाय पीने बुला रहे हैं।" मैंने कहा, "हाथ-मुँह धोकर आता हूँ।" बापी चला गया। मुझे अभी भी नींद आ रही थी और चाय पीने की इच्छा तो बिल्कुल नहीं थी। मैं चाहता था एक-दो घंटे और सो जाऊँ। मैंने दरवाजे की सांकल लगाई और फिर बिस्तर पर लुढ़क गया। फिर नींद आ गई, शायद दादा भी समझ गए होंगे इसलिए उन्होंने दोबारा मुझे नहीं बुलाया।

लगभग दोपहर के 1 बजे ऐसा लगा जैसे किसी ने मुझे पकड़कर झकझोर दिया। बन्द कमरे में कौन झकझोर देगा ऐसा सोचकर फिर मैंने आँखें बन्द कर लीं। फिर किसी ने मुझे जोर से झकझोरा। साथ में चूड़ियों की खनकने की आवाज भी आ रही थी। अब सकपकाने की बारी मेरी थी। मैं हड़बड़ाकर उठ बैठा। मेरी नींद लापता हो चुकी थी। मैंने चारों तरफ देखा लेकिन कोई नहीं था। कमरे में अजीब-सी सुगंध फैली हुई थी। जो अष्टगंध

जैसी लग रही थी और बहुत ही शान्ति प्रदान करने वाली लग रही थी। लेकिन कोई दिखाई नहीं दे रहा था। यह तो आभास हो गया था कि कोई ना कोई शक्ति उस कमरे में मौजूद थी। मैंने सोचा जब उसकी इच्छा होगी, वह सामने आएगी।

मैं अपने काम में लग गया। अब नींद पूरी हो चुकी थी, इसलिए मैंने नहा-धोकर फ्रेश होने का निर्णय लिया। नहा-धोकर मैंने गुरु ध्यान किया और दैनिक पूजन सम्पन्न किया। गुरुमंत्र की माला जपी और कमरा खोलकर बाहर निकला।

बापी मुझे देखकर मुस्कुराया और बोला, "खाना निकाल दूँ?" मैंने सहमति में सिर हिलाया। दादा कहीं दिखाई नहीं दे रहे थे। मैंने इधर-उधर देखा तो बापी बोला, "दादा अभी घर पर नहीं है, कामाख्या गए हैं।" मैं चुपचाप भोजन करने लगा। खाना खाकर मैं वापस कमरे में आ गया और बिस्तर पर लेट गया। मुझे पता भी नहीं चला और मैं फिर वापस नींद में चला गया। जब नींद खुली तो रात के 8 बज चुके थे। मैंने नींद भगाने के लिए फिर से स्नान किया। मेरी सारी बची-खुची नींद पूरी हो चुकी थी और मैं वापस रिचार्ज हो गया था। रात के लगभग 10 बजे मैं श्मशान की ओर चल पड़ा।

तारापीठ मन्दिर के पास गोपाल दास खड़ा हुआ था। हम दोनों एक-दूसरे को देखकर मुस्कुराए। मैंने पूछा, "कैसे हो?" वह बोला, "माता जी की कृपा से सब कुशल-मंगल है। वहीं पर चाय की दुकान लगी हुई थी। मैंने दो चाय मँगवाई। गोपाल और मैंने चाय पी। मुझे लगा कि अगर कल वास्तव में यह नागमणि उठाने आया होगा, तो कुछ ना कुछ बात जरूर करेगा, लेकिन उसने ऐसी कोई बात नहीं की। फिर हम दोनों बाबा प्रचंड नाथ के डेरे की ओर चल पड़े। मेरे पास लगभग एक घंटे का समय था। मैंने सोचा कि बाबा से भी भेंट करता चलूँ। बाबा की झोपड़ी रात को पूरी तरह से तहस-नहस हो चुकी थी।

गोपाल दास ने बताया कि आज दिनभर झोपड़ी के काम में लगा रहा। अब बाबा की झोपड़ी तैयार हो चुकी है। मैंने सोचा मैं भी चलकर देख लूँ, क्योंकि उनकी झोपड़ी के नष्ट होने का प्रमुख कारण तो मैं ही था। मैंने सोचा कि अगर हो सकेगा तो कुछ अपनी तरफ से आर्थिक मदद कर पाऊँगा। वहाँ पहुँचने पर देखा बाबा की झोपड़ी एकदम नई लग रही थी। बाकी सारी

झोपड़ियों की तालपतरिया पुरानी हो चुकी थी। बाबा की झोपड़ी में नई लगी थी, इसलिए सुन्दर दिख रही थी। मैं बाहर खड़ा रहा। गोपाल दास अन्दर गया। किसी की झोपड़ी में या साधना स्थल में उसका शिष्य तो घुस सकता है, लेकिन किसी अन्य साधक को मर्यादा का पालन करते हुए घुसना चाहिए, इसलिए मैं बाहर खड़ा रहा। गोपाल दास अन्दर गया और थोड़ी देर बाद बाहर आकर मुझे भी अन्दर बुलाया। हम दोनों अन्दर पहुँचे।

बाबा जी अपने मुंडासन पर विराजमान थे मुझे देखकर मुस्कुराए। मैंने उनको दंडवत प्रणाम किया और अपनी जेब से दो हज़ार रुपए निकालकर उनके सामने रख दिए। बाबा का अट्टहास फिर गूँजा बोले, "पहले झोपड़ी जला दी अब मुआवजा देने आया है?" मैं क्या बोलता! सिर झुकाकर बैठा रहा। मैं दुखी था कि मेरे चक्कर में उनकी झोपड़ी तबाह हो चुकी थी और उनको फिर से बनाना पड़ा था। मुझे दुखी अवस्था में देखकर वह स्वयं आसन से उठकर आए और सिर पर हाथ फेरकर बोले, "बेटा यह तो चलता रहता है। महामाया का परीक्षण है। यह पैसे तू वापस रख ले।" मैंने कहा, "बाबा मैं जानता हूँ कि आप समर्थ हैं, लेकिन फिर भी मेरी तरफ से एक तुच्छ भेंट समझकर इसे स्वीकार करेंगे तो मुझे अच्छा लगेगा।" फिर बाबा प्रचंड नाथ का अट्टहास गूँजा और उन्होंने गोपाल दास को कहा, "ले रख ले, यह नहीं मानेगा।"

गोपाल दास ने उसे उठाकर अपनी जेब में रख लिया। मुझे थोड़ा सन्तोष हुआ कि मेरे कारण हुए नुकसान की थोड़ी बहुत भरपाई कर पाया। बाबा जी ने गोपाल दास को चाय लेकर आने के लिए भेज दिया। गोपाल बाहर चला गया तो बाबा ने मुझे कहा, "बेटा आने वाला समय तेरे लिए बहुत अच्छा है। तू दुर्लभ साधनाओं को भी प्राप्त कर सकेगा। इसलिए आलस्य मत करना। प्रमाद मत करना। अहंकार मत करना। और कभी अपनी विद्याओं का प्रदर्शन मत करना। उन्होंने कुछ मंत्र जाप किया और हवा में हाथ फैलाया। हाथ में एक रुद्राक्ष का दाना आ गया। मैं आश्चर्यचकित था। उन्होंने बताया, "यह अष्ट सिद्धियों में से एक है। इसे शून्य सिद्धि कहते हैं। इसमें आप किसी भी पदार्थ को शून्य से प्राप्त कर सकते हैं। यह मेरे लिए एक नई जानकारी थी। उन्होंने मुझे वह रुद्राक्ष दिया और कहा, "यह इक्कीस मुखी रुद्राक्ष है। उसके विषय में उन्होंने विस्तार से बताया।

बाबा के आशीर्वाद को मैंने प्रणाम के साथ स्वीकार किया। तब तक गोपाल दास चाय लेकर आ चुका था। चाय की चुस्कियों के साथ बाबा प्रचंड नाथ ने और बहुत सारे साधनात्मक तथ्य बताए जो आगे मेरी साधना में सहायक हुए। रात के लगभग 11 बज चुके थे। उन्होंने मुझे जाने की अनुमति दी। मैं तारा मन्दिर पहुँचा वहाँ वामाखेपा तथा माई को प्रणाम किया और वापस श्मशान स्थल में अपनी साधना की जगह पर पहुँचा। अपने आसन पर बैठकर मैंने मंत्र जाप शुरू किया। 12:30 बजे के आसपास वह मणि वाले नागों का जोड़ा फिर से प्रकट हुआ। दोनों नाग मुझसे मुश्किल से चार फुट की दूरी पर आकर बैठ गए। दोनों ने फन काढ़ लिए और दोनों की नजरें मुझ पर आकर टिक गईं। मुझे लग रहा था कि अब आगे क्या होगा? दोनों उसी प्रकार फन काढ़े बैठे रहे।

लगभग दस मिनट तक आँखों से डराने के बाद बड़ा वाला नाग मेरी तरफ बढ़ा। मुझसे लगभग दो फुट की दूरी पर उसने अपनी मणि को निकाल दिया। अब दो फुट की दूरी पर मणि पड़ी हुई थी और उनका युगल नृत्य प्रारम्भ हो गया। इस बार खासियत यह थी कि वह मेरे आसपास ही नृत्य कर रहे थे। लगभग एक घंटे तक उसी प्रकार का आयोजन चलता रहा। फिर दोनों दूर होते-होते मेरे नजरों से ओझल हो गए। मुझ से दो फुट की दूरी पर नागमणि पड़ी हुई थी... वह चमक रही थी... उसका प्रकाश मुझे आकर्षित कर रहा था... बार-बार मुझे लग रहा था कि मैं उसे उठाकर रख लूँ। लेकिन आसन नहीं छोड़ना था। मेरा मंत्र जाप चलता रहा। उस रात और कुछ विशेष घटना नहीं हुई।

नागमणि मेरे सामने पड़ी रही और मेरा मंत्र जाप चलता रहा। लगभग 2 बजे के आसपास मेरा मंत्र जाप पूर्ण हुआ। नाग के जोड़े का कोई अता-पता नहीं था। दूर-दूर तक कोई नहीं दिख रहा था। मैंने जाप पूरा करने के बाद साधना स्थल को प्रणाम किया। नागमणि को भी प्रणाम किया। सारी सामग्री समेटकर थैली में डाली। नाग अभी भी नहीं दिखे... कुछ देर वहीं बैठा रहा कि वह नाग आएँगे और मणि को ले जाएँगे। आधे घंटे तक ऐसा कुछ भी नहीं हुआ। मन में विचार आया चलो, इसको जरा स्पर्श कर लिया जाए। मैंने उस मणि को छूकर देखा, वह बेहद ठंडी थी। ऐसा लग रहा था जैसे फ्रिज से निकालकर बाहर रखी हुई किसी चीज को छू लिया हो। मैंने

इधर-उधर देखा। कोई इंसान दिखाई नहीं दे रहा था हाँ कुछ दूरी पर दो-चार कुत्ते जरूर लेटे हुए थे।

नाग जोड़े का कोई अता-पता नहीं था। छूने के बाद मेरी इच्छा और बढ़ी। मैंने उसे अपनी हथेली पर उठा लिया। मणि बेहद सुन्दर थी, उसे देखने पर ऐसा लगता था जैसे देखते रह जाओ। उसे हाथ में लेकर मैंने आँख बन्द की तो मेरा ध्यान लग गया। इसके बाद मुझे नीले रंग का प्रकाश दिखने लगा। वह एक प्रकाश का अनन्त स्रोत लग रहा था। हर तरफ नीला प्रकाश फैला हुआ था। मैं उसके बीच यहाँ-वहाँ घूम रहा था। जैसे अनन्त प्रकाश की एक अन्तहीन यात्रा...

ध्यान से जब आँख खुली तो 3 बज चुके थे। कुछ देर और मैं वहीं बैठा रहा। लेकिन नाग जोड़ा नहीं आए। फिर मैंने अपनी जेब से रूमाल निकाला। उस मणि को लपेटा और अपनी जेब में रख लिया। पूजा सामग्री का थैला उठाया और सीधा तारा मन्दिर में आ गया। मन्दिर में बाहर बैठकर मैंने थोड़ी देर भगवती का ध्यान किया प्रणाम किया और अपने कमरे की ओर चल पड़ा... भगवती महामाया महातारा की कृपा से मेरे पास दो दुर्लभ वस्तुएँ आ चुकी थीं। एक बाबा के द्वारा मिली हुई मदन कामेश्वर गुटिका और दूसरी नागमणि। यह अद्भुत था...चार बजे के आसपास मैं अपने कमरे पर पहुँचा। अन्दर एक बड़ा रहस्यमय घटनाक्रम मेरा इन्तजार कर रहा था। मैंने ताले में चाबी डाल ताला खोल दिया। जैसे ही बन्द कमरे का दरवाजा खुला तो सामने का दृश्य भयंकर था... नागमणि वाले वे दोनों नाग मेरे बिस्तर पर बैठे हुए थे...

जैसे ही मैंने दरवाजा खोला। मैंने देखा कि वह दोनों नाग मेरे बिस्तर पर बैठे हुए थे। मुझे लगा कि वे नागमणि वापस लेने के लिए आए हैं। मैंने जेब से नागमणि निकालकर जमीन पर रख दी। लेकिन वे अपनी जगह से नहीं हिले और बिस्तर पर ही बैठे रहे। मुझे समझ नहीं आ रहा था कि मैं क्या करूँ? क्योंकि नागमणि के वास्तविक अधिकारी तो वही थे और मैंने वह नीचे रख दी थी। लेकिन वह दोनों बिस्तर पर ही फन काढ़े बैठे थे। अब मैं क्या करूँ यह मुझे समझ नहीं आ रहा था। 10 मिनट तक वही स्थिति रही उसके बाद मैंने सोचा अब अन्दर घुसकर देखते हैं। जो होगा देखा जाएगा। मैं अन्दर घुसा और दरवाजा बन्द कर लिया। वे दोनों अभी भी अपनी जगह पर विराजमान थे।

मैने मणि को उठाया और उनके पास बिस्तर पर रख दिया। जैसे ही मैंने मणि को बिस्तर पर रखा, दोनों ने एक साथ फुंकार मारी। मैं हड़बड़ाकर पीछे हट गया। दोनों गुस्से में थे। मुझे लगा मेरे मणि उठाकर लाने से दोनों गुस्सा हैं, मैं हाथ जोड़कर खड़ा हो गया। क्योंकि गलती तो मैंने कर दी थी। दोनों बिस्तर से नीचे उतरे और मेरी तरफ बढ़े। मैं यह समझ चुका था कि यह सामान्य सर्प नहीं हैं। इसलिए वैसे ही हाथ जोड़कर खड़ा रहा। दोनों मेरे पास आए और फन फैलाकर खड़े हो गए। मैं सोच रहा था इसके बाद क्या होगा? और वह दोनों पता नहीं क्या करें। यह स्थिति लगभग दस मिनट रही होगी। मेरे प्राण मुँह की ओर आ रहे थे। दोनों मेरी तरफ आगे बढ़े और दोनों ने मेरे एक-एक पाँव पर डस लिया। मुझे बेहोशी-सी आने लगी और मैं वहीं पर गिर पड़ा। उसके बाद मुझे पता नहीं चला कि क्या हुआ?

लगभग 9 बजे के आसपास बापी ने दरवाजा खटखटाया। दरवाजा खटखटाने की आवाज से मेरी बेहोशी टूटी। मुझे ऐसा लग रहा था कि नागों के डसने से शायद मैं मर गया। लेकिन दरवाजे की आवाज सुनाई दे रही थी। उससे मुझे पता चला कि मैं जिन्दा हूँ। बापी की आवाज मुझे सुनाई दे रही थी, मैंने आवाज लगाने की बहुत कोशिश की लेकिन मेरे मुँह से आवाज नहीं निकल रही थी। मैं जमीन पर ही पड़ा हुआ था। मुझसे उठा नहीं जा रहा था। काफी देर खटखटाने के बाद बापी चला गया। उसको लगा शायद मैं सो रहा हूँ।

दस बजे के आसपास मुझे बनर्जी दादा की आवाज आयी। बनर्जी दादा कामाख्या से वापस लौट चुके थे। उनकी आवाज सुनकर मुझे अच्छा लगा, उम्मीद जगी कि वह जरूर मेरी अवस्था को भाँप लेंगे और वैसा ही हुआ। बनर्जी दादा ने आते ही दरवाजे को लात मारी। सांकल उखड़ गई और दरवाजा खुल गया। मैं जमीन पर पड़ा हुआ था। दादा के पीछे बापी भी खड़ा था। दोनों ने मुझे उठाकर बाहर खुली हवा में चारपाई पर डाल दिया। मैं सोच रहा था कि साँप के काटने से मेरे पूरे शरीर में जहर फैल गया होगा। मैंने अपना हाथ उठाकर देखा तो वह नीला नहीं था।

बाहर निकालने के बाद बनर्जी दादा ने मुझे पानी पिलाया और मैं उठकर बैठ गया। मैंने अपने शरीर को देखा तो सब ठीक था, फिर मुझे ध्यान आया कि उन दोनों नागों ने मेरे पाँव पर डसा था। मैंने अपने पाँव की तरफ देखा तो वह भी सही-सलामत थे। कहीं पर कोई निशान नहीं दिखाई दे रहा

था। मतलब मैं डर के मारे बेहोश हो गया था और उसी की वजह से कुछ नही बोल पा रहा था। इसका मतलब वह सब कुछ माया थी और वास्तव में वैसा कुछ भी नहीं हुआ था। मुझे ध्यान आया कि फिर अगर ऐसा है तो नागमणि को बिस्तर पर होना चाहिए। मैं चारपाई से उतरकर कमरे की ओर भागा। कमरे में जाकर मैंने बिस्तर पर देखा तो रूमाल में लिपटी नागमणि वहीं पर थी। मुझे इस तरह भागता देखकर मेरे पीछे-पीछे बनर्जी दादा भी अन्दर आए। मेरे हाथ में नागमणि देखकर उनके आश्चर्य का ठिकाना न रहा। उन्होंने मेरी तरफ आश्चर्य भरी निगाहों से देखते हुए पूछा, “यह नागमणि तुझे कैसे मिली?”

उनको विश्वास नहीं हो रहा था कि मुझे नागमणि मिल गई है। वह बोले, “अघोरानन्द तू वास्तव में अद्‌भुत साधक है। इस नागमणि के लिए लोग अपना पूरा जीवन लगा देते हैं, तब भी उनको नागमणि नहीं मिलती। तुझे सिर्फ चार दिन की साधना में नागमणि भी मिल गई। गुरुदेव की तुझ पर अनन्त कृपा है और महामाया का आशीर्वाद भी।” मैं समझ नहीं पा रहा था कि मैं क्या कहूँ। रात को जो हुआ था उसके बाद तो मुझे ऐसा लग रहा था कि वे नाग नागमणि वापस ले जाएँगे और उन दोनों के डसने के बाद मैं सीधा स्वर्गवासी हो जाऊँगा... लेकिन यहाँ तो पूरी कहानी ही पलटी हुई थी। मेरे शरीर पर चोट के कोई निशान नहीं थे ना ही जहर चढ़ने का कोई लक्षण था। ना ही मेरा शरीर नीला पड़ा था। सबसे बड़ी बात नागमणि भी सुरक्षित थी। यह अविश्वसनीय और अद्‌भुत घटना थी। मैं इसके बारे में सोचता हुआ बिस्तर पर बैठ गया। बनर्जी दादा ने कहा, “तू नहा धो ले फिर बात करते हैं।” और वह कमरे से बाहर चले गए।

मैं ब्रश करके नित्य कर्मों से निवृत्त हुआ और नहाने चला गया। इन सब में मुझे लगभग आधा घंटा लगा होगा। 11 बजे के आसपास में फ्रेश होकर बाहर निकल आया। बापी तब तक नाश्ता लगा चुका था। बनर्जी दादा के साथ बैठकर मैंने नाश्ता किया और चाय की चुस्की लगाते हुए हम लोगों ने चर्चा प्रारम्भ की। मैंने उनको विस्तार से मसान घाट में घटी हुई घटना के बारे में बताया कि किस प्रकार से वे दोनों नाग मेरे सामने नागमणि छोड़कर गायब हो गए थे और काफी देर इन्तजार करने के बाद में नागमणि लेकर घर आ गया था। उन्होंने कहा, “यह नागमणि तुझे भूगर्भ सिद्धि देगी।” मैंने पूछा, “यह क्या होता है?”

उन्होंने आगे बताया, "अनन्त काल से इस भूमि में कई लोगों ने अलग-अलग कालखंड में अपना खजाना छुपाकर रखा है। इसमें सोने-चाँदी के अलावा विभिन्न प्रकार के रत्न भी शामिल हैं। जिस व्यक्ति को भूगर्भ सिद्धि प्राप्त होती है वह पृथ्वी के नीचे स्थित चीजों को देखने की क्षमता से युक्त हो जाता है। इसलिए इन खजानों के बारे में भी उसे जानकारी होने लगती है। इन गड़े हुए खजाने का रक्षक या अधिपति नागों को माना जाता है। अधिकांश खजानों के साथ उनकी रक्षा के लिए नाग शक्तियों को नियुक्त किया जाता है, क्योंकि एक नाग का जीवनकाल बहुत लम्बा माना जाता है। यह सब शक्तियाँ उस खजाने की रक्षा करती हैं और उसके उपयुक्त वारिस के अलावा किसी को उसे हासिल करने से रोकती हैं।"

मैंने पूछा, "अगर किसी खजाने का वारिस नहीं हो या मर गया हो तो ऐसी स्थिति में उस खजाने का क्या होता है?" बनर्जी दादा ने बताया, "वारिस के मर जाने की स्थिति में भी नाग उस खजाने की रक्षा करते रहते हैं, क्योंकि उनको संकल्प द्वारा उस खजाने के साथ मंत्रबद्ध कर दिया जाता है। यदि किसी व्यक्ति को वह खजाना निकालना होता है तो सबसे पहले इन मंत्रबद्ध सर्पों के बन्धन को तोड़कर उन्हें प्रसन्न करना होता है। उनकी प्रसन्नता के लिए आवश्यक कर्मकांड सम्पन्न करने के बाद वे सर्प उस खजाने की रक्षा से अलग हो जाते हैं। तब जाकर उस खजाने को खोदकर बाहर निकाला जा सकता है। यदि इस प्रक्रिया का पालन न किया जाए तो वह खजाना प्राप्त करने वाला व्यक्ति उस खजाने का उपयोग नहीं कर पाता है। कई बार खजाना निकालने की प्रक्रिया के दौरान ही उसकी अज्ञात कारणों से, सर्प के काटने से, किसी दुर्घटना से मृत्यु हो जाती है या उसका मानसिक सन्तुलन बिगड़ जाता है।"

यह मेरे लिए अद्‌भुत और आश्चर्यजनक बातें थीं। जमीन के अन्दर खजाना गड़ा होना, यह बात तो मैं समझता था, लेकिन उस खजाने की रक्षा के लिए सर्पों को मंत्रबद्ध करके रखा जाता है और वे कई सालों तक उस खजाने की रक्षा करते हैं यह जानकर मैं आश्चर्यचकित रह गया। बनर्जी दादा तंत्र साधनाओं के विषय में अनन्त ज्ञान के भंडार थे। उनके पास से मुझे ऐसी-ऐसी बातों का पता चला जो सुनने में अद्‌भुत और अविश्वसनीय ही लगती थीं। कई बार मुझे भी उनके काल्पनिक होने का सन्देह हो जाता था। खैर...

उसके बाद मैंने बाबा प्रचंड नाथ की झोपड़ी में घटी हुई घटनाओं के बारे में भी बनर्जी दादा को बताया। बनर्जी दादा के चेहरे पर खुशी उल्लास और उत्साह के भाव लगातार आ रहे थे। यह बिल्कुल वैसा ही था जैसे एक छोटे भाई की सफलता की बात सुनकर बड़ा भाई प्रसन्न और आनन्दित होता है। हम दोनों एक ही गुरु के शिष्य थे, इसलिए मेरी सफलता से शायद वे भी अपने-आपको गौरवान्वित महसूस कर रहे थे।

पूरा घटनाक्रम सुनने के बाद उन्होंने मुझसे कहा, "कहाँ है वह गुटिका? मैं भी दर्शन तो कर लूँ। मैं कमरे के अन्दर गया। मेरे पीछे-पीछे बनर्जी दादा भी आये। मैंने अपने थैले में से मदन कामेश्वर गुटिका निकालकर दिखाई। वे उसे दाहिने हाथ में रखकर वहीं ध्यानस्थ हो गए। लगभग पन्द्रह मिनट तक ऐसे ही निश्चल भाव में बैठे रहे। मैं उनकी आँख खुलने की प्रतीक्षा में उनके सामने बैठा रहा। लगभग पन्द्रह मिनट के बाद उनका ध्यान टूटा। गुटिका को माथे तथा आँखों से लगाकर मुझे वापस दिया। मैंने भी उसे माथे से लगाकर वापस थैले में डाल दिया।

मैं बोला, "मैंने बाबा से इसके विषय में पूछा था लेकिन उन्होंने कहा कि सारी जानकारी आप देंगे। आपको बाबा प्रचंड नाथ कैसे जानते हैं। इस गुटिका के बारे में भी मुझे जानकारी दें।" बनर्जी दादा मुस्कुराए और बोले, "मैंने और बाबा प्रचंड नाथ ने कामाख्या में कुछ साधनाएँ एक साथ की थीं, इसलिए वह मुझे जानते हैं। हम लोगों ने वहाँ पर वाममार्गी साधनाएँ सम्पन्न की थीं। जिसमें उनके साथ काफी समय बिताने को मिला था। हम दोनों कामाख्या की पहाड़ियों में एक गुफा में लगभग डेढ़ साल साथ रहे थे। इसलिए उन्होंने ऐसा कहा होगा।

मैंने गुटिका के बारे में पूछा उन्होंने बताया, "यह मदन कामेश्वर गुटिका है। इसे रति राज गुटिका भी कहते हैं। इसका प्रयोग विभिन्न वाममार्गी साधना में किया जाता है। यह गुटिका जिसके हाथ में होती है, उसके अन्दर पूर्ण पौरुष उत्पन्न हो जाता है। वह साक्षात कामदेव बन जाता है। उसकी शारीरिक व्याधियाँ समाप्त हो जाती हैं और वह पूर्ण स्वस्थ पुरुष बन जाता है। चालीस-पचास वर्ष का होने पर भी उसके अन्दर किसी युवा की तरह ऊर्जा होती है और काम क्षमता होती है। महा श्यामा साधना जैसी साधना में यह उसी काम शक्ति को नियंत्रित करने का काम भी करता है। इसके पास रहने से काम शक्ति नियंत्रण में रहती है, जो साधनात्मक विचलन का सबसे बड़ा

कारण है। जिस साधक के पास यह गुटिका होती है, उसके पथभ्रष्ट होने की सम्भावना नहीं के बराबर होती है। यह गुटिका उसे आत्म नियंत्रित बनाने में मदद करती है। साथ ही प्रचंडता भी प्रदान करती है। तू भाग्यशाली है, और गुरुदेव की अनन्त कृपा है, जिसकी वजह से तुझे यह गुटिका मिली है। इस गुटिका के लिए कई-कई वर्षों तक साधना करनी पड़ती है। बाबा प्रचंड नाथ ने तीन साल की तपस्या करके इसे प्राप्त किया था। उनका शरीर छोड़ने का समय हो रहा है, इसलिए वह एक योग्य व्यक्ति की तलाश में थे, जिसे वह यह गुटिका सौंप सकें।"

मैंने पूछा, "फिर उसने आपको यह गुटिका क्यों नहीं सौंपी।" वह हँसने लगे और बोले, "एक साधक दो-दो गुटिका रखके क्या करेगा?" मतलब बनर्जी दादा के पास यह गुटिका पहले से ही थी। मैंने पूछा, "आप दोनों ने इसकी साधना एक साथ की थी क्या?"

उन्होंने बताया, "जब मैं उनसे मिला, बाबा प्रचंड नाथ उस समय यह गुटिका प्राप्त कर चुके थे। उन्होंने मुझे उसकी साधना विधि बताई थी और मैंने वाराणसी के मणिकर्णिका घाट पर बैठकर इसकी साधना सम्पन्न की थी। मुझे डेढ़ साल साधना करने के बाद यह गुटिका प्राप्त हुई थी। वाममार्गी साधना में सफलता प्राप्त करने के लिए इस गुटिका का होना बेहद लाभदायक होता है।

"तू भी जब भविष्य में इन साधनों में प्रयुक्त होगा तब तुझे इस गुटिका के बारे में और जानकारी प्राप्त हो जाएगी। तू भाग्यशाली है जो तुझे यह गुटिका प्राप्त हुई। यह तुझे वाममार्गी साधनाओं के शिखर तक पहुँचाने में सक्षम है। इसकी जितनी तारीफ की जाए वह कम है। एक साधक के लिए उसके जीवन का सौभाग्य है कि उसे मदन कामेश्वर गुटिका प्राप्त हो जाए। तू तो भाग्यशाली है नागमणि के साथ-साथ मदन कामेश्वर गुटिका भी तुझे मिल गई है।" इतना कहकर वे चुप हो गए। मैं इस उधेड़बुन में था कि छाया के बारे में बनर्जी दादा को बताऊँ या ना बताऊँ। मैंने सोचा कि इस रहस्य को भी पता करना ही पड़ेगा। मैंने छाया के साथ हुई घटना के बारे में विस्तार से बताया। उसे सुनकर बनर्जी दादा मंद मंद मुस्कुराते रहे। बोले, "तो वह पगली तुझे मिल गई..."

मैंने प्रश्नवाचक निगाहों से उनकी तरफ देखा। उन्होंने कहा, "तारापीठ उसका निवास है। उसका जन्म तारापीठ में ही हुआ था। वह भगवती तारा की कृपा प्राप्त साधिका है।"

मैंने पूछा, "तारापीठ में कैसे जन्म हुआ?" दादा ने बताया, "बरसात के मौसम में कई साल पहले छाया की माँ जो गर्भ से थी, तारापीठ पर दर्शन करने के लिए आयी। उसकी अवस्था ऐसी थी कि प्रसव कभी भी हो सकता था, लेकिन उसके मन में यह प्रबल इच्छा थी कि उसे तारा माई के दर्शन करने हैं। वह एक विधवा स्त्री थी उसके पति का हृदयाघात से निधन हो चुका था। वह इस आघात को सहन करने की क्षमता प्रदान करने के लिए तारा माई के दर्शनों को आयी थी। छाया की माँ लगभग एक हफ्ते तक उसी कमरे में रही। जिस कमरे में तुम अभी रह रहे हो। वह रोज सुबह स्नान आदि करके तारापीठ पर जाकर बैठ जाती और फिर शाम को ही वहाँ से वापस लौटती थी। ऐसा चार-पाँच दिन तक चलता रहा।

"वह एक अमावस्या की रात्रि थी, जब वह बिना किसी को बताए कमरे से बाहर निकल गई और तारापीठ में पहुँच गई। तारापीठ में पहुँचते ही अचानक उसे प्रसव पीड़ा होने लगी। अब तारापीठ में रात को किसी का मिलना असम्भव था, लेकिन अचानक एक बुढ़िया दाई वहाँ पर प्रकट हुई। तू समझ सकता है कि वह कौन थी। उसने पूरी प्रसव प्रक्रिया सम्पन्न कराई। उस बच्ची को बाबा प्रचंड नाथ को सौंपा और उसकी माँ को लेकर तारापीठ के अन्दर चली गई। उस दिन के बाद ना तो उस वृद्ध महिला को और ना ही छाया की माँ को किसी ने देखा।"

दादा आगे बोले, "तब से बाबा प्रचंड नाथ और श्मशान के बाबाओं के संरक्षण में वह पली बढ़ी। बचपन से ही वह साधनाओं के प्रति आकर्षण का भाव रखती थी, प्रचंड नाथ तथा अन्य साधुओं ने उसे एक से बढ़कर एक साधना सिखाई और उसने पूरी तन्मयता और श्रद्धा के साथ साथ पूरी निष्ठा और एकाग्रता के साथ हर साधना को सम्पन्न किया और सिद्धियाँ प्राप्त कीं। वह एक अभूतपूर्व साधिका है। मैंने अपने जीवन में बहुत कम साधकों को उस स्तर तक पहुँचते देखा है जिस स्तर पर छाया खड़ी है।

"उसका संकेत और बाबा प्रचंड नाथ द्वारा तुझे मदन कामेश्वर गुटिका देना यह लगभग निश्चित कर देता है कि आने वाले समय में तुझे महा श्यामा

साधना करने का अवसर अवश्य मिलेगा। करोड़ों साधकों में से कोई एक साधक इस साधना को सफलतापूर्वक सम्पन्न कर पाता है और मुझे पूरा विश्वास है कि तू अवश्य ही साधना को सम्पन्न कर पाएगा।"

इतना कहकर बनर्जी दादा खामोश हो गए। तब तक दूसरी चाय आ चुकी थी। हम दोनों ने अपनी-अपनी चाय पी और मैं फिर अपने कमरे में वापस आ गया। दोपहर के लगभग 12:30 बज रहे थे। मैंने कमरे का दरवाजा बन्द किया और बिस्तर पर अपने तांत्रिक थैले के साथ बैठ गया। अब मुझे वह थैला दुनिया का सबसे बड़ा खजाना लग रहा था क्योंकि उसमें दो अभूतपूर्व तांत्रिक वस्तुएँ रखी हुई थीं। यह ऐसा ही था जैसे किसी छोटे बच्चे को उसकी कल्पना से परे के खिलौने मिल जाएँ। मैं उन्हें देखना चाहता था। सबसे पहले मैंने मदन कामेश्वर गुटिका को हाथ में उठाया और आँख बन्द करके बैठ गया।

आँख बन्द करते ही मैं ध्यानस्थ हो गया। लगभग 1 घंटे तक मैं ध्यान की अवस्था में बैठा रहा मुझे विचित्र-विचित्र किस्म के दृश्य दिखाई देते रहे। चौंसठ योगिनी मन्दिर और खजुराहो मन्दिर भी मुझे दिखाई दिए। उसके बाद मैं अपने-आपको अन्तरिक्ष में महसूस कर रहा था, हर तरफ काला रंग छाया हुआ था और मेरे चारों तरफ काफी दूरी पर चमकते हुए गोल-गोल पिंड दिखाई दे रहे थे, वह दृश्य अलौकिक और अद्‌भुत था। मुझे ऐसा लग रहा था जैसे मैं किसी अज्ञात लोक की यात्रा पर निकल गया हूँ।

एक घंटे के बाद मैं वापस तटस्थ हुआ और मैंने आँखें खोलीं। गुटिका को प्रणाम किया और उसे वापस थैली में डाल दिया।

अब नागमणि की बारी थी। मैं उसे भी अपने हाथों में स्पर्श करके महसूस करना चाहता था। जैसे-जैसे इन दिव्य वस्तुओं की महिमा मुझे पता चल रही थी, मेरा आकर्षण उनके प्रति और बढ़ता जा रहा था। ऐसा लग रहा था कि उनके बारे में जितना जान सकता हूँ जान लूँ। मुझे थकान भी लग रही थी इसलिए मैं बिस्तर पर लेट गया और उस नागमणि को अपने हृदय के पास रख लिया । नागमणि का ठंडा ठंडा स्पर्श बहुत सुखद लग रहा था। उसमें से निकलने वाली रश्मियाँ बहुत स्पष्ट दिखाई नहीं देती थीं, लेकिन उसका ठंडापन मौजूद था। मैं उसे हृदय पर रखे-रखे नींद में चला गया और मुझे सपने दिखने लगे। सपने में मुझे वह दोनों साथ ही दिखाई दे रहे थे। दोनों कुछ

देर तक नाग जैसे दिखते रहे, फिर अचानक वह एक सुन्दर युवक और युवती में बदल गए। इसके बाद उनकी क्रीड़ाएँ प्रारम्भ हो गईं। मैं अपने-आपको भी वहाँ पर देख सकता था।

कुछ समय के बाद दृश्य बदला। अब मुझे बनर्जी दादा का घर दिखाई दे रहा था। बनर्जी दादा के साधना कक्ष के खिड़की के बाहर वाले हिस्से में पीपल के पेड़ के नीचे की जमीन मुझे पारदर्शी लगने लगी। उसके अन्दर का सब कुछ मुझे दिखाई दे रहा था। पीपल के पेड़ की जड़ों के साथ एक ताँबे का लगभग एक फुट लम्बा एक फुट व्यास का मटका दिखाई दिया। उस मटके के अन्दर चाँदी के सिक्के भरे हुए थे, यह देखकर मैं हड़बड़ाकर उठ बैठा। मैं अपने कमरे में ही था। कुछ देर बाद पानी पीकर लेटा फिर नींद लग गई, दुबारा से सपने आने चालू हो गए। फिर वही सपना आया कि पीपल के पेड़ के नीचे चाँदी के सिक्कों से भरा हुआ मटका गड़ा हुआ है। मै हड़बड़ाकर उठ बैठा। यह तो बड़ी गड़बड़ थी। इस अजीब से सपने का मैं क्या करूँ? यह सोचते-सोचते मैं फिर से नींद के आगोश में चला गया। तीसरी बार फिर वही सपना आया। पीपल का पेड़ और उसके नीचे चाँदी के सिक्कों से भरा मटका। मैं फिर से जाग गया। मुझे लगा कि यह नागमणि की वजह से हो रहा है। मैंने उसे वापस तांत्रिक थैले में रूमाल में लपेटकर डाल दिया और उसे अलमारी में रखकर वापस सो गया। इस बार कोई सपना नहीं आया और मैं आराम से 3:30 बजे तक सोता रहा।

नहा-धोकर लगभग 4 बजे मैं कमरे से बाहर निकला। अब बारी थी उस सपने की तहकीकात करने की। मुझे लगा कि मुझे दादा को सपने के बारे में बताना चाहिए। बापी वहीं खड़ा था। मैंने उससे पूछा, "दादा कहाँ है?" बापी ने बताया, "वह अपनी मौसी के घर गए हैं और रात तक आएँगे।" मेरी उत्सुकता अपने चरम पर थी! नया-नया उत्साह था! पहली बार नागमणि हाथ लगी थी! और हाथ लगते ही एक खजाने का पता चल रहा था! इच्छा हो रही थी कि मैं खुद कुदाली लेकर पीपल के पेड़ के पास पहुँच जाऊँ और खुद खजाने को निकाल लूँ। लेकिन यह सम्भव नहीं था। क्योंकि मेरे पास खोदने के लिए कोई हथियार नहीं था।

फिर मुझे विचार आया क्यों ना बापी को साथ में लेकर खुदाई की जाए। घर में बनर्जी दादा और बापी के अलावा कोई तीसरा नहीं था। मैंने बापी को खुदाई के लिए तैयार करने का सोचा और उसे अपने सपने के बारे

में बताया। नागमणि और मदन कामेश्वर गुटिका वाली बात उसे पता नहीं थी। इसलिए खजाने वाली बात बताना मुझे उचित नहीं लगा। मैंने उसे बताया कि सपने में मुझे पीपल के झाड़ के नीचे एक मूर्ति दिख रही है, चलो उसे खोदकर निकालते हैं। दादा मुझे चाहते थे और मेरा सम्मान भी करते थे, इसलिए बापी तुरन्त तैयार हो गया। सपने के अनुसार वह खजाना लगभग दो फुट की गहराई पर था।

बापी ने खोदना चालू किया। दो फुट की खुदाई हो गई, लेकिन कुछ नहीं दिख रहा था। मुझे थोड़ी-सी निराशा होने लगी, लेकिन बापी निराश नहीं हुआ था। उसने कहा, "थोड़ा बहुत ऊपर-नीचे हो जाता है दादा, हम और खोद कर देखेंगे। खोदते खोदते हम चार फुट तक पहुँच गए लेकिन कुछ नहीं मिला। अब मुझे निराशा होने लगी मुझे लगा कि बेवजह मैंने खुदाई करवा दी अब दादा को क्या जवाब दूँगा... तभी! कुल्हाड़ी मारते ही टंग की आवाज आयी। यह आवाज वैसी थी जैसे लोहा लोहे से टकराता है तब आती है। या वह किसी धातु से टकराता है तब आती है। बापी ने मेरी तरफ देखा मैंने बापी की तरफ। हम दोनों एक-दूसरे को देखकर मुस्कुराए। हमारा मिशन सक्सेसफुल होने जा रहा था।

आवाज सुनते ही बापी का जोश चार गुना हो गया था। मैंने धीरे-धीरे मिट्टी को हटाया तो घड़े जैसी आकृति दिखने लगी। मिट्टी को सावधानी से हटाकर बापी ने उसको बाहर निकाल दिया। यह ठीक वैसा ही था जैसा मुझे सपने में दिखाई दे रहा था। लगभग एक फुट की हाइट एक फुट के व्यास का। अब मुझे विश्वास हो गया कि इसके अन्दर चाँदी के सिक्के पक्का मिलेंगे। लेकिन हम दोनों नौसिखिये थे! दोनों डर रहे थे, क्योंकि वह ताँबे का मटका ऊपर से एक ताँबे के ढक्कन से बन्द था। उसके ऊपर छोटी-छोटी कीले लगाकर फिक्स कर दिया गया था, जिन्हें तोड़कर ही उस मटके को खोला जा सकता था।

हम दोनों ने एक-दूसरे की तरफ देखा कि आगे क्या किया जाए? यहाँ तक तो हम लोग पहुँच चुके थे, लेकिन आगे की कार्यवाही करने के लिए दोनों झिझक रहे थे। तभी बापी ने घोषणा की, "दादा ऐसे खजाने को जमीन से मिलने पर पूजा-पाठ करके खोलना होता है, तुमको मालूम है क्या कैसे करते हैं?"

मुझे तो जमीन के अन्दर खजाना मिलता है यह भी पहली बार पता चला था। पूजा-पाठ तो बहुत दूर की बात थी। मैंने नहीं मैं सिर हिलाया, क्योंकि बापी की बात बिल्कुल सही थी। मटका निकालने तक तो ठीक था लेकिन उसे बिना उचित उपाय के खोलना सही नहीं था। हम दोनों ने मिलकर तय किया कि अभी इसको यही छोड़ देते हैं और हल्की मिट्टी उस पर डाल देते हैं। जब दादा आएँगे तब उसको बाहर निकाल लेंगे।

अब हम दोनों बड़ी बेसब्री से दादा के आने का इन्तजार करने लगे। जब आप इन्तजार करते हैं, तो समय बड़ी धीमी गति से आगे बढ़ता है। ऐसा लगता है जैसे एक घंटे में एक सौ बीस मिनट हो गए हों। हम दोनों दरवाजे की तरफ टकटकी लगाए बैठे हुए थे, कि कब दादा आएँ और कब हम उनको कथा सुनाएँ। तीन चार चाय पीते रात के सात बज गए, तब दादा का आगमन हुआ। दादा ने बाहर से आवाज लगाई। दादा के अन्दर घुसते ही बापी ने दरवाजे की साँकल लगाई। हम दोनों उन्हे पकड़कर खींचने लगे और लाकर चारपाई पर बैठा दिया। दादा बोलते रह गए कि हाथ-पैर तो धो लेने दो। मगर हमने उनको उसका भी मौका नहीं दिया।

चारपाई पर बैठाकर हमने उनको पूरी कहानी सुना दी। कहानी सुनकर वह मुस्कुराए और बोले ठीक है मैं हाथ-पैर धो लेता हूँ, फिर हम पूजा करके उसे निकालेंगे। उन्होंने अपने हाथ-पैर धोए। फिर वह अपने पूजन कक्ष में गए। वहाँ से कुछ पूजन सामग्री उठाई। बापी ने दीया पकड़ा, मैंने घंटी पकड़ी, एक हाथ में पंचपात्र पकड़ा और पीपल के पेड़ के नीचे पहुँच गए। दादा ने कुछ मंत्रों का जाप किया और पीपल के पेड़ का पूजन किया और पता नहीं क्या-क्या पूजन किया। उसके बाद बापी ने मिट्टी हटाई! कलश गायब था...

अब चौंकने की बारी हम दोनों की थी, क्योंकि हम दोनों ने कलश को देखा था। जमीन ऐसी लग रही थी, जैसे वहाँ कुछ भी नहीं निकला हो, एकदम प्लेन! मैं और बापी एक-दूसरे को प्रश्नवाचक निगाहों से देख रहे थे। हम दोनों को कुछ भी समझ में नहीं आ रहा था। दादा की ओर हम लोगों ने देखा और एक साथ कहा, "दादा यहीं पर हम लोगों ने कलश निकालकर रखा था।" दादा बोले, "तो फिर गया कहाँ?" हम दोनों सिर पकड़कर बैठे गए। दादा हँस पड़े बोले, "बेटा भूगर्भ का खजाना इतनी आसानी से नहीं मिलता है। जैसे ही मिलता है उसे मंत्रों के द्वारा बाँधकर अपने अधीन करना

पड़ता है, वरना उसके अन्दर स्थित शक्तियाँ उसे वापस जमीन के अन्दर भेज देती हैं। तुम्हारे कलश के साथ भी वही हुआ है। अब उसे वापस बाहर लाने के लिए पूजा करनी पड़ेगी।"

हम दोनों निराश और हताशा से दादा की ओर देखने लगे। दादा ने कहा, "तुम चिन्ता मत करो मैं पूरा सामान लेकर आया हूँ, अभी घंटा भर और पूजन चलेगा।"

जिसके बाद दादा का पूजन चालू हुआ। उन्होंने नाग पूजन, पृथ्वी पूजन और वास्तु पूजन के साथ भूगर्भ सिद्धि के मंत्रों का ग्यारह माला जाप किया। अपने सामने रखे हुए पंच पात्र में से थोड़ा-सा जल निकालकर उस मिट्टी की ओर फेंका। दादा ने बापी को फिर खोदने का इशारा किया। बापी कुदाली लेकर फिर से भिड़ गया। लगभग एक डेढ़ फुट की खुदाई के बाद फिर से टंग की आवाज आयी। हम दोनों के चेहरे फिर से खिल उठे।

अब कलश दिखाई देने लगा। दादा ने जगदम्बा का ध्यान किया। ध्यान करने के बाद चावल के कुछ दाने अपने चारों तरफ फेंके। कुछ दानों से हमको भी घेरा। उसके बाद काली मिर्च से कलश को घेरने के बाद उन्होंने अपनी जेब से गंगाजल की शीशी निकाली और तीन बार आचमन करने के बाद हम लोगों को भी तीन बार आचमन करने के लिए कहा। इतना सब हो जाने के बाद हम लोगों ने डरते-डरते उस कलश को बाहर निकाला और उसे लेकर घर के अन्दर आ गए।

अब बारी थी उसे खोलने की। बापी ने स्क्रूड्राइवर, कटिंग प्लेयर जैसी चीजों का इन्तजाम किया। मैं और बापी मिलकर उस ढक्कन को खोलने में लग गए। लगभग पन्द्रह मिनट के प्रयासों के बाद ढक्कन खुल गया। ढक्कन खुलते ही उसके अन्दर काली-काली मिट्टी दिखने लगी। मैंने सोचा कि कहीं सारे सिक्के मिट्टी तो नहीं हो गए, लेकिन लगभग दो अंगुल मिट्टी को हटाने से उसके अन्दर पड़े हुए सिक्के दिखने लगे।

मैंने उन्हें देखा तो वे सिक्के लोहे के लग रहे थे काले-काले से! मैंने एक सिक्के को बाहर निकाला और उसे दादा को दिया। दादा ने उसे जमीन पर रगड़ा। जमीन पर रगड़ते ही उसका कालापन हट गया और अन्दर से चाँदी की चमक दिखाई देने लगी, यानी वास्तव में सिक्के चाँदी के ही थे।

मटकी को हम दोनों ने मिलकर पलटा। उसमें लगभग पांच सौ के आसपास सिक्के थे। उनका वजन तकरीबन पन्द्रह से बीस किलो रहा होगा...

यह सब ताम-झाम करते-करते रात के 10:45 बज चुके थे। मेरी साधना का समय हो चुका था। हाथ-पैर पर मिट्टी लगी हुई थी, इसलिए स्नान किया और अपना थैला लेकर श्मशान की ओर बढ़ गया। साधना के पाँच दिन बीत चुके थे। आज छठवाँ दिन था। समय कम था, इसलिए मैं लगभग दौड़ता हुआ श्मशान में घुसा और जाकर अपने साधना स्थल पर बैठ गया। अपने चारों तरफ रक्षा घेरा बनाकर मैंने मंत्र जाप प्रारम्भ किया। लगभग ग्यारह माला मंत्र जाप हुआ होगा, जब मुझे अट्टहास की ध्वनियाँ सुनाई देने लगीं। यह कोई स्त्री कर रही थी। अट्टहास बड़ा ही भयानक था।

रात के अँधेरे में... सुनसान जगह पर... जहाँ कोई ना हो... अगर कोई स्त्री अट्टहास करे... तो कैसा लगेगा?

यह महसूस करने के लिए आप किसी हॉरर फिल्म की चुड़ैल के हँसने की कल्पना कर सकते हैं। लगभग वैसी ही हँसी थी और इस प्रकार हँसने की आवाज लगातार काफी देर तक आती रही। यह हँसी की आवाज रात के डेढ़ बजे तक लगातार आती रही। उसकी दिशा अलग-अलग होती थी। कभी ऐसा लगता कि बाएँ तरफ से आ रही है... और कभी ऐसा लगता कि दाएँ तरफ से आ रही है! कभी ऐसा लगता कि कोई पीछे खड़े होकर हँस रहा है... लेकिन कोई दिखाई नहीं दे रहा था।

डेढ़ बजे के आसपास लगभग दस फुट की ऊँचाई पर एक विशालकाय सिर दिखाई दिया। वह सिर लगभग तीन फीट चौड़ा होगा। वह सिर महाकाली के सिर जैसा दिख रहा था। उसका रंग एकदम काला था। उसके बाल लम्बे-लम्बे थे और पीछे की तरफ फैले हुए थे। आँखें लाल-लाल और बड़ी-बड़ी थीं। जीभ बाहर की तरफ निकली हुई थी। जीभ में से रक्त की बूँदें टपक रही थीं। ऐसा लग रहा था जैसे एकदम ताजा खून पिया हो। आँखों में ऐसा भाव था, जैसे अब मेरा खून पीना चाहती हो। अट्टहास की आवाज उसी के मुँह से निकल रही थी। जब तक वह चेहरा नहीं दिखाई दे रहा था तब तक केवल अट्टहास का भयानकपन ही महसूस हो रहा था, लेकिन जब चेहरा दिखाई देने लगा तो और भी डरावना लगने लगा।

वह दृश्य देखना डरावना था, लेकिन साधना काल में कई प्रकार के दृश्यों ने मुझे भी थोड़ा समर्थ बना दिया था। जिसके चलते मैं आसानी से उस भयानक दृश्य को देख पाया। वह आकृति उसी प्रकार मेरे सामने बनी रही। हृदय में भय उत्पन्न हो रहा था लेकिन फिर भी मंत्र जाप चलता रहा। वह विशालकाय सिर मेरी तरफ तेजी से बढ़ कर आता और मेरे चेहरे से लगभग एक फुट की दूरी पर रुक जाता। जब वह आकृति मेरे पास आती तो उसके मुख से निकलती हुई दुर्गंध मैं महसूस कर सकता था। उसकी आँखें देखने से ऐसा लगता था जैसे शरीर में छेद कर घुस जाएँगे।

इस बार जब वह पास आयी तो उसकी लाल-लाल जीभ बाहर निकलकर मेरे चेहरे तक आयी और उसने मेरे माथे को चाट लिया। मुझे ऐसा लगा जैसे किसी नुकीली वस्तु से मेरा माथा रगड़ खा गया हो। मेरे माथे से खून बहने लगा। खून मेरी आँखों से बहता हुआ नीचे टपक रहा था। एक और अजीब बात यह थी कि सिर्फ उसका सिर ही था बाकी शरीर दिखाई नही दे रहा था। स्वयं उसका सिर भी गर्दन से कटा था। उसकी गर्दन से भी खून की धारा बह रही थी जिसे वह अपनी जीभ बढ़ाकर बीच-बीच में चाट लेती थी... और हर बार चाटने के बाद खून की धार फिर बह निकलती।

इसके बाद वह आकृति जब मेरी तरफ आती तो उसकी जीभ बाहर निकलती... कभी गले पर, कभी सीने पर, कभी हाथ पर, कभी पैर पर उसकी जीभ फिरती और उस स्थान के चिरने से बहते हुए खून को चाटती हुई जीभ वापस चली जाती... मुझे घूरते हुए वह अपने खून से सने हुए जीभ को अपने होंठों पर फिराती! जैसे कह रही हो कि तेरा सारा खून मेरी जीभ के लिए है... धीरे-धीरे मेरे शरीर में कोई भी हिस्सा ऐसा नहीं बचा जिसमें से खून न बह रहा हो... आप महसूस कर सकते हैं कि जब आपके शरीर में हजारों घाव हो तो कैसी अनुभूति होती होगी। दर्द इतना ज्यादा हो गया था कि अब उसका एहसास होना भी बन्द हो गया था...

यही स्थिति बाकी आधे घंटे तक रही। सवा दो बजे जब मेरा मंत्र जाप पूर्ण हुआ तो वह आकृति भी विलुप्त हो गई। मैं आँख बन्द कर पन्द्रह मिनट वहीं सदमे में बैठा रहा। धीरे-धीरे मैं सामान्य हुआ। सोचा पूरे शरीर से खून बह रहा है, अब इतनी रात को बहते हुए खून के साथ में अगर मैं जाऊँगा तो कोई रास्ते में मिल गया तो क्या सोचेगा? अगर मसान का कोई बाबा देखेगा तो? इस प्रकार के विचार मन में उमड़ रहे थे। मैंने धीरे से आँखें खोली।

आश्चर्य! घोर आश्चर्य... सारे घाव भर चुके थे... कहीं से खून नहीं टपक रहा था... इस प्रकार छठवीं साधना की रात्रि सम्पन्न हो गई। बस अब दो रात्रियाँ और बची थीं। जिसके बाद भगवती की कृपा होती तो मेरी साधना पूर्ण हो जाती। मेरा छठा दिन आज ढाई बजे मेरे मंत्र जाप के साथ पूरा हुआ, इसलिए मैं लगभग तीन बजे बिस्तर पर लेट चुका था। लेटते ही मैं नींद के आगोश में चला गया।

महाविद्या साधनाओं को अलग-अलग मार्ग से अलग-अलग प्रकार से सिद्ध किया जा सकता है। इसमें दो प्रमुख मार्ग माने जाते हैं पहला दक्षिणमार्गी और दूसरा वाममार्गी। वाममार्गी में साधक और साधिका एक साथ बैठकर साधना करते हैं। दक्षिणमार्गी में महाविद्या साधना के समय ब्रह्मचर्य का पालन करना एक अनिवार्य आवश्यकता होती है। अघोर साधना मूलतः वाममार्गी साधनाओं के अन्तर्गत आती है। यह तो हुई साधनात्मक बारीकियाँ जो आप जब साधना में संलग्न होते हैं तो आपको या तो अपने-आप पता चलती हैं या फिर आपका गुरु आपको उसके सम्बन्ध में मार्गदर्शन प्रदान करता है। मेरा अनुभव यह है कि जैसे-जैसे आप साधना में आगे बढ़ते जाते हैं, सम्बन्धित देवी या देवता आपको मार्गदर्शन स्वयं या किसी-न-किसी माध्यम के द्वारा प्रदान करते ही हैं।

यहाँ साधकों को एक और गलतफहमी होती है कि गुरु के बिना साधना करने से कोई भयानक हानि हो सकती है। वास्तव में गुरु की उपस्थिति उग्र साधना के लिए ज्यादा जरूरी है। उग्र साधना में मूल रूप से महाविद्याओं की साधना, श्मशान साधना शामिल है। इनमें ये शक्तियाँ साधक के ऊपर कई प्रकार के परीक्षण करती हैं इसलिए गुरु का होना जरूरी माना गया है। सौम्य मंत्र साधनाएँ गुरु के बिना भी की जा सकती हैं, उसके लिए आप अपने इष्ट अर्थात जिस भगवान की साधना कर रहे हैं, उसे ही गुरु रूप में स्वीकार करके साधना कर सकते हैं। इससे सफलता भी जल्दी मिलती है। खैर... हम वापस तारा साधना की ओर चलते हैं...

सुबह बापी ने दरवाजा खटखटा कर उठाया और मुझे दादा के बुलाने की सूचना दी। मैं फ्रेश हुआ और नहा-धोकर बाहर निकला। दादा और बापी मटकी के साथ बैठे हुए थे। दादा ने कहा, "अघोरानन्द अब इस मटकी का और इन सिक्कों का क्या करना है? तुमने इसे खोजा है, इसलिए इस

पर तुम्हारा अधिकार है।" मैंने कहा, "दादा आपकी जमीन से निकला है, इसलिए इस पर आपका अधिकार है।" दादा जिद करने लगे, "कम से कम इसका आधा तो तुमको रखना ही पड़ेगा।" मैंने कहा, "अगर आप इतनी जिद कर रहे हो तो ग्यारह सिक्के मुझे दे दो। बाकी का आपको जो करना है कर लो।" काफी बहसबाजी के बाद दादा मेरी बात पर सहमत हुए। ग्यारह सिक्के उन्होंने मुझे दे दिए। अब तक बापी ने सारे सिक्कों को धो-पोंछकर चमका दिया था। अब सारे सिक्के चाँदी के लग रहे थे। ग्यारह सिक्के लेकर मैं तारापीठ की ओर चला गया। आप समझ गए होंगे कि मैं क्या करने जा रहा था।

वहाँ पहुँचकर मैंने वह ग्यारह सिक्के तारापीठ के मन्दिर में भगवती के चरणों में चढ़ा दिए। माई को प्रणाम करके वापस लौट गया, क्योंकि उन्हीं की कृपा से मुझे यह सब प्राप्त हुआ था। मैंने उन सिक्कों को उन्हीं के चरणों में समर्पित करना ज्यादा श्रेष्ठ समझा। जब मैं वापस घर पहुँचा तब तक खाना बन चुका था। दादा और मैं साथ में खाना खाने बैठे। दादा बोले, "मेरी बड़ी इच्छा थी कि तारा माई की सोने की मूर्ति अपने साधना कक्ष में रखूँ, अब मैं यह सोच रहा हूँ कि चाँदी की मूर्ति बनवाकर उस पर सोने का पानी चढ़ा लूँ। तुम्हारा क्या विचार है, क्या यह ठीक रहेगा?" मैंने कहा, "दादा एकदम सुन्दर विचार है। आप इसको तत्काल कर ही डालो।"

खाना खाने के बाद सिक्कों को लेकर हम लोग एक सुनार के पास पहुँचे जो दादा की पहचान का था। सुनार ने सिक्के देखे उनको परखा और बोला, "यह 100% चाँदी है, क्या आपको इसे बेचना है?" दादा ने उसे बताया कि वह सोने की तारा माई की मूर्ति का सोच रहे थे। अगर वह सम्भव हो तो वैसा और अगर ऐसा सम्भव ना हो तो चाँदी की मूर्ति बनाकर सोने का पानी चढ़ा दे। सुनार ने सोने की मूर्ति बनाकर देने पर हामी भर दी, लेकिन उससे पहले उसने शर्त रखी कि वह उन सारे सिक्कों को पिघला कर देखेगा तभी वह उनकी शुद्धता के बारे में पूरी तरह निश्चिन्त हो सकेगा। उसी के आधार पर यह बता पाएगा की कितनी ऊँची सोने की मूर्ति बनाकर दे सकता है।

सुनार हमें अपनी दुकान के पीछे बने घर के कोने में बने एक कमरे में ले गया। उस कमरे में एक चिमनी भी लगी हुई थी। अन्दर सुनार के पास एक छोटा-सा बिजली से चलने वाला फर्नेस था। उसमें लगभग दो किलो

चाँदी आ जाता। सिक्कों को उस भट्टी में डाला और दस मिनट में वे पिघल गए। उनको एक दूसरे कोयला भट्टी में रखे बड़े बर्तन में डाल दिया। सिक्के ज्यादा थे, इसलिये ऐसा उसे आठ-दस बार करना पड़ा। जब पूरे सिक्के पिघल गए तो उसने उसमें से थोड़ा हिस्सा निकालकर कुछ केमिकल में डालकर देखा और पता नहीं क्या-क्या किया। यह सब करने के बाद उसने घोषणा की कि चाँदी ठीक है और लगभग छह इंच ऊँची माई की प्रतिमा बन जाएगी। दादा ने सहमति में सिर हिलाया और पूछा, "कब दे पाओगे?" सुनार ने कहा, "मूर्ति का साँचा मेरे पास है, बस पिघलाकर डालना है। आप कल दोपहर को ले जाओ।" हम वापस घर आ गए। मुझे खुशी थी कि प्रभु की कृपा से दादा की इच्छा की पूर्ति करने की व्यवस्था हो गई।"

बापी सीधा-सादा और ईमानदार नौकर था। वरना इतने सारे सिक्कों को देखकर अच्छे अच्छों का ईमान डोल जाता है। दादा ने उसे ताकीद भी की कि इस बारे में किसी को मत बताना, क्योंकि उससे समस्या हो सकती है। मूर्ति की व्यवस्था हो जाने के बाद वापस आते-आते शाम के 6 बज चुके थे। मुझे द्वारिका नदी के घाट पर जाकर बैठने की इच्छा हुई और मैं दादा को बोलकर उधर जाने लगा। बापी बोला, "मैं भी आपके साथ चलूँगा।" मैंने दादा से पूछा उन्होंने अनुमति दे दी। हम दोनों साथ में घाट की ओर चल पड़े। रास्ते में चलते-चलते बापी ने अपनी कहानी बताई। उसके पिताजी चौकीदार का काम करते थे। यहाँ काम करते-करते एक बंगाली बाला से उनका सम्बन्ध बन गया। दादा ने दोनों की शादी करवा दी।

उनका पहला बच्चा था, बापी। बापी के होने के दो साल बाद उसकी एक छोटी बहन भी पैदा हुई। एक बार यह चारों द्वारिका नदी में नाव से आ रहे थे, तब नाव डूब गई और बापी के माँ-बाप और बहन की मृत्यु हो गई। केवल बापी को नदी में मछुआरों ने अर्धमूर्छित अवस्था में पकड़ लिया और किनारे ले आए। उन्होंने ही उसे पाला। जब वह दादा की सेवा में आया तो उस समय उसकी उम्र सोलह साल की थी। वह घर के सारे काम करता और खाना भी बना कर देता। दादा एक प्राथमिक शाला में अध्यापक थे। घर में आठ कमरे हैं। जिनका किराया भी मिल जाता है। कुल मिलाकर पर्याप्त आय हो जाती है। दादा ने विवाह नहीं किया था। उनके साथ उनकी वृद्ध माँ

रहा करती थी, जिनका चार साल पहले देहान्त हो चुका था। यह था बापी का इतिहास। खैर...

हम दोनों घाट पर पहुँचे। मैंने सिगरेट पीने की सोची। बापी से पूछा क्योंकि उसे मैंने बीड़ी पीते हुए देखा था। वह भी तैयार हो गया। हम दोनों ने एक-एक फ्लैक ली और उसका सुट्टा मारते हुए नदी के किनारे बैठे रहे। अजीब-सी शान्ति पसरी हुई थी... नदी का तट मुझे हमेशा से पसन्द रहा है... नदी का किनारा मुझे असीम शान्ति का अनुभव कराता है और यहाँ का नदी तट उसी शान्ति से युक्त था। मैं और बापी वही बैठकर सिगरेट पी रहे थे। तभी! एक साधु एक महिला साधु के साथ आकर सामने खड़ा हो गया! मैं पैंट-शर्ट पहने हुए था। उस बाबा ने सामने आकर त्रिशूल जमीन पर पटका और जोर से आवाज लगाई—**अलख निरंजन** ! मेरे अन्दर से भी प्रबल इच्छा हुई कि मैं भी जोर से अलख निरंजन बोलूँ, लेकिन मैंने उसको दबा लिया और मन-ही-मन अलख निरंजन बोलकर शान्त रह गया। कभी-कभी अपने को छुपाने की इच्छा हावी हो जाती है।

एक बार मेरे गुरु ने कहा था, 'जो साधक होता है अगर वह वास्तविक साधक है तो तांत्रिक सामग्री उसके पास स्वयं चलकर या किसी माध्यम से आ जाती है। उसके लिए बहुत ज्यादा प्रयास नहीं करना पड़ता।' उसका उदाहरण अब मेरे सामने आने वाला था। उस साधु ने मुझसे कहा, "बच्चा कल चौदस की रात थी। कुछ ताँबे के अंग्रेजों के सिक्कों को मैंने चिता पर सिद्ध किया है। यह सिक्के मसान काली के मंत्र से सिद्ध हैं और हर तरह की मुसीबत से तुझे बचाएँगे।" मैं चुपचाप सुनता रहा। बाबा को लगा कि मैं उसकी बात से प्रभावित हो जाऊँगा और सिक्का हासिल करने की जुगत में लग जाऊँगा। लेकिन! जो माँ की छाया के तले बैठा हो उसे किसी और सुरक्षा की क्या जरूरत? यह सोचकर मैं भी शान्त बैठा हुआ था।

बाबा ने आगे कहा, "मैं यहाँ से बनारस जाना चाहता हूँ। यहाँ की मेरी साधना पूरी हो गई है।" मुझे समझ में आ गया कि उसे शायद कुछ पैसों की जरूरत है। मेरी जेब में उस समय 200 रुपए पड़े थे। मैंने उसे निकालकर दे दिए। वह क्रोधित हो गया और बोला, "मैं भीख नहीं लेता, तू यह सिक्के लेगा तो मैं तेरे पैसे लूँगा।" मैंने कहा, "बाबा इन सिक्कों का मैं क्या करूँगा? माई के रहते बच्चे का कोई अहित नहीं हो सकता, आप रख लो।" बाल हठ

यानी छोटे बच्चे की जिद। स्त्री हठ यानी रूठी हुई महिला की जिद और योग हठ यानी साधु की जिद। यह तीन हठ विश्व में प्रसिद्ध हैं।

अब बाबा योग हठ में आ गया था। बोला, "तुझे ये लेना पड़ेगा।" मैंने भी ज्यादा बहस करना उचित नहीं समझा और उन सिक्कों को ले लिया और बापी को दे दिया।

बापी ने उसे माथे से लगाया और जेब में रख लिया और साधु के चरण स्पर्श कर लिया। साधु ने उसे आशीर्वाद दिया। उसके सिक्के को मैंने बापी को दे दिया था। शायद यह बात उसे अच्छी नहीं लगी। लेकिन बापी की श्रद्धा को देखकर उसने कुछ कहा भी नहीं। कुछ देर वह मेरी ओर देखता रहा। मैं सहज भाव से बैठा रहा फिर उसने कहा, "मुझे भी सिगरेट पिला... " मैंने बापी के हाथ में पैसे दे दिए और बापी सिगरेट लाने दौड़ पड़ा। बाबा मेरे पास आया और उसने अपनी जेब में हाथ डाला। जब उसने हाथ बाहर निकाला तो उसके हाथ में एक हत्था जोड़ी थी। तंत्र साधना के क्षेत्र में हत्था जोड़ी को बेहद महत्वपूर्ण तांत्रिक सामग्री में से एक माना जाता है। यह एक प्रकार की जड़ होती है जिसमें आदमी के पंजे की आकृति बनी होती है और प्राकृतिक रूप से यह दोनों हाथ जैसी आकृतियाँ आपस में जुड़ी हुई होती है। जो दो लोगों के बीच में जुड़ाव या लगाव का प्रतीक है। इसे वशीकरण साधना में प्रयोग किया जाता है और यह बेहद अच्छे परिणाम देता है। ऐसा मैंने सुन रखा था। इसके साथ ही यह भी सुना था कि यह बड़ी दुर्लभ सामग्रियों में से एक है।

बाबा ने वह हत्था जोड़ी मेरी तरफ बढ़ाई । गुरुजी की बात मुझे याद आयी और मैंने दोनों हाथ बढ़ाकर उसे स्वीकार कर लिया। मेरी बड़ी प्रबल इच्छा थी कि एक बार वशीकरण प्रयोग करके देखूँ कि वास्तव में यह कितना शक्तिशाली होता है। अब बाबा मेरे पास आया और मेरे कान में बोला, "यह हत्था जोड़ी है, तू तो जानता ही है। इसकी सिद्धि और प्रयोग की विधि तुझे यह रेणु माई सिखाएगी। आज मैं जा रहा हूँ लेकिन यह अभी एक हफ्ते और यहीं पर रहेगी। इस बीच मिलकर इससे सीख लेना।"

उसने साथ खड़ी हुई महिला साधु को देखा उसने सिर हिला कर सहमति जताई।

मैं प्रसन्नता और गुरुदेव की बात की सत्यता को महसूस कर रहा था कि अगर साधक की इच्छाशक्ति और साधना प्रबल हो तो तांत्रिक सामग्री

वास्तव में अपने आप चल कर आती है। यह हत्था जोड़ी स्वयं से चलकर मेरे पास पहुँची थी। साधु बाबा को मैंने पैसे दिए थे और उसके बदले में उन्होंने सिक्का दे दिया था। यानि लेन-देन पूरा हो चुका था। उसके बावजूद बाबा के द्वारा मुझे यह दुर्लभ जड़ी प्राप्ति को गुरु कृपा समझ मैंने मन-ही-मन गुरुदेव को प्रणाम किया। बाबा का संकेत भी समझ लिया कि तारा साधना के आठवें दिन के बाद या इस बीच में कभी भी जाकर रेणु माई से वह प्रक्रिया तथा साधना विधि सीखनी है।

तब तक बापी एक सिगरेट लेकर आ गया था। साधु ने उसे फटकार लगाई, "यह जो तेरी माँ खड़ी है इसका सिगरेट कौन लाएगा।" मैंने बापी को पैकेट लेकर आने का इशारा कर दिया। थोड़ी ही देर में बापी सिगरेट का पैकेट लेकर आ गया। साधु बाबा ने सिगरेट जलाई एक कश लगाया और मेरी तरफ बढ़ा दिया और बोला, "अलख निरंजन।" मैं भी मुस्कुराकर बोला, "अलख निरंजन।" मैं सिगरेट हाथ में लेकर उसके कश लगाने लगा। बापी ने सिगरेट का पैकेट बाबा जी को सौंपा। उन्होंने एक सिगरेट निकालकर बापी को दी और एक सिगरेट निकालकर रेणु माई को और एक खुद जलाकर खींचने लगे। अब हम चारों सिगरेट के कश खींच रहे थे।

बापी कभी मेरी और देखता, कभी साधु बाबा की ओर तो कभी रेणु माई की ओर। उसे समझ नहीं आ रहा था कि अचानक हमारे बीच इतना अपनापन कहाँ से आ गया कि मैं, जो दिया हुआ सिक्का लेने को तैयार नहीं था, वह बाबा के जूठे सिगरेट के कश मार रहा था। अब मैं उसे क्या बताता कि साधु समाज में हर साधु दूसरे साधु को अपने परिवार का सदस्य ही मानता है। वास्तव में वसुधैव कुटुम्बकम के शाश्वत सिद्धान्त पर जीता है। थोड़ी देर तक धुएँ का खेल चलता रहा और उसके बाद बाबा और रेणु माई चल पड़े... हम दोनों वही घाट पर कुछ देर और बैठे रहे।

रात शुरू हो रही थी... अँधेरा बढ़ रहा था... हम दोनों ने अपनी चौथी सिगरेट सुलगा ली थी। नदी के उस पार से कोई तैरता हुआ आ रहा था। कुछ ही देर में उसने तैर कर नदी पार कर ली। अरे! यह तो एक महिला थी! उसने तट पर आकर अपने कपड़ों को निचौड़ा और गीले कपड़ों में ही सीढ़ियाँ चढ़ने लगी। अँधेरे की वजह से कुछ स्पष्ट नहीं दिख रहा था। सीढ़ियों के आसपास लाइट की रोशनी थी। वह थोड़ा और करीब आयी तो मुझे झटका-सा लगा, क्योंकि यह तो छाया थी! उसके बारे में सब जान लेने के बाद मेरे मन में उसके प्रति सम्मान बढ़ चुका था। वह मेरे पास आयी तो

मैंने सिगरेट को अपने पीछे कर लिया। वह सीधा मेरी ओर चल कर आयी और मेरी पीछे की तरफ चली गई। मैंने हाथ छुपाकर पीछे रखा था उसमें सिगरेट फँसी हुई थी। उसने वह सिगरेट खींच ली! एक कश लगाया! उसका धुआँ मेरी तरह उछाला और सिगरेट के कश खींचते हुई आगे चली गई। हम दोनों उसे देखते रह गए।

आम लोगों की नजर से अगर आप इसे देखें तो ऐसा लगेगा जैसे एक बदमाश लड़की ने अभद्र व्यवहार किया हो। अघोरियों के लिए यह एक सामान्य बात है। जब दो अघोरी मिलते हैं तो वह सिगरेट हो, हुक्का हो या चिलम हो उसे शेयर जरूर करते हैं। यह उनका अपना तरीका होता है यह बताने का कि हम सब एक विराट परिवार के सदस्य हैं। यहाँ सब कुछ सबका है... बापी मुझे देखकर बोला, "छोड़ो दादा, यह तो पगली है!" अब मैं उसे क्या बताता, जिसे दुनिया पगली समझती है, वह वास्तव में तारा माई की कृपा पात्र साधिका है।" खैर... उसके बाद हम लोग वापस अपने कमरे की तरफ लौट चले। दादा इन्तजार में थे। बापी ने फिर चाय बनाई। हम तीनों बैठकर चाय पीने लगे। बापी ने दादा को पगली के मिलने की बात भी बताई। दादा मेरी तरफ देखकर मुस्कुराए, मैं भी मुस्कुराया।

आज की रात सातवीं रात थी। इसके बाद आखरी रात। लगभग 11:30 बजे रोज की तरह मैं अपने साधना स्थल पर पहुँच चुका था। प्रारम्भिक पूजन तथा अन्य प्रक्रियाएँ करके मैंने अपना मंत्र जाप चालू कर दिया। तीसरी माला होते-होते वही जले हुए मांस और बाल की दुर्गंध फैलने लगी। वातावरण भारी होने लगा जैसा कि अब तक आप लोग भी समझ गए होंगे कि यह श्मशान जागरण के प्रारम्भिक संकेत थे। ग्यारह माला पूरी होते-होते दुर्गंध असहनीय होने लगी। ऐसा लग रहा था, जैसे मेरे बगल में ही कोई लाश जल रही हो और उसकी बदबू मेरे इर्द-गिर्द फैली हुई हो। थोड़ी देर में मेरे इर्द-गिर्द अजीब-अजीब आकृति वाले भूत-प्रेत दिखने लगी। उनमें से कुछ आकृतियाँ बड़ी विचित्र थीं, डरावनी थीं, कुछ बेहद सुन्दर।

कुछ पुरुष प्रेत एक आँख वाले थे तो कुछ-कुछ पुरुष प्रेत कई-कई आँखों वाले भी थे। कुछ दुबले-पतले सींकिया पहलवान जैसे थे। कुछ मोटे तगड़े बड़ी तोंद वाले थे जो वास्तव में किसी अखाड़े के पहलवान लगते थे। इनमें से कुछ ऐसे भी थे जो कसरती बदन के मालिक लग रहे थे और उनकी चपलता अलग ही दिख रही थी। पहले तो वे आकृतियाँ मेरी तरफ तेजी से

बढ़ती हुई आतीं, लेकिन सुरक्षा चक्र के पास आते ही वापस लौट जातीं। काफी देर तक ऐसा ही चलता रहा लेकिन वे सुरक्षा घेरा तोड़ नहीं पाए।

अब उन्होंने मानसिक रूप से विचलित करने के लिए अलग-अलग स्वांग करना चालू कर दिया। एक पुरुष प्रेत ने, जो हट्टे-कट्टे पहलवान जैसा दिखता था, एक खूबसूरत महिला प्रेत को उठाकर जमीन पर पटक दिया। उसके बाद दोनों गुत्थमगुत्था होने लगे। पहलवान ने उसके दोनों स्तनों को अपने दोनों हथेलियों में जकड़ लिया। यहाँ तक तो ठीक था, लेकिन इसके बाद उसने दोनों स्तनों को नोंचकर निकाल लिया और एक-एक करके दोनों को खा गया। अब वह खूबसूरत महिला प्रेत खून से लथपथ नीचे पड़ी हुई थी। वह उछलकर खड़ी हुई और उसने पहलवान का गला तोड़कर अलग कर दिया। बिना सिर का पहलवान भी कम नही था उसने उसके दोनों हाथ खींचकर निकाल दिए। अब बिना सिर का पहलवान उसके दोनों हाथ लेकर जमीन पर गिर पड़ा और उसके ऊपर महिला प्रेत उसके सिर को चबाते बैठी थी। थोड़ी देर में सारे प्रेतों ने उन दोनों पर हमला कर दिया और उन दोनों की बोटी-बोटी नोच डाली।

बेहद वीभत्स दृश्य था ऐसा लग रहा था, जैसे किसी लाश को कुत्ते झिंझोड़ रहे हो! कोई बाईं तरफ खींचता था! कोई दाईं तरफ खींचता था! किसी के हाथ में उसकी नाक आयी थी! किसी के हाथ में मांस का टुकड़ा! किसी के हाथ में उसका सिर था! कुल मिलाकर अच्छे-खासे आदमी को पागल बना देने लायक दृश्य था! कुछ देर तक तो मेरी भी आँखें फटी की फटी रह गईं! ऐसे भयानक दृश्य जिनकी कल्पना भी नहीं की जा सकती वह मेरे सामने घटित हो रहे थे।

थोड़ी देर में वहाँ मार-काट मच गई। सारे भूत-प्रेत आपस में ही एक-दूसरे को मारने काटने में लगे हुए थे। कोई किसी की गर्दन खींच रहा था। कोई किसी महिला के स्तनों में लटका हुआ था और उसे उखाड़ने की कोशिश में था। कोई दूसरे प्रेत को नीचे पटक कर उसके एक पाँव पर खड़ा हुआ था और दूसरे पाँव को उखाड़ने की कोशिश कर रहा था। यानी कुल मिलाकर पिशाचत्व का नंगा नाच मेरे सामने चल रहा था। लगभग एक घंटे तक यह सब होता रहा। बहुत प्रयास करके मैं अपना मंत्र जाप जारी रख सका। लगभग 1:30 बजे के बाद थोड़ी शान्ति हुई। अब भी लगभग पच्चीस मालाएँ बची हुई थीं। सारे भूत-प्रेत पिशाच गायब हो चुके थे और फिर से गहन शान्ति छा गई थी। मुझे लगा कि आज का तांडव समाप्त हुआ।

मैं पुनः मंत्र जाप में लग गया। तीन-चार मालाएँ की होंगी तब तक वही कल वाली भयानक विशाल आकृति वाली महिला सामने प्रकट हो गई। इस बार उसका पूरा शरीर था और गहरे काले रंग की रंगत लिए हुए थी। उसका कद लगभग छह फिट का रहा होगा। वह ठीक मेरे सामने लगभग दो फुट की दूरी पर आकर खड़ी हो गई। उसके लम्बे लम्बे बाल कमर तक बिखरे हुए थे। पूरी देह निर्वस्त्र थी। पूर्ण विकसित वक्षस्थल जिसके ऊपर लाल रंग के फूलों की माला थी। चौड़ी कमर में छोटे-छोटे घास जैसे किसी चीज से बना हुआ छोटा-सा अधोवस्त्र जैसा लटका हुआ था। वह सामने खड़े होकर मुझे घूर रही थी। कुछ देर के लिए मैं मंत्र जाप करना भूल गया। तभी!

मेरे सीने पर उसने जोरों से एक लात मारी। मैं आसन में पीछे की तरफ गिर पड़ा।

उसने गड़गड़ाती हुई आवाज में पूछा, "तू यह क्यों कर रहा है? बन्द कर यह सब। वरना तुझे कच्चा चबा जाऊँगी।" उसकी आँखें उसके कथन की पुष्टि कर रही थीं। लगा कि आज मैंने इसकी बात नहीं मानी तो वह वास्तव में मुझे कच्चा चबा जाएगी। इसके बाद के पूरे जप काल में ऐसा ही चलता रहा। कभी वह लात मारती तो कभी पीठ पर मुक्का मारती। कभी बाल पकड़कर खींचती कभी गाल पर थप्पड़ मारती। उसके बीच में बैठकर मैं मंत्र जाप करता रहा। लगभग छह फुट की महिला की ताकत का आप अन्दाजा लगा सकते हैं। वह अपनी पूरी ताकत से झापड़, लात और मुक्के मारती थी। मेरे पास उसे खाते रहने के अलावा कोई उपाय नहीं था, क्योंकि आसन से मैं उठ नही सकता था।

यह भी पता था कि यह साधना का परीक्षण है और इसे पास किए बिना आगे बढ़ना असम्भव है, इसलिए सहन करते हुए अपने आसन पर बैठा रहा। कई बार मेरी चीख निकल जाती, क्योंकि उसका आघात इतना प्रबल होता था। इस दौरान कई बार में आसन पर लुढ़क गया। फिर दोबारा से उठकर बैठा और मंत्र जाप चालू किया। देवी साधनाओं को सम्पन्न करना आग के दरिया से निकलकर जाने जैसा है। विशेष रूप से अघोर मार्ग से करना तो बेहद जटिल है, क्योंकि वहाँ सिर्फ दो ही रास्ते हैं पहला सफलता और दूसरा मृत्यु। इसलिए अघोर साधनाओं में वही लोग प्रवृत्त होते हैं, जो घर छोड़ चुके होते हैं या फिर बचपन से ही अघोर पंथ की ओर आकर्षित और समर्पित होते हैं। यह दुधारी तलवार पर नंगे पाँव चलने जैसा काम है और इसे करने वालों को सबसे पहले अपने प्राणों का मोह त्यागना पड़ता है, अपने देह का मोह

त्यागना पड़ता है और अपना सर्वस्व साधनाओं को समर्पित करना पड़ता है, तभी वह वास्तविक रूप में अघोरी बन पाता है।

काले कपड़े पहन लेना। श्मशान में चार दिन घूम लेना। इंसानी खोपड़ी अपने पास रख लेना। अजीब-अजीब से त्रिशूल और चिमटा टांग कर घूमना। गांजे की चिलम लगाना। दारू पीना। यह सब अघोरी होने के बाहरी लक्षण है। साधना तभी सिद्ध होती हैं जब साधक अन्दर से अघोरी होता है। जब वह यह समझने लगता है कि मेरा कुछ नहीं है। सब कुछ इस प्रकृति का है और यह प्रकृति और इसमें स्थित सारे तत्व मेरे हैं। यहाँ मौजूद हर कोई मेरा अपना है। चाहे वह मनुष्य हो। जीव-जन्तु हो। पक्षी हो या फिर पेड़-पौधे। तब जाकर उसके अन्दर अघोरत्व पूर्ण रूप से विकसित होता है। शिवत्व आता है और साधनाओं में उसे धीरे-धीरे सफलता मिलने लगती है... मेरी राय में गृहस्थ साधकों को दक्षिणमार्गी साधना करनी चाहिए, क्योंकि वहाँ साधना खंडित हो जाने पर भी बहुत ज्यादा नुकसान नहीं होता और दुबारा से साधना सम्पन्न करने की स्थिति में साधक रहता है।

किसी प्रकार उस रात्रि का मंत्र जाप पूरा हुआ। रात के लगभग 3 बज चुके थे। मेरे शरीर का हर हिस्सा दर्द कर रहा था। किसी तरह बड़ी मुश्किल से मैं 4 बजे अपने कमरे में पहुँचा। जैसे ही बिस्तर पर लेटा बेहोशी जैसी नींद में चला गया। अगले दिन सुबह 12 बजे तक मैं सोता रहा। इस बीच बापी कई बार दरवाजे की सांकल खटखटा गया, लेकिन मेरी हालत इतनी खराब थी और नींद इतनी गहरी कि मुझे पता भी नहीं चला। 12 बजे जब नींद खुली तो मैंने नित्य कर्म सम्पन्न किए और बाहर आया।

बापी मुझे देखते ही खुश हो गया। सिगरेट पीने और सिक्का मिलने के बाद उसकी आत्मीयता मेरे तरफ बढ़ गई थी। उसने जल्दी से चाय बनाई और मुझे पेश की। मैंने पूछा, "दादा कहाँ है?" बापी बोला, "दादा स्कूल गए हैं, अब शाम को आएँगे।" चाय पीने के बाद बापी ने नाश्ते का प्रबन्ध किया। मेरे नाश्ता करने के बाद बापी बोला, "दादा, बाबा का सिक्का बड़ा चमत्कारी है।" मैंने पूछा, "तुझे कैसे पता? तेरे साथ कुछ हुआ क्या?" वह बोला, "दादा को नहीं बताओगे तो बताऊँगा।" मतलब मामला कुछ गड़बड़ था पर जानना भी था इसलिए मैंने दादा को नहीं बताने पर सहमति जता दी। बापी मेरे और करीब आ गया और बोला, "आज मैं सिक्का रखके पत्ता खेलने गया था, उसने सौ-सौ के चार नोट निकालकर दिखाए और बोला, "देखो मैंने आज चार सौ रुपए जीते।" मैंने उसको ज्ञान देना जरूरी नहीं

समझा, क्योंकि मुझे पता था की वह मेरी बात मानेगा ही नहीं, क्योंकि जुए की लत बड़ी मुश्किल से छूटती है।

मैंने उससे पूछा, "तू कब से खेल रहा है?" वह बोला, "दादा मैं तो दस साल का था तब से खेल रहा हूँ। लेकिन पाँच-दस रुपये से ज्यादा कभी जीत नहीं पाया, आज पहली बार है जब चार सौ रुपए जीता हूँ। यह उसी सिक्के का कमाल है। उसकी खुशी देखकर मैंने उसकी पीठ थपथपाई... वह खुशी-खुशी चला गया। शाम को दादा लौटे उनके हाथ में एक थैला भी था। हाथ-पैर धोकर उन्होंने हम दोनों को साधना कक्ष में आने के लिए कहा। हम लोग साधना कक्ष में पहुँचे तो देखा दादा की मूर्ति तैयार हो चुकी थी। बहुत सुन्दर मूर्ति बनी थी। सोने की मूर्ति की चमक वैसे भी बहुत शानदार होती है। दादा ने भगवती तारा का पूजन सम्पन्न किया। मूर्ति की प्राण-प्रतिष्ठा सम्पन्न करके उन्होंने उसे स्थापित कर दिया। दादा के चेहरे पर खुशी के भाव थे। जैसे उनकी बहुत बड़ी इच्छा पूर्ण हो गई हो। उन्होंने कृतज्ञ निगाहों से मेरी तरफ देखा। मैंने हाथ जोड़ लिए, क्योंकि मैं जानता था कि मैं तो निमित्त मात्र हूँ। भगवती तारा जब साधना कक्ष में अपने स्वर्णमयी रूप में स्थापित होना चाहती हैं, तो वह कुछ-न-कुछ माध्यम बना ही देती हैं। मैं वही माध्यम भर था...

मैंने भगवती तारा को साष्टांग दंडवत प्रणाम किया और साधना कक्ष से बाहर निकला। मेरे मन में यह जिज्ञासा आयी कि मूर्ति का धातु से क्या लेना-देना? यह सवाल सामान्य रूप से पूछा जाना भी जायज है, क्योंकि हम ऐसा मानते हैं कि भगवान श्रद्धा के भूखे हैं। भक्ति और भाव के आधार पर फल प्रदान करते हैं। मैंने अपनी यह जिज्ञासा दादा के सामने रख दी। वह काफी समय गुरुदेव के साथ भी रहे थे और उन्होंने साधनाओं में काफी समय गुजारा है । इसलिए उनका अनुभव इस प्रकार की मेरी बाल सुलभ जिज्ञासाओं को शान्त करने में सक्षम रहता है।

दादा बोले, "यह बात भी अपनी जगह पर सही है। मगर आप अपने चारों ओर दृष्टिपात करें तो जिन मन्दिरों में अत्यन्त वैभवपूर्ण मूर्तियाँ जैसे सोने की या हीरे जड़ी मूर्तियाँ मौजूद हैं, वहाँ पर एक विशेष प्रकार का चेतना युक्त प्रभाव दिखाई देता है। शक्तिपीठों की बात अलग है। उस पर मैं कोई टिप्पणी नहीं करूँगा, लेकिन जितने भी मानव निर्मित मन्दिर हैं, उनमें से जिन मन्दिरों में वहाँ के विग्रह किसी विशेष पत्थर से, रत्न से बने होते हैं उनका प्रभाव तथा शक्ति अलग होती है।

मन्दिरों में अष्टधातु में ही विभिन्न देवी-देवताओं की मूर्तियाँ बनाए जाने का प्रचलन है। अष्ट धातु का प्रयोग इसलिए होता है, क्योंकि केवल सोने से मूर्ति बना पाना महँगा होने के कारण हर किसी के लिए सम्भव नहीं है। सोने की बनी मूर्ति या रत्न से बनी मूर्ति का प्रभाव अलग होता है। जितने ज्योतिर्लिंग माने जाते हैं, उनमें भी लगे हुए शिवलिंग विशिष्ट पत्थरों से बने हैं। शक्तिपीठ में रखी हुई पिंडी भी विशिष्ट पत्थरों से बनी होती है। जिनके अन्दर अलग प्रकार की शक्तियाँ मौजूद होती हैं। जब आप स्वर्ण से बनी हुई मूर्ति को घर में स्थापित करते हैं, तो वह ज्यादा जल्दी चेतना प्राप्त करती है और साधक को उस शक्ति से जल्दी जोड़ देती है।

अब बात मेरी समझ में आ रही थी मैंने अपनी जिज्ञासा प्रकट की, "दादा! रत्नों से बनी हुई मूर्ति का क्या महत्त्व है?" दादा बोले, "रत्नों से बनी हुई मूर्तियाँ भी ज्यादा फलदायक होती हैं। रत्नों को चेतना युक्त माना जाता है। इसीलिए ज्योतिषी ग्रह पीड़ा के समाधान के लिए रत्नों की अँगूठियाँ पहनने की सलाह देते हैं। कई मामलों में जातक को उसका सकारात्मक प्रभाव भी दिखाई देता है।" अब बात काफी कुछ समझ में आ गई थी... मुझे तारा माई के दर्शन की इच्छा हो रही थी, इसलिए मैं फिर से तारापीठ की ओर चल पड़ा। वहाँ का पुजारी भी अब मुझे पहचानने लगा था, क्योंकि मैं लगातार एक सप्ताह से वहाँ जाकर बैठता था। मुझे देखकर वह मुस्कुराया। मैं भी मुस्कुराया और हाथ जोड़कर प्रणाम किया। उसने मुझसे बंगाली में पूछा कैसा चल रहा है? मैंने सिर हिलाकर बताया कि बढ़िया है।

थोड़ी देर में छाया भी वहाँ आ गई। पुजारी उसे भी जानता था। उसने पुजारी को प्रणाम किया, आशीर्वाद लिया, वह भी मन्दिर में बैठ गई। पुजारी को किसी काम से बाजार जाना था। वह जालीवाला दरवाजा लगाकर बाजार चला गया। अब मन्दिर में सिर्फ हम दोनों ही थे। उसने बंगाली भाषा में कोई भक्ति गीत गाना शुरू किया। उसकी आवाज बहुत मधुर थी। उसमें एक दैवीय स्पर्श था, ऐसा लगता था जैसे वह दिल को छू रही हो, उसने अपना गाना पूरा किया। मैं उसी को देखता बैठा था।

गाना पूरा होते ही वह खिलखिलाकर हँस पड़ी। बोली, "जिन्दगी में कभी लड़की नहीं देखी है क्या?" मैं सकपका गया। वह खिलखिलाकर हँस रही थी... मैं भी मुस्कुरा उठा। वह उठकर मेरे पास आयी और बोली, "रात को सवा किलो मिनी पेड़ा जरूर लाना।" जब तक मैं उसकी बात का मतलब समझता... वह अपनी उसी अल्हड़ चाल में मन्दिर से बाहर निकल गई और

मैं उसे देखता रह गया... जाते-जाते उसने फिर पलटकर देखा और दोबारा से बोली, "रात को पेड़ा लेते आना।"

साधना और देवी-देवताओं का संसार भी विचित्र है। कई बार आपको किसी माध्यम के द्वारा यह संकेत मिलता है कि आपको अपनी पूजा या साधना में क्या करना है? छाया का संकेत भी कुछ-कुछ उसी श्रेणी का था। सम्भवत: तारा माई रात को पेड़े का भोग चाहती होगी। शाम ढलने लगी थी और अभी साधना प्रारम्भ करने के लिए काफी वक्त था। इसलिए मैंने सोचा कि कमरे पर जाकर थोड़ी देर आराम कर लूँ। जब मैं कमरे में पहुँचा तो शाम के सात बज चुके थे! लाइट गुल थी! इसलिए पूरे कमरे में अँधेरा छाया हुआ था! मेरे पास एक टॉर्च थी, लेकिन उस समय मुझे उसे जलाने की इच्छा नहीं हुई। कमरे की अलमारी के अन्दर से हल्की-हल्की रोशनी छनकर आ रही थी! मैंने गौर से देखा वाकई अलमारी के अन्दर से हल्की-हल्की पीले रंग की रोशनी आ रही थी! मुझे लगा कि नागमणि से तो नीली रोशनी आती है फिर यह पीली रोशनी कहाँ से आ गई है।

मैंने अलमारी का दरवाजा खोला। नागमणि को मैंने रूमाल में लपेटकर एक स्टील के डिब्बे में रखा हुआ था। इसलिए रोशनी उसमें से नहीं आ रही थी। यह रोशनी साधू बाबा के द्वारा दिए गए हत्था जोड़ी में से निकल रही थी। ऐसा लग रहा था, जैसे हल्का पीले रंग का एक पारदर्शी गोला हत्था जोड़ी के चारों तरफ बना हुआ है। यह बड़ी अजीब-सी बात थी! क्योंकि वहाँ कोई प्रकाश का स्रोत नहीं था! लेकिन उस हत्था जोड़ी के चारों तरफ हल्का-हल्का पीला प्रकाश दिख रहा था। मुझे याद आया कि मुझे हत्था जोड़ी का प्रयोग सीखने के लिए अघोरी बाबा ने कहा था। हो सकता है, यह उसे याद दिलाने का कोई संकेत हो। मैंने तय कर लिया कि अगले दिन उठने के बाद सबसे पहला काम यही करूँगा कि रेणु माई के पास जाकर इसकी विधि प्राप्त करूँ। मैंने उससे हाथ जोड़कर प्रणाम किया अलमारी बन्द करके बिस्तर पर पड़ गया...

आज की रात तारा साधना की आखरी रात थी। आज हर हालत में मुझे समय पर बैठना था और कई अनजान अनुभवों से होकर गुजरना था। जो आज की रात मेरे सामने आने वाले थे। पिछले सात दिन बेहद घटनापूर्ण थे। हर घटना अपने आपमें एक दूसरे से अलग थी। इसी तरह से रात हुई और लगभग सवा ग्यारह बजे में श्मशान में पहुँच गया। अपने साधना स्थल पर पहुँचकर मैंने रोज की तरह आसन बिछाया। अपने चारों तरफ सुरक्षा मंत्रों के

साथ घेरा बनाया। श्मशान साधना करते समय सुरक्षा चक्र बनाना बहुत जरूरी होता है, क्योंकि उसके अभाव में श्मशान की शक्तियाँ साधक को साधना करने ही नहीं देती हैं, सिद्धि तो बहुत दूर की बात है। साढ़े ग्यारह बजे मेरा मंत्र जाप चालू हो गया। आखरी रात होने की वजह से उत्साह भी ज्यादा था। उत्सुकता के साथ-साथ अब क्या होगा वाली जिज्ञासा भी मन में भरी हुई थी। गुरुदेव ने आदेश देकर तारापीठ में भेजा है तो भगवती की कृपा प्राप्त होगी यह तो निश्चित था। लेकिन उसका स्वरूप व अनुभव कैसा होगा यह जानने की उत्कंठा मन में बलवती होती जा रही थी।

मंत्र जाप करते-करते लगभग एक घंटा हो चुका था। जैसा कि आपको याद होगा मन्दिर में छाया ने मुझे पेड़ा लाने के लिए कहा था। भूल जाऊँगा सोचकर मैंने वापसी में ही पेड़ा खरीदकर झोली में रख लिया था। वह पेड़ा भी मैंने बाहर निकालकर अपने पास रख लिया। मंत्र जाप चल रहा था... और... लगभग साठ माला तक विशेष कुछ घटना नहीं घटी। रात का एक बजने जा रहा था मैं आँख बन्द करके मंत्र जाप में लगा हुआ था। अचानक! मुझे एक आवाज सुनाइ दी, “पेड़ा लाया?” मैंने अपनी आँखें खोली सामने छाया बैठी हुई थी। मैं हड़बड़ा गया। रात के एक बजे... उस महा श्मशान में...

एक युवती मेरे सामने बैठी है... वह भी पूर्ण निर्वस्त्र अवस्था में!

इससे पहले जब भी मैं छाया से मिला था, वह एक सामान्य स्त्री जैसी ही लगी थी। उसकी वेशभूषा और बंगाली स्टाइल की साड़ी की वजह से उसकी देहयष्टि का बहुत ज्यादा पता नहीं चलती थी। लेकिन आज वह पूर्ण निर्वस्त्र अवस्था में जब मेरे सामने बैठी थी तो वह किसी प्राचीन मूर्ति में प्राण स्थापना प्राप्त अप्सरा जैसी लग रही थी।

हल्की-हल्की चाँदनी बिखरी हुई थी और उस चाँदनी में उसके शरीर के कटाव स्पष्ट दिखाई दे रहे थे। वह मेरे सामने मुश्किल से डेढ़ फुट की दूरी पर बैठी थी। उसका हाथ मेरी तरफ फैला हुआ था।

उसने दोबारा कहा, “पेड़ा लाया?” तब जाकर मुझे थोड़ा-सा आभास हुआ। थोड़ी चेतना आयी। मैंने अपने पास रखे हुए पेड़े के डिब्बे को उसकी तरफ बढ़ाया... लेकिन! उसने डिब्बे में से पेड़ा लेने का कोई उपक्रम नहीं किया। उस डिब्बे को हाथ में लेकर उसने अपना मुँह खोल दिया। मैंने कुछ देर संकोच किया लेकिन वह उसी अवस्था में बैठी रही... रात के उस ठंडे वातावरण में भी मैं पसीना-पसीना हो गया... मैंने घबराते-घबराते उस डिब्बे

में से एक पेड़ा निकाला और छाया के मुँह में डाल दिया। वह उसे आराम से चबाकर खाने लगी। उसने मुझे देखकर कहा, "तुम अपना जाप जारी रखो! हर माला के बाद मुझे एक पेड़ा खिलाना।"

अब यह एक नई मुसीबत थी! उसे मैं कुछ बोल भी नहीं सकता था! जब भी देवी या महाविद्या की साधना की जाती है, तो किसी बालिका, युवती या स्त्री का अपमान या उससे दुर्व्यवहार नहीं करना चाहिए, चाहे वह किसी भी आयु/जाति/पद की हो। ऐसा करने के पीछे का कारण यह है कि भगवती किसी भी स्वरूप में परीक्षण के लिए आ सकती है। देवी साधनाओं का मूल भी यही है कि साधक के मन में स्त्री अर्थात सम्पूर्ण स्त्री जाति के प्रति सम्मान का भाव होना चाहिए। देवी अपने अनन्त स्वरूपों में इस भूमंडल पर नर्तन करती हुई घूमती है। हर स्त्री में उस भगवती का कुछ ना कुछ अंश होता ही है। इसे समझना और स्वीकार करना देवी साधना में सफलता की मूलभूत आवश्यकता में से एक है।

जहाँ कहीं भी प्रकृति में नारी तत्व दिख रहा है, वहाँ पर सृजन की सम्भावना भी मौजूद होती है। दूसरे शब्दों में कहें तो वह सूक्ष्म रूप में मातृत्व की क्षमता से युक्त है! जनन की क्षमता से युक्त है! सृजन की क्षमता से युक्त है! अपने जैसे एक और जीव को उत्पन्न करने की क्षमता से युक्त है! इसलिए वह वन्दनीय है और उसका सम्मान होना चाहिए। यह भावना रखकर जब देवी साधना में साधक प्रवृत्त होता है तब उसे पूर्ण सफलता मिलती है। उसे देवी सहस्त्र स्वरूपों में सानिध्य की कृपा भी प्रदान करती है।

ऐसी सफलता प्राप्त साधक को स्त्री शक्तियाँ चाहे वह बालिका के रूप में हो! बेटी के रूप में हो! बहन के रूप में हो! प्रेमिका के रूप में हो! पत्नी के रूप में हो! माँ के रूप में हो! हर रूप में उनका सानिध्य उनकी कृपा और उनका परम प्रेम प्राप्त होता है। उसके ऊपर मातृ शक्तियाँ सदैव अपना संरक्षण भरा हाथ रखती हैं।

मैं छाया की बात को ठुकराने की स्थिति में नहीं था। मुझे वह स्वीकार करना ही था। अब स्थिति यह थी कि मैं मंत्र जाप करता हुआ बैठा था... एक माला मंत्र जाप होता और जब सुमेरु तक पहुँचता तो वह अपना पेड़े का डिब्बा मेरी तरफ बढ़ाती! मैं एक पेड़ा निकालकर उसके मुँह में डालता! वह मुझे देखकर रहस्यमय ढंग से मुस्कुराती और आराम से पेड़ा खाते हुए मुझे देखती रहती। कुछ देर तो मैं भी उसको देखता, लेकिन फिर आँख बन्द

करके अपने मंत्र जाप में संलग्न हो जाता... फिर एक माला पूरी होती और जब सुमेरु तक पहुँचता! फिर से उसका पेड़े का डिब्बा मेरे सामने आ जाता! अगर मैं तब भी आँख बन्द रखता तो वह जोर से बोलती, "पेड़ा खिला।"

इस प्रकार इक्कीस माला मंत्र जाप ऐसे ही हुआ। इस दौरान मैंने उसे इक्कीस पेड़े खिलाए। इक्कीस माला के बाद वह आकर मेरे आसन में मेरे दाईं तरफ बैठ गई! डिब्बा अभी भी उसके हाथ में था! अब स्थिति यह थी कि मैं बाईं तरफ और वह दाहिनी तरफ बैठी हुई थी। मेरी स्थिति बहुत जटिल हो रही थी... क्योंकि उसकी उपस्थिति मात्र से मैं अत्यन्त उत्तेजित महसूस कर रहा था... मेरे लगातार प्रयास के बावजूद मेरी उत्तेजना कम नहीं हो रही थी... किसी प्रकार मैं अपने आपको नियंत्रित करके बैठा जरूर था, लेकिन मेरा शरीर मेरे नियंत्रण में नहीं था। उसमें उत्तेजना का प्रभाव मौजूद था।

छाया मेरी बगल में बिल्कुल निश्चिन्त बैठी हुई थी। अब वह पेड़े के डिब्बे से पेड़ा निकालकर खुद ही खा रही थी। पेड़ा खाने का उसका तरीका भी बड़ा अजीब-सा था। वह एक पेड़ा निकालती! उसे हवा में उछालती! और फिर उसे मुँह में लपक लेती!

जैसे ही मुझे लगा कि अब पेड़ा खिलाने वाली ड्यूटी खत्म हो गई तो मैं फिर आँख बन्द करके। कसकर बन्द करके! मंत्र जाप में लग गया। लगभग पचासी माला मंत्र जाप हो चुका था। अब बीस-पच्चीस माला मंत्र जाप बचा हुआ था।

मैंने एक बार पुनः छाया की तरफ देखा। डिब्बे में अब सिर्फ दो-चार पेड़े बचे थे, बाकी सब वह उदरस्थ कर चुकी थी... मैं फिर से आँख बन्द करके अपने मंत्र जाप में संलग्न हो गया... इसके बाद, चार-पाँच मालाएँ और शान्तिपूर्ण ढंग से हुई। उसके बाद अचानक मुझे ऐसा लगा कि कोई मेरे ऊपर चढ़ रहा है। बड़ी अजीब-सी स्थिति थी। छाया मेरे कंधे पर चढ़कर बैठ गई थी। उसकी दोनों टांगें मेरे गर्दन के दोनों तरफ थीं। जैसे छोटे बच्चे अपने पिता के कंधे पर बैठते हैं, ठीक वैसे ही वह मेरे कंधे पर सवार थी। उसने मेरे बालों को कसकर पकड़ा हुआ था। अब कुछ मालाएँ ही शेष थीं...

मैं मंत्र जाप कर रहा था! अचानक! उसने अपने हाथ में रखा हुआ पेड़ा मेरे मुँह में ठूँस दिया और अपनी हथेली से मेरे मुँह को बन्द कर दिया... मैंने उसे रोकने की कोशिश की... उसका हाथ हटाने की भी कोशिश की... लेकिन उसने तब तक हाथ नहीं हटाया जब तक वह पेड़ा मेरे मुँह के अन्दर

गल नहीं गया! वह मेरे से शरीर में कमजोर होगी ऐसा मैंने सोचा और उसके साथ ताकत आजमाइश करने की भरपूर कोशिश की लेकिन मैं अपने मुँह से उसके हाथ को नहीं हटा पाया... एक तो मेरा एक हाथ मंत्र जाप में संलग्न था। उस माला को मैं छोड़ नहीं सकता था। बाएँ हाथ में जितनी ताकत थी, उतनी लगाकर मैंने कोशिश कर ली, मगर उसने मुँह से हाथ नहीं हटाया... जब मैं मुँह में ही उसको रखा रहा, तो उसने मेरी नाक को भी दबा दिया...

अन्तत: वह पेड़ा मुझे निगलना ही पड़ा...

मेरे पेड़ा निगलते ही वह नीचे उतर गई और मेरे सामने ताली बजा बजाकर हँसते हुए नाचने लगी। ऐसा लग रहा था जैसे किसी बच्चे को उसकी पसन्द का कोई काम करने का और वह भी जबरदस्ती करने का अवसर मिल गया हो... और उस खुशी में वह ताली बजा रहा हो... मैं हारी हुई अवस्था में उसकी ओर देखता हुआ टुकुर-टुकुर ताकता बैठा था। मुझे समझ नहीं आ रहा था कि मैं क्या करूँ? क्योंकि पेड़ा तो अन्दर जा चुका था। मैंने फिर माला पकड़कर मंत्र जाप चालू कर दिया। वह अभी मेरे सामने कूद-कूद कर अपनी मस्ती में नाच रही थी...

तभी मुझे ऐसा लगा जैसे मेरे अन्दर से कुछ बाहर निकलने के लिए कोशिश कर रहा है। एक-एक करके वे आठ काले कुत्ते! जो आपको याद होंगे... जब साधना प्रारम्भ हुई थी, तो तारापीठ के सामने मेरे अन्दर प्रवेश कर गए थे... बाहर निकलने लगे। जब भी वे बाहर निकलते तो मुझे ऐसा लगता जैसे मेरे शरीर को फाड़ दिया गया हो... भयंकर पीड़ा की अनुभूति होती... एक-एक करके वे आठों बाहर आ गए। अब यह स्थिति थी कि छाया आगे-आगे और उसके पीछे-पीछे आठों कुत्ते मेरे चारों तरफ घेरा बनाकर नाच रहे थे।

कई बार जैसे बच्चे गोल-गोल घेरे में घूम-घूमकर नाचते हैं, ठीक वही स्थिति थी। सबसे सामने छाया तालियाँ बजाकर कूद-कूदकर नाचती चल रही थी और उसके पीछे-पीछे यह आठों कुत्ते पूँछ हिलाते हुए चल रहे थे... कुछ देर बाद छाया मेरे सामने ही नाच रही थी और धीरे-धीरे कुत्ते मेरे चारों तरफ गोल आकृति में घूमने लगे। लगभग पन्द्रह फीट के व्यास का गोला था जिसमें घूम रहे थे। उसके बीच में मैं बैठा हुआ था। छाया मेरे सामने नाच रही थी। धीरे-धीरे कुत्तों की घूमने की रफ्तार बढ़ने लगी। ऐसा लग रहा था जैसे मेरे चारों तरफ गोल दीवार-सी बन गई हो। एक बवंडर जैसा मेरे चारों

तरफ घूम रहा था। या यूँ कह सकते हैं कि मैं ऐसा महसूस कर रहा था जैसे लगभग पन्द्रह फुट व्यास वाले एक गोल कमरे में बैठा हुआ हूँ। उसके बाहर का मुझे कुछ भी दिखाई नहीं दे रहा था क्योंकि मेरे चारों तरफ गोल गोल गोल गोल वे कुत्ते घूम रहे थे...

तब तक लगभग सौ मालाओं का मंत्र जाप पूरा हो चुका था। अब सिर्फ गिनती की मालाएँ शेष थीं। मैंने उससे ध्यान हटाया। आँखें बन्द कीं और फिर से मंत्र जाप चालू कर दिया। थोड़ी देर में आवाजें आनी बन्द हो गईं। मैंने आँख खोलकर देखा तो छाया मेरे सामने बैठी हुई थी और मुझे घूर रही थी। कुत्तों का घूमना जारी था और मेरे चारों तरफ वह गोल्ड बवंडर की दीवार अब भी मौजूद थी, जिसका ऊपरी हिस्सा दिखाई नहीं दे रहा था ऐसा लग रहा था, जैसे वह अनन्त ब्रह्मांड तक फैला हुआ हो...

मैंने फिर से आँखें बन्द कर ली और अपने मंत्र जाप में संलग्न हो गया। जब मैं अपनी आखरी माला मंत्र जाप कर रहा था, तभी एक बेहद मीठी-सी आवाज आई, "तुमने मुझे क्यों याद किया?"

मुझे लगा छाया ही आवाज बदलकर बोल रही है। इसलिए मैंने आँखें नहीं खोली और मेरा मंत्र जाप चलता रहा। फिर से वही मधुर आवाज आई, "तुमने मुझे क्यों बुलाया?" अबकी बार मैंने धीरे से आँखें खोलीं! मेरे सामने का सारा दृश्य बदल चुका था! जिस स्थान पर छाया बैठी थी उस स्थान पर एक अद्वितीय सौन्दर्य की स्वामिनी! लगभग सोलह-सत्रह वर्ष की एक युवती! सुर्ख गुलाबी रंग की! बेहद चमकीली! रेशमी साड़ी पहने हुए! सोलह-श्रृंगार के साथ बैठी हुई थी... करोड़ों सूर्य की आभा को मात देता हुआ तेजस्वी मुख मंडल... करुणा! वात्सल्य! और स्नेह से भरी हुई तेजस्वी आँखें... मैं अवाक रह गया!

मेरी आँखें उस अद्वितीय सौन्दर्य से हट ही नहीं रही थीं! क्योंकि वह भगवती का सौन्दर्य था! साक्षात भगवती महातारा... अपने जाज्वल्यमान स्वरूप में मेरे सामने बैठी हुई थीं! मेरी आँखें फटी की फटी रह गईं! मैं मंत्र जाप भूल गया... माला पूरी होने में मुश्किल से तीन-चार दाने ही बचे थे। मेरी आखरी माला चल रही थी। लेकिन मुझे उन चार मनकों को भी चलाने का होश नहीं रहा! मैं उस अभूतपूर्व अद्‌भुत अनिर्वचनीय दृश्य को अपनी आँखों के माध्यम से हृदय में उतारने के लिए सन्नद्ध हो गया। मैं उस दिव्य स्वरूप को देखता ही रह गया।

कुछ पल के बाद मुस्कुराकर स्वयं माई ने कहा, "माला पूरी कर ले।" मैं हड़बड़ाया, मैंने बाकी बचे तीन-चार दाने पूरे किए। माला को सामने रखा और साष्टांग दंडवत मुद्रा में उनके चरणों में लोट गया। भगवती तारा! तारापीठ की अधिष्ठात्री! भगवान शिव को नीलकंठ का स्वरूप देने वाली! भगवती महातारा! अपने देदीप्यमान स्वरूप में! इस तुच्छ भक्त के सामने साक्षात... मैं उनके चरणों में साष्टांग दंडवत प्रणाम करता हुआ! अपना सर्वस्व उनके चरणों में समर्पित करता हुआ! लेटा हुआ था। यह स्थिति कुछ सेकंड रही होगी। फिर उन्होंने धीर-गम्भीर स्वर में कहा, "उठ।"

मैं कुछ सुनने कुछ करने की स्थिति में नहीं था। उन्होंने ही उठाकर मुझे बिठाया। मेरी आँखों से आँसुओं की धारा बह रही थी। ऐसा लग रहा था जैसे कहीं बँधा हुआ कोई बाँध टूट पड़ा हो... उस दिव्य स्वरूप की आँखों से वात्सल्य का भाव इतनी सरलता से प्रवाहित हो रहा था कि मेरे अन्दर का शिशु तत्व! मेरे अन्दर का बालक! जाग उठा। भावमयता का प्रवाह मेरे अन्दर से उमड़-उमड़कर निकल रहा था... मैं फफक-फफक कर रो रहा था... मेरी आँखों से आँसू की धारा लगातार बह रही थी...

और माँ भगवती मेरे सिर पर हल्के-हल्के से अपना हाथ फेरती बैठी थीं।

जब काफी देर हो गई और में थोड़ा सन्तुलित हुआ! माई ने अपने आंचल से मेरी आँखें पोंछीं। वात्सल्य भारी आँखों से मुझे देखकर उन्होंने पूछा, "बोल बेटा, तुझे क्या चाहिए?" अब मैं क्या बोलता! जगत जननी! इस सम्पूर्ण विश्व की अधिष्ठात्री! जगदम्बा महाविद्या! स्वयं! साक्षात! जिस साधक के पास आ जाए! वह क्या माँगेगा? फिर माँगने के लिए बचा भी क्या? मैं नि:शब्द उनके सामने बैठा रहा। मैंने अपने दोनों हाथ याचना के लिए उनके सामने फैला दिए... मेरे मुँह से कोई शब्द निकलने की स्थिति में ही नहीं थे... शब्दों की स्वामिनी! महानील सरस्वती! महातारा! मेरे सामने साक्षात खड़ी थीं। अब आप ही सोचें, मेरे शब्द निकलते भी कैसे? मैंने नि:शब्द! भावनाओं के महासागर में डूबता हुआ! अपने दोनों हाथों से बने हुए भिक्षा पात्र को उनके सामने रख! फफक-फफककर रो रहा था...

अपने अश्रु पुष्प जो मैंने उनके चरणों में समर्पित किए! शायद उन्होंने उसे स्वीकार कर लिया! उन्होंने फिर पूछा, "बेटा तुझे क्या चाहिए?" मैं बहुत

प्रयास करके भी कुछ नहीं बोल पाया। बस रोता रहा, जैसे आँखों में आँसुओं का महासागर उमड़ आया हो।

फिर तीसरी बार उन्होंने पूछा, "बेटा बोल तुझे क्या चाहिए?" मेरे मुँह से बस इतना ही निकल पाया, "माँ! मुझे तो सब कुछ मिल गया! अब मैं और क्या माँगूँ?" माई ने स्नेह से मेरे सिर पर हाथ फेरा और अदृश्य हो गईं...

अब तक कुत्तों का घूमना जारी था और मेरे चारों तरफ वह गोल बवंडर की दीवार अब भी मौजूद थी जिसका ऊपरी हिस्सा दिखाई नहीं दे रहा था। ऐसा लग रहा था जैसे वह उन दिव्य क्षणों को सहेजने के लिए अनन्त ब्रह्मांड तक फैला हुआ हो... माई के अदृश्य होने के साथ ही उन कुत्तों का घूमना भी धीरे-धीरे धीमा होने लगा और फिर से वह धीरे-धीरे मेरे चारों तरफ चक्कर लगाने लगे और एक-एक करके शून्य में विलीन हो गए...

मैं किंकर्तव्यविमूढ़-सा! वहीं पर पत्थर की तरह बैठा रहा! उस अद्भुत! अनिर्वचनीय! पारलौकिक! शब्दों की व्याख्या से परे! दिव्य अनुभव के आस्वादन का आनन्द लेता हुआ! इस लोक से! इस संसार से! इस जीवन से! इस देह से! शायद इस आत्मा से भी परे के उस अनन्त ऐश्वर्य को अपने हृदय में समाहित करता हुआ! जैसे एक पूरे महासागर को छोटी-सी गगरी अपने अन्दर समेट लेना चाहती हो... वैसा ही प्रयास करता हुआ मैं बैठा रह गया... लगभग आधे घंटे तक वैसी ही स्थिति रही। उसके बाद मुझे थोड़ा-थोड़ा होश आया और तब जाकर मुझे समझ आया कि जिसे में छाया समझ रहा था, वह वास्तव में भगवती स्वयं थीं... उसने स्वयं मन्दिर में आकर मुझसे अपने लिए भोग में पेड़े की व्यवस्था करने को कहा... उसने स्वयं मेरे हाथों से पेड़े ग्रहण किए... उसने स्वयं मेरे कंधे पर सवारी की... उसने स्वयं अपने हाथों से मुझे पेड़ा खिलाया... यह एक-एक बात अपने-आप में अद्भुत है! शायद इसकी व्याख्या शब्दों में नहीं हो सकती... यह अलौकिक! शब्दों से परे! मीमांसा से परे! व्याख्या से परे! जीवन के किसी भी आनन्द से बढ़कर! इस स्वर्गिक आनन्द की, उस अनुभव की व्याख्या करना असम्भव है। बस! बाकी आप समझ लीजिए... यह वह क्षण है जहाँ मस्तिष्क कुन्द हो जाता है वाणी मौन हो जाती है...

उन अद्भुत क्षणों के बाद सामान्य होना बहुत मुश्किल स्थिति होती है! मैं पागलों की-सी अवस्था में वहाँ पर बैठा हुआ था। मैं समझ नहीं पा रहा था कि मैं भगवती के दर्शन, आगमन, उनके स्पर्श से हर्षित हूँ या उनके

चले जाने से विचलित? उनके आशीर्वाद देने से प्रसन्न हूँ या अपने कुछ न बोल पाने की स्थिति के लिए दुखी? मैं सफल हुआ? असफल हुआ? मैं क्या हुआ? सब कुछ धुँधला! सब कुछ अजीब-सा! सब कुछ गड्ड-मड्ड हो गया था। यह स्थिति मानसिक विचलन जैसी थी... भगवती तारा का विश्वरूप मेरे सामने स्पष्ट हुआ था और उनके दर्शनों के बाद मेरी स्थिति अजीब-सी हो गई थी... साधना में गुरु की आवश्यकता क्यों होती है इस बात को अब आप समझे। वह ऐसी स्थिति थी जहाँ कुछ भी हो सकता था। वहाँ पर मैं अपने सामान्य स्थिति से हटकर कुछ भी कर सकता था। मैं ऐसी स्थिति में पहुँच चुका था, जिसके बाद संसार से लेकर सब कुछ बेमानी लग रहा था...

ऐसी स्थिति में सद्गुरु अपने शिष्य को सही मार्गदर्शन करने के लिए और उसे वास्तविक साधना का पाठ पढ़ाने के लिए अपनी भूमिका निभाते हैं। गुरुदेव अपने सूक्ष्म स्वरूप में उपस्थित हो चुके थे, सफेद प्रकाश का गोला मेरे सामने स्पष्ट हो रहा था, मैं समझ गया गुरुदेव आ गए हैं, लेकिन मैं जिस अवस्था में बैठा था मुझे कुछ भी करने का ध्यान नहीं रहा... मैं पत्थर की तरह बैठा हुआ था, गुरुदेव मेरे सामने प्रकट हुए। उन्होंने अपने सफेद प्रकाश के आवरण में मुझे ले लिया। ठीक वैसे ही जैसे एक रोते हुए शिशु को उसकी माँ आंचल में अपने आगोश में ले लेती है। कुछ देर और फफकने के बाद वह शान्त हो जाता है। ठीक वैसे ही गुरुवर की दिव्य काया ने मुझे अपनाया। मैं उनसे लिपट गया। मैं उनके हाथों का स्पर्श महसूस कर रहा था। उनके हाथ मेरे पीठ पर फिर रहे थे।

ठीक वैसे ही जैसे माँ अपने शिशु को ढाँढस बँधाती है! साहस बढ़ाती है! धैर्य प्रदान करती है! उसे शान्त करती है! वैसे ही गुरुदेव का हाथ मेरे सिर पर, मेरे पीठ पर, फिर रहा था और उन्होंने मुझे अपने से सटाकर रखा हुआ था। मैं अभी भी रो रहा था... काफी देर के बाद मैं थोड़ा सन्तुलित हुआ... मुझे ध्यान आया! अरे! गुरुदेव को प्रणाम करना तो मैं भूल ही गया था... मैं उनके चरणों में दंडवत हुआ तो वह भी खिलखिलाकर हँस पड़े, "ठीक हो गया तू?" मेरे आँसू भरी आँखों में भी एक मुस्कान बिखर गई। सद्गुरु हर संकट से शिष्य को निकालता है। गुरु वह शक्ति है, गुरु वह चैतन्यता है, गुरु वह परमात्मा का आत्मिक स्वरूप है जो अपने शिष्य को साधनाओं के माध्यम से, दीक्षा के माध्यम से, एक नया जीवन प्रदान करता है। उस शिष्य को वह अपने ज्ञान को प्रदान करता हुआ, अपने मानसिक गर्भ में पालता है। इसलिए उसका व्यवहार भी ठीक वैसा ही होता है, जैसे अपने गर्भ में बच्चे

को पालने वाली माँ का होता है। फर्क सिर्फ इतना होता है कि माँ के देखने की सीमा होती है और उस सीमा के अन्दर वह अपने शिशु का हर तरह से ध्यान रखने की कोशिश करती है।

जो सिद्ध गुरु होता है उसकी सीमा तो पूरा ब्रह्मांड है। वह हर क्षण अपने शिष्य! अपने मानस पुत्र! की रक्षा भी करता है! उसकी देखभाल भी करता है! उस पर नजर रखता है! और उसके संरक्षण, उसके विकास के लिए निरन्तर प्रयत्न भी रहता है... गुरुवर ने मुझे सँभाल लिया वरना मेरी तो सारी कहानी ही उस दिन खत्म हो जाती... उन्होंने मेरी पीठ थपथपाई बोले, “माई के दर्शन हो गए?” मैंने सहमति में सिर हिलाया... अब तक मैं काफी हद तक सँभल चुका था। गुरुवर ने पूछा, “कमरे पर पहुँच जाएगा या पहुँचा दूँ।” मैंने कहा, “चला जाऊँगा गुरुदेव।”

मैं अपना सामान समेटने लगा। सुबह के लगभग 4 बजे का समय रहा होगा। सामान समेटकर थैले में रखने के बाद मैं आगे चलने को हुआ। मानसिक स्थिति अभी पूरी तरह से सही नहीं थी। इसलिए लड़खड़ा गया। गुरुदेव अभी भी मौजूद थे! उनका सफेद रंग का आवरण फिर एक बार मेरे पास आया और मुझे अपने घेरे में ले लिया! उसके बाद क्या हुआ मुझे पता नहीं! जब मुझे दरवाजे पर खटके की आवाज आयी तो मैंने घड़ी देखी। समय हो चुका था दोपहर 12 यानी पिछले सात-आठ घंटों से मैं सो रहा था... बापी दरवाजा खोलकर अन्दर आ रहा था। मुझे कमरे के अन्दर देखकर वह हड़बड़ा गया... बोला, “आप अन्दर कैसे आए? बाहर तो ताला लगा था...” अब मैं उसे क्या बताता? लड़खड़ाने के बाद क्या हुआ? यह मुझे बिल्कुल याद नहीं था! यानी गुरुदेव ने मुझे कमरे में पहुँचाया था...

मुझे बिस्तर से उठने का मन नहीं किया। इसलिए बिस्तर पर ही पड़ा रहा। मेरी अलसाहट देख बापी वापस चला गया। मैं फिर सो गया। लगभग एक घंटे के बाद मेरी नींद खुली। दोपहर का एक बज चुका था। अब ऐसा लग रहा था कि नींद पूरी हो चुकी है... पेट में चूहे कूद रहे थे... भूख के मारे बुरा हाल था... मैं उठा और बिस्तर पर बैठे-बैठे गुरु को प्रणाम किया। तभी जैसे अन्दर से कोई आवाज आयी और मैंने तकिये को उठाकर देखा! मेरी आँखें फटी की फटी रह गईं... वहाँ पर सोने के दो टुकड़े पड़े हुए थे... वे लगभग दस ग्राम के रहे होंगे। मेरे आश्चर्य का ठिकाना नहीं रहा। मैंने यह अवश्य सुना था कि भगवती तारा के साधक को सिरहाने पर नित्य द्रव्य की प्राप्ति होती है।

आज मैं साक्षात देख रहा था कि मेरे तकिये के नीचे दो तोला सोना पड़ा हुआ था!

मैंने तकिये को वापस रख दिया और बिस्तर पर बैठ गया! अर्थात मुझे तारा सिद्धि प्राप्त हो चुकी थी... मैं दस मिनट तक बिस्तर पर उसी प्रकार बैठकर अपने-आपको शान्त करता रहा। फिर मैंने दोबारा से तकिया उठाकर देखा कि कहीं मैंने सपना तो नहीं देखा। वहाँ पर सचमुच ही दोनों टुकड़े पड़े हुए थे। तभी कुछ आवाज आयी तो देखा दरवाजे के बाहर बापी खड़ा था। उसने कहा, "जल्दी नहाकर आओ! नाश्ता लगाता हूँ या खाना खाओगे?" समय को देखते हुए मैंने कहा, "नहाकर आता हूँ तुम खाना ही लगा दो। उसके बाद मैंने दरवाजा बन्द कर लिया और फिर से तकिया उठा कर उन दोनों टुकड़ों को हाथ में लेकर देखा। यह तो सचमुच सोने के टुकड़े थे। मैं समझ नहीं पा रहा था कि उनका क्या करूँ? उस समय सोने का भाव लगभग बारह हज़ार तोला चल रहा था, यानी की वह करीब चौबीस हज़ार का सोना रहा होगा।

मुझे तटस्थ होने में थोड़ा समय लगा। उसके बाद में तकिए को वापस रखकर नहाने चला गया। स्नान करने के बाद सामान्य दैनिक पूजन करके मैं बाहर निकला। बापी तब तक खाना लगा चुका था। मैंने भोजन किया। दादा स्कूल जा चुके थे... खाना खाकर मैं वापस अपने कमरे मैं लौट आया। बिस्तर पर लेटकर मैं कल की घटनाओं के बारे में विचार करने लगा। सब कुछ किसी फिल्म के सीन की तरह मेरे सामने से एक-एक करके गुजर रहा था। सबसे सुखद था भगवती का आगमन और उनका आशीर्वाद... यही सब सोचते फिर मेरी आँख लग गई और मैं फिर से नींद के आगोश में चला गया। शाम के लगभग 5 बजे फिर मेरी नींद खुली। मैंने सोचा अब क्या किया जाए? फिर अचानक मुझे ध्यान आया कि बाबा ने हत्था जोड़ी की साधना सीखने के लिए रेणु माई से सम्पर्क करने के लिए कहा था। जैसे ही मुझे ध्यान आया, मैंने अलमारी खोली। हत्था जोड़ी निकालकर अपनी जेब में डाली। सिरहाने के नीचे से दोनों टुकड़े निकाले और उनको अलमारी के अन्दर रखे बैग में डाल दिया।

फिर किसी अज्ञात प्रेरणा से मुझे आभास हुआ की मुझे नागमणि और मदन कामेश्वर गुटिका भी अपने साथ रख लेनी चाहिए और मैंने वह दोनों चीजें भी साथ में रख लीं। अब मुझे आगे बढ़ना था... मैंने सोचा कि रेणु माई को कहाँ ढूंढू? मन में विचार आया कि जहाँ हम मिले थे हो सकता है

वहीं पर मुलाकात हो जाए। मैं फिर से द्वारका नदी के घाट की ओर चल पड़ा। घाट पर पहुँचते ही मुझे रेणु माई के दर्शन हो गए। वहीं पर दो अन्य महिला साधुओं के साथ खड़ी थीं। मैंने उनको प्रणाम किया। उन्होंने रुकने का इशारा किया।

मैं वही घाट पर बैठ गया। ठंडी-ठंडी हवा का झोंका मन को प्रफुल्लित करने के लिए पर्याप्त होता है, जिसकी अनुभूति आप वहाँ पर बैठकर ही कर सकते हैं। जैसा कि मैंने पहले लिखा था, नदी का तट मुझे हमेशा आकर्षित करता रहा है... पानी की आवाज लहरों का चढ़ना-उतरना यह सब कुछ बेहद आनन्ददायक होता है... और मुझे इससे प्यार है... मैं उसी आनन्द की अनुभूति करता हुआ घाट पर बैठा हुआ था। लगभग पन्द्रह मिनट तक उनकी चर्चा चलती रही फिर वह दोनों चली गईं। रेणु माई अब मेरी तरफ आईं। पूछा, "सिगरेट नहीं पिलाएगा?" मैं पहले ही सिगरेट का पैकेट खरीदकर अपनी जेब में रख चुका था। उसे निकालकर मैंने रेणु माई के सामने पेश कर दिया। उन्होंने एक सिगरेट निकाली और एक मेरी तरफ बढ़ा दिया। दोनों अपनी-अपनी सिगरेट के कश लगाने लगे। रेणु माई की उम्र करीब चालीस के लगभग रही होगी।

जब सिगरेट खत्म हो चुकी तो मैंने कहा, "माई तुम मुझे हत्था जोड़ी का प्रयोग सिखाने वाली थीं। उसने कहा, "हाँ मैं तुझे लेने के लिए ही आयी हूँ मेरे साथ चल।"

अघोरानन्द और चौंसठ योगिनी मन्दिर का रहस्य

मैं उनके साथ चल पड़ा। हम दोनों चलते-चलते शहर से काफी दूर आ गए। शाम ढलने लगी थी। हल्का-हल्का अँधेरा छाने लगा था। तारापीठ में साधु चाहे वह पुरुष हो महिला हो, नागा हो, अघोरी हो, साल भर दिखाई देते रहते हैं। वहाँ के लोगों के लिए वह कोई अचरज या असामान्य बात नहीं है। हम लोग जिस रास्ते पर जा रहे थे उस रास्ते पर गिनती के लोग दिखाई दे रहे थे। धीरे-धीरे शहर पीछे छूट गया और रास्ता सुनसान होने लगा... कुछ आगे एक छोटा-सा पुल था। जिसके नीचे से शायद सिंचाई वाली नहर बहती थी। उस पुल के बाजू से एक छोटी-सी पगडंडी जाती थी। हम सड़क से उतरकर उस पर चल पड़े। लगभग आधे किलोमीटर के बाद घना जंगल चालू हो गया।

जंगल के अन्दर हम लोग लगभग एक किलोमीटर तक चले। रेणु माई आगे-आगे चल रही थी और मैं उसके पीछे-पीछे... ना वह कुछ बोल रही थी ना मैं कुछ बोल रहा था... उसकी चलने की गति इतनी तेज थी कि कहीं रास्ता ना भटक जाऊँ, यह सोचकर पूरी एकाग्रता से पीछे चल रहा था। एक किलोमीटर जंगल के अन्दर जाने के बाद वहाँ पर एक पुराना मन्दिर दिखाई दिया... उसे देखने से ऐसा प्रतीत होता था कि वह कम-से-कम चार-पाँच सौ साल पुराना जरूर रहा होगा। उसकी बाहरी दीवार पर वक्त के निशान दिख रहे थे। उस मन्दिर के चारों तरफ हम लोगों ने एक चक्कर लगाया जैसे परिक्रमा की हो। वहाँ पहुँचने के बाद मुझे एक आश्चर्यजनक बात लगी कि उसमें कहीं भी दरवाजा नहीं था।

पूरे पत्थरों से बने हुए उस मन्दिर में चारों तरफ खजुराहो जैसी मिथुन मुद्रा वाली आकृतियाँ बनी हुई थीं। उनको देखकर ऐसा लगता था जैसे अभी वह जीवित हो उठेंगे। जिस कलाकार ने भी उसे बनाया था उसकी शिल्प कला को प्रणाम करता हुआ मैं रेणु माई के पीछे-पीछे चल रहा था। हम दोनों ने उस मन्दिर की सात परिक्रमा की और हर बार मैं सोचता था कि अभी

इसके अन्दर जाएँगे कैसे? वह मन्दिर लगभग पचास या साठ फीट के व्यास का रहा होगा और उसकी ऊँचाई लगभग बीस से पच्चीस फीट रही होगी। सबसे खास बात यह थी कि जंगल में होने के कारण उस मन्दिर पर बहुत ज्यादा तोड़-फोड़ के निशान मौजूद नहीं थे। वक्त की मार से जो नुकसान हुआ था, उसके अलावा कोई खास नुकसान उसके आवरण पर नहीं दिख रहा था।

सात परिक्रमा पूरी करने के बाद रेणु माई एक मूर्ति के सामने दंडवत प्रणाम करने लगी। मैं भी उनको देखकर जमीन पर लेटा और दंडवत प्रणाम किया वह मूर्ति शिव और शक्ति की थी। जिसमें वह विपरीत रता दिख रही थी। मैंने उस मूर्ति की तरफ बड़े ध्यान से देखा तो मुझे वह मूर्ति बाकी मूर्तियों से थोड़ी-सी अलग दिखाई दी। जहाँ सारी मूर्तियाँ बादामी रंग के पत्थरों से बनी हुई थीं, वहाँ यह मूर्ति ज्यादा गहरे बादामी रंग के पत्थर से बनी हुई थी। यह अन्तर बेहद हल्का-सा था जिसे बहुत ध्यान से देखा जाए तभी भाँपा जा सकता था। मैंने और ध्यान से देखा तो वह पूरा लगभग तीन से चार फुट चौड़ा और लगभग सात फुट ऊँचा वह पूरा का पूरा पत्थर बाकी पत्थरों से हटकर था।

दंडवत प्रणाम करने के बाद रेणु माई ने मेरा हाथ पकड़ा। उस विग्रह की ओर देखते हुए कुछ मंत्रों का उच्चारण किया। आसमान की ओर देखते हुए उन्होंने लगभग एक से दो मिनट तक कुछ मन ही मन बुदबुदाया। उसके बाद मुझे ऐसा आभास हुआ कि मेरा शरीर हल्का हो गया है। माई का मंत्र जाप जारी था। अब वह सामने बने हुए शिव शक्ति के विग्रह की ओर देखते हुए मंत्र जाप कर रही थी। मेरे देखते-देखते उस पत्थर का रंग बदलने लगा। पूरे का पूरा पत्थर धीरे-धीरे हल्के बादामी रंग का हुआ और धीरे-धीरे उसकी रंगत कम होने लगी और ऐसा होते-होते अन्ततः वह लगभग पारदर्शी-सा हो गया।

पत्थर के आर-पार दिखना? यह कैसे सम्भव है? लेकिन अब मुझे मन्दिर के अन्दर की चीजें हल्की-हल्की धुँधली-सी दिखाई दे रही थीं... तभी! मुझे झटका-सा लगा! रेणु माई ने मेरा हाथ पकड़कर खींचा! वह सीधे उस पत्थर की ओर आगे बढ़ गई! अद्‌भुत आश्चर्य! हम दोनों उस पत्थर को पार करके अन्दर आ गए। ऐसा लगा जैसे कोई होलोग्राफिक इमेज थी जिसे हम लोग पार कर गए हों... यह मेरे लिए अद्‌भुत और अविश्वसनीय-सी बात थी।

मैंने फिर से पीछे पलट कर देखा! अब मुझे बाहर की चीजें दिख रही थीं। बाकी सारे पत्थर सामान्य थे, उनके पार की चीजें नहीं दिख रही थीं लेकिन उस पत्थर के आर-पार दिख रहा था।

धीरे-धीरे उसका रंग वापस गहरा होने लगा। गहरा होते-होते वह वापस अपने पूर्व स्वरूप में आ गया और आर-पार दिखाई देना भी बन्द हो गया। जब वह पूरी तरह से अपनी पूर्व अवस्था में आ गया तो मैं भी यथार्थ के धरातल पर उतरा। मैंने देखा कि माई आगे बढ़ चुकी थी। मैं उनके पीछे भागा। वह मन्दिर अन्दर से बेहद भव्य था। बाहर जैसी मूर्तियाँ लगी थीं, ठीक वैसी ही मूर्तियाँ अन्दर भी लगी हुई थीं। बाहर की मूर्तियों की तुलना में अन्दर की मूर्तियाँ ज्यादा बेहतर स्थिति में दिखाई दे रही थीं।

मन्दिर के ऊपर छत नहीं थी। ऊपर खुला आसमान साफ दिखाई दे रहा था।

उस मन्दिर के ठीक बीच में एक बड़ा-सा शिवलिंग और उसके सामने विशालकाय नन्दी की मूर्ति थी। शिवलिंग लगभग दस फीट का रहा होगा और नन्दी की आकृति कम-से-कम चालीस से पचास फीट की रही होगी। यह दोनों सफेद संगमरमर की बनी हुई थीं। जहाँ पूरा मन्दिर बादामी पत्थरों से बना हुआ था, सिर्फ यही दो सफेद रंग के संगमरमर से बनी हुई थीं। अब जो मेरा गृहस्थी, या यूँ कहें कि सामान्य दिमाग था, वह यह सोचने में लग गया कि, इतने बड़े-बड़े संगमरमर के पत्थर जिनसे यह मूर्तियाँ बनी हैं, इतने साल पहले यहाँ कैसे लायी गई होंगी?

फिर मैंने अपने विचारों को झटका और सोचा कि अब तक जो तेरे साथ घट रहा है, उसमें विश्लेषण करने लायक क्या है? सब कुछ तो अविश्वसनीय! आश्चर्यजनक! अद्‌भुत! है। स्वाभाविक रूप से आगे भी ऐसी ही घटनाएँ होती रहेंगी। बेवजह विचार और चिन्तन।

अब समय था भगवान शिव के पूजन का... जैसा कि आप लोग भी जानते होंगे सनातन धर्म में भगवान शिव को महादेव कहा जाता है। वे तंत्र साधनाओं के अधिपति माने जाते हैं। जितनी भी तंत्र साधनाएँ हैं वह सारी की सारी भगवान शिव और महामाया के द्वारा सृजित हैं। इसलिए उनका पूजन अनिवार्य होता है, हम दोनों शिवलिंग के सामने बैठे थे, रेणु माई ने शिव तांडव स्तोत्र का उच्चारण प्रारम्भ किया...

ड मड्ड मड्ड मड्ड मन्नि नाद व ड्डमर्वयं,
चकार चण्ड ताण्डवं तनोतु नः शिवः शिवम्...

रेणु माई की आवाज बड़ी बुलन्द थी। उनके मुख से शिव तांडव स्तोत्र का उच्चारण सुनना अपने आप में एक सुखद अनुभव था, शिव तांडव स्तोत्र भगवान शिव के अनन्य शिष्य दशानन रावण के द्वारा रची हुई, एक अप्रतिम रचना है। जिसका उच्चारण विभिन्न पूजन स्थलों पर आज भी होता है। यह एक गेय अर्थात गाने के योग्य रचना है और इसे सुनने से रोम-रोम हर्षित होता है। माई की आवाज और उस मन्दिर के अन्दर की जो तांत्रिक शक्तियों की उपस्थिति थी, उससे पैदा हुई चैतन्यता, इन सबने मिलकर वहाँ एक अभूतपूर्व माहौल बना दिया। मुझे ऐसा लगा जैसे मेरे शरीर का रोम-रोम खड़ा हो गया हो। मेरी पीठ की हड्डियों में स्पन्दन-सा महसूस होने लगा। यह तब होता है जब आपकी कुंडलिनी में स्पन्दन प्रारम्भ होता है...

शिव तांडव स्तोत्र का उच्चारण समाप्त हुआ रेणु माई ने अपने हाथ हवा में उठाएँ और उनके हाथ में धतूरे के दो पुष्प न जाने कहाँ से आ गए, उन्होंने वह शिवलिंग पर अर्पित किए। पास में रखे हुए पात्र में से जल समर्पित किया और शिवलिंग को प्रणाम किया। मैंने भी प्रणाम किया। इसके बाद उन्होंने घनपाठ आरम्भ किया। भगवान शिव की स्तुति में किया जाने वाला यह एक विशिष्ट पाठ है। सामान्यतः काफी अच्छी स्थिति में पहुँचे हुए साधक या कर्मकांडी ही कर पाते हैं। इसमें शब्दों का संगुफन और उनका उच्चारण इस प्रकार से होता है कि पूरे वातावरण में तरंगें उत्पन्न हो जाती हैं। जिसे सुनने वाला व्यक्ति भी अन्दर से तरंगित होता है। भगवान शिव स्वयं नटराज हैं।

नृत्य के अधिपति हैं। इसलिए उनके पूजन के इस स्वरूप में पूरी प्रकृति नृत्य करती हुई प्रतीत होती है...

उन्होंने मुझे बताया कि यह शिवलिंग लगभग साढ़े छह सौ साल पुराना है। इसकी स्थापना नेपाल के महाराजा चक्रधर देव ने सन 1404 ईसवी में की थी। वह बोलीं, "यह मन्दिर वास्तव में एक योगिनी मन्दिर है। उसमें चारों ओर स्थापित मूर्तियाँ चौंसठ योगिनी की हैं। तंत्र क्षेत्र में योगिनियों का स्थान बेहद महत्वपूर्ण होता है। जितनी भी महाविद्या साधनाएँ हैं, उनमें सबसे पहले योगिनी साधना करनी आवश्यक होती है। अगर योगिनी साधना न की जाए,

तो इतनी आसानी से सफलता नहीं मिलती है। विशेष रूप से महाकाली से सम्बन्धित साधनाएँ और काली कुल से सम्बन्धित महाविद्याओं की साधना में योगिनियों की साधना करना बेहद जरूरी होता है..."

उन्होंने आगे बताया, "प्राचीन काल में जिन राजघरानों में तंत्र साधनाओं के प्रति विशेष रुझान हुआ करता था, वह इस प्रकार के चौंसठ योगिनी मन्दिरों का निर्माण करते थे। इसके अन्दर विशिष्ट साधनाएँ सम्पन्न की जाती थी। इस प्रकार की गोल संरचनाएँ पूरे विश्व में बहुत कम जगहों पर मिलती है। इनको बनाने का मतलब ही यह है कि एक ऐसा चक्र जो अन्तहीन है... अगर आप वृत्त में किसी भी जगह से चलना शुरू करें तो यह बता नहीं सकते कि कहाँ से प्रारम्भ है और कहाँ पर अन्त है...

मानव जीवन और यह ब्रह्मांड भी सनातन धर्म में अन्तहीन माना जाता है..." वह आगे बोलीं, "इस प्रकार ये चौंसठ योगिनी मन्दिर उस अनन्त ब्रह्मांड का प्रतीक होता है। चौंसठ योगिनी मन्दिर भारत में कई जगहों पर है। इसी की संरचना से प्रभावित होकर संसद भवन की इमारत भी बनाई गई है। जो कि ठीक वैसी ही दिखाई देती है... यह बात सुनने में मुझे थोड़ी-सी अजीब लगी, क्योंकि मैंने तो सुना था कि संसद भवन को किसी अंग्रेज डिजाइनर ने बनाया था। मुझे थोड़ा झटका-सा लगा, लेकिन फिर मैंने जब संसद भवन को याद किया और उस मन्दिर को दोबारा से देखा तो वाकई में लगभग वैसी ही संरचना थी, खैर...

भगवान शिव का पूजन सम्पन्न हो चुका था और अब आगे की प्रक्रिया क्या होगी? यह सोचने में मैं भी मग्न था। रेणु माई आँख बन्द करके ध्यान लगाने में मग्न थी। थोड़ी देर के बाद उन्होंने आँख खोलीं और मुझे साथ चलने का इशारा किया। मैं उनके साथ चल पड़ा। सूरज ढलने का समय हो रहा था, इसलिए पश्चिम दिशा समझ में आ रही थी। उन्होंने मुझे आग्नेय कोण में स्थित एक मूर्ति के पास ले जाकर खड़ा किया। वह मूर्ति भी उसी प्रकार की मुद्रा में बनी हुई थी। मूर्ति के बगल में एक गोल आकृति थी जिसमें एक छेद बना हुआ था। माई ने अपनी जेब से एक ताँबे की चाबीनुमा लगभग दस इंच लम्बी डंडे जैसी चीज निकाली और उस छेद में डाल दी। वह लगभग आधा घुसा। उसके बाद माई ने उसे दाहिनी तरफ घुमाया और बाकी का हिस्सा भी अन्दर घुसा दिया उसके बाद उन्होंने उस चाबी को बाहर निकाल लिया... दरवाजे का स्वरूप अब उस पत्थर में दिखाई देने लगा था।

धीरे-धीरे वह पत्थर पीछे की तरफ दरवाजे की तरह खुलने लगा। एक आदमी के घुसने लायक जगह बन गई। माई ने मुझे अपने पीछे आने का इशारा किया और उस दरवाजे के अन्दर चली गई।

मैं भी उनके पीछे-पीछे अन्दर चला गया, मेरे पीछे मुड़कर देखा दरवाजा धीरे-धीरे वापस बन्द हो रहा था। ऐसा लगा, जैसे उसमें कोई टाइमर फिक्स हो। जो दरवाजे को एक निर्धारित समय के बाद उसे वापस बन्द कर देता है। दरवाजा बन्द हुआ तो सामने घुप्प अँधेरा था। अँधेरा देखकर मैं रुक गया। तभी मुझे माचिस जलने की आवाज आयी। वह एक बड़े से दीये को जला रही थीं। वह दीया लगभग चार फुट ऊँचा था। उसमें एक उंगली के बराबर मोटी बत्ती पड़ी हुई थी। जिसे माई ने जला दिया, दीये के जलते ही चारों तरफ प्रकाश फैल गया। प्रकाश होने के बाद मैंने देखा कि वह लगभग छह फुट बाय छह फुट का एक कमरा था। जिसमें छत नहीं थी। इसकी दीवारों की ऊँचाई भी मन्दिर जैसी थी। जमीन पर पत्थरों में दो यंत्र खुदे हुए थे। जो लगभग एक-दूसरे के आमने-सामने थे और उनके बीच में करीब-करीब एक-डेढ़ फीट का फासला था। एक यंत्र के ऊपर माई बैठ गई। दूसरे यंत्र के ऊपर मुझे बैठने का इशारा किया। मैं भी उसके ऊपर जाकर बैठ गया। उन्होंने अपनी थैली में हाथ डाला और एक थाली निकालकर सामने रख दी। मुझे उसमें हत्था जोड़ी रखने का संकेत किया। मैंने अपनी जेब में हाथ डाला और जोड़ी को निकालकर उस थाली में रख दिया।

उन्होंने मुझे बताया, "यह एक जड़ से निकलता है और इसमें बनी हुई हाथों की आकृति की जोड़ी होने की वजह से इसे हत्था जोड़ी कहा जाता है। इसके ढेरों प्रयोग हैं। यह मूल रूप से आकर्षण का काम करती है। इसे स्त्री-पुरुष के बीच में आकर्षण के लिए प्रयोग किया जा सकता है, जिसे तंत्र में षटकर्म के अन्तर्गत वशीकरण कहा जाता है। मैंने पूछा, "यह षटकर्म क्या होते हैं?" उन्होंने बताया, "मारण, मोहन, वशीकरण, विद्वेषण, उच्चाटन और शान्ति ये छह प्रकार के कर्म होते हैं, जिसे तंत्र साधनाओं के द्वारा किया जा सकता है। इन्हें ही षटकर्म कहा जाता है। इनमें से एक वशीकरण है। जिसमें स्त्री और पुरुष के बीच में आकर्षण पैदा किया जाता है। यह नौकर और मालिक के बीच में भी किया जा सकता है। कुल मिलाकर कहा जाए तो किसी भी दो लोगों के बीच में आकर्षण का भाव पैदा करने के लिए, उनके बीच में सामंजस्य स्थापित करने के लिए, यह प्रयोग सम्पन्न किया जा

सकता है। इसका प्रयोग मैं अब तुमको समझाने वाली हूँ। रात के 9 बजे से लेकर सुबह 9 बजे तक तुमको यह मंत्र जाप करना है। इस बीच तुम अपना आसन नहीं छोड़ सकते हो... इस बात का ध्यान रखना... वरना साधना खंडित हो जाएगी।"

उस समय शाम के लगभग 7 बजे होंगे। रेणु माई ने लगभग आधे पेज का मंत्र मुझे बताया। सबके दिमाग में ये बात आ सकती है कि आधे पेज का मंत्र बताने के लिए एक घंटा कैसे लगेगा? दरअसल वह एक ऐसा मंत्र था जिसे लिखकर नहीं बोला जा सकता था। उसे पहले याद करना पड़ता था और उसके बाद ही उसको जाप किया जा सकता था। उन्होंने मुझे उस मंत्र को लगभग इक्कीस बार पढ़कर दोबारा से बुलवाया तब कहीं जाकर मुझे वह याद हुआ। लगभग 8:45 बजे वह उस कमरे से बाहर चली गई। 9 बजे से मुझे मंत्र जाप चालू करना था। मैंने थोड़ा हाथ-पैर वगैरह हिलाया। अपने थैले को बगल में रख, पहले गुरु ध्यान किया:

अखंड मंडलाकारम् व्याप्तम येन चराचरम्।
तत्पदम् दर्शितम् येन तस्मै श्री गुरुवे नमः।।
गुरुरब्रह्मा गुरुरविष्णु गुरुरदेवो महेश्वरः।
गुरु साक्षात परब्रह्मा तस्मै श्री गुरुवे नमः।।

गुरु ध्यान के बाद मैंने भगवती जगदम्बा को याद किया

सर्व मंगल मांगल्य शिवे सर्वार्थ साधिके।
शरण्यै त्र्यम्बके गौरी नारायणि नमोस्तुते।।

इसके बाद मैंने मंत्र जाप करना प्रारम्भ किया। लगभग एक घंटे तक सब कुछ सामान्य रहा। एक घंटे के बाद हत्था जोड़ी में से उसी प्रकार की हल्की पीली रोशनी निकलने प्रारम्भ हो गई, जैसी कमरे में अलमारी के अन्दर एक रात को निकली थी। प्रकाश बड़ा अजीब और सुखद-सा था। बिलकुल वैसे ही जैसे कभी-कभी प्रातःकालीन सूर्य पीले रंग का होता है। धीरे-धीरे उसका पीलापन सुनहरे लाल रंग में बदलता जा रहा था। कुछ देर में ऐसा महसूस होने लगा जैसे उसके अन्दर से आग की लपटें निकल रही हो। उन लपटों की आंच मैं महसूस कर सकता था। धीरे-धीरे वहाँ का तापमान बढ़ने लगा।

साथ ही उस हत्था जोड़ी में से निकलने वाली लपटें भी लम्बी होने लगी। जैसे हवन कुंड से लपटें निकलती हैं ठीक वैसे ही इस छोटे से हत्था जोड़ी में से लपटें निकल रही थीं। वह लपटें इतनी लम्बी-लम्बी थी कि मुझसे मुश्किल से एक-आध इंच के फासले तक पहुँच जाती थी।

वे लपटें हर दिशा में निकल रही थी। धीरे-धीरे कमरे का तापमान बढ़ने लगा दीवार का रंग तक बदलने लगा। ऐसा लग रहा था जैसे मैं किसी भट्टी में बैठा हुआ हूँ। मेरे पूरे शरीर से पसीना बह रहा था। मैं उस पसीने में नहा रहा था, ऐसा कहना ज्यादा उचित होगा। लगभग दस मिनट तक यही स्थिति रही और उसके बाद कमरे की तपिश धीरे-धीरे कम होने लगी। तापमान कम होते-होते सामान्य हो गया। साथ ही हत्था जोड़ी से निकलने वाली लपटें भी धीरे-धीरे गायब हो गईं। वापस वही पीले रंग की हल्की-हल्की रोशनी बिखरने लगी। कुछ समय के बाद मेरे सामने जो यंत्र बना हुआ था उसमें भी परिवर्तन आने लगा। उसमें बनी हुई रेखाएँ धीरे-धीरे लाल रंग में परिवर्तित होती जा रही थी। वह पूरा का पूरा यंत्र धीरे-धीरे लाल रंग का हो गया। मेरे सामने थाली में रखी हुई हत्था जोड़ी पीले रंग का आभामंडल बिखेर रही थी । वह यंत्र लाल रंग का आभामंडल बिखेरता रहा। उसके बाद सामने वाला यंत्र धीरे-धीरे ऊपर की ओर उठने लगा। ऊपर उठने के बाद वह धीरे-धीरे घूमने लगा। ऐसा लग रहा था जैसे कोई लाल रंग का गोल चक्कर जिसके अन्दर यंत्र बना हुआ है, वह हवा में घूम रहा हो।

घूमते-घूमते वह यंत्र मेरी थाली के ठीक ऊपर आ गया। मेरा मंत्र जाप जारी था। अब वह हत्था जोड़ी धीरे-धीरे हवा में उठने लगी। वह जाकर उस यंत्र के मध्य में बने हुए खाली जगह में बैठ गई। अब हत्था जोड़ी यंत्र के साथ हवा में घूम रही थी। मैं मंत्र जाप करता जा रहा था और इस अद्भुत दृश्य को देख रहा था। मेरे सामने जहाँ पर यंत्र बना हुआ था, वहाँ पर एक धुँधली-सी आकृति उभरने लगी। लगभग पन्द्रह से बीस मिनट के बाद वह आकृति थोड़ी-थोड़ी स्पष्ट होने लगी। यह आकृति ठीक वैसी ही थी जैसे कि हम लोगों ने दरवाजे से अन्दर आते समय उस गहरे बादामी रंग वाले पत्थर पर देखी थी। यूँ कह सकते हैं कि उस विशेष कक्ष के अधिष्ठाता देवी-देवता की आकृति वहाँ पर स्पष्ट हो रही थी। सम्भवत: वही वशीकरण के लिए स्थापित देवता और देवी रहे होंगे!

भगवान शिव और शक्ति के भी सहस्त्र रूप है और उनके सभी स्वरूप अपने आपमें अलग-अलग विशेषताओं के लिए और विशेष प्रयोजनों के लिए साधना में प्रयुक्त किए जाते हैं। उदाहरण के लिए भगवान शिव का भैरव स्वरूप जहाँ रक्षा में काम आता है वहीं पर भगवान शिव का मृत्युंजय स्वरूप रोग निवारण के लिए काम आता है। सम्भवत: यह भी उसी प्रकार का कोई रूप रहा होगा। वह धुँधला स्वरूप धीरे-धीरे स्पष्ट होता हुआ ठीक वैसा ही बन गया जैसा अन्दर आते समय दरवाजे पर दिखा था। ऐसा लग रहा था जैसे उसे वहाँ से निकालकर उस यंत्र के बीच में रख दिया गया हो। वह आकृति जिसे मूर्ति भी कह सकते हैं अब वहाँ पर मौजूद थी। उस आकृति में कुछ तो ऐसा था जो बेहद आकर्षक और मनमोहक था।

मेरा मंत्र जाप लगातार जारी था। अब स्थिति यह थी कि वह विग्रह मेरे सामने रखा हुआ था, जो कि उस यंत्र के ऊपर स्थापित था जिसके ऊपर से रेणु माई उठकर गई थीं। थाली के ठीक ऊपर वह लाल रंग का चक्र घूम रहा था। उसके बीचोबीच हत्था जोड़ी भी घूम रही थी। मैं दूसरे यंत्र के ऊपर बैठा था और मंत्र जाप कर रहा था। काफी देर तक मंत्र जाप इसी प्रकार सम्पन्न हुआ। मेरे हाथ में घड़ी बँधी हुई थी। मैंने उसमें समय देखा सुबह के लगभग 3:30 बज रहे थे। मंत्र जाप अभी जारी था।

थोड़ी देर के बाद वह यंत्र जिस पर मैं बैठा हुआ था वह भी ऊपर उठने लगा...

धीरे-धीरे मेरा यंत्र इतनी ऊँचाई पर आ गया कि वह घूमता हुआ यंत्र और हत्था जोड़ी मेरी आँखों की सीध पर थे। मैं हवा में यंत्र के ऊपर बैठा हुआ था... मेरे सामने लाल रंग का दूसरा यंत्र हत्था जोड़ी को अपने साथ लेकर घूम रहा था... मेरा मंत्र जाप जारी था। लगभग एक घंटे यही स्थिति रही। सुबह के लगभग 5 बजे यंत्र के ऊपर रखा हुआ विग्रह भी धीरे-धीरे ऊपर आने लगा। वह भी उसी सीध पर आ गया जहाँ वह यंत्र घूम रहा था। अब स्थिति यह थी कि वह भी हवा में था। यंत्र और हत्था जोड़ी हवा में घूम रहे थे और मैं भी मंत्र जाप करते हुए हवा में था।

कुछ समय और इसी प्रकार गुजरा फिर मैंने देखा कि रेणु माई कमरे में आयी और इस दृश्य को देखने के बाद उन्होंने मेरी तरफ आश्वासन भरी निगाहों से देखा। जैसे कह रही हों कि तुम ठीक जा रहे हो। फिर वह कमरे

से बाहर चली गईं। जिस दरवाजे से हम घुसे थे, उसके दाहिनी तरफ एक छोटा-सा दरवाजा और था, जहाँ से वह अन्दर आयी थीं और बाहर भी गई थीं। यह दरवाजा सामान्य-सा था जो लोहे से बना हुआ था। सुबह होने जा रही थी, आसमान में हल्की-हल्की रोशनी आनी चालू हो गई थी। धीरे-धीरे धूप खिलने लगी। लगभग 7 बजे का समय हो चुका था। अब वह विग्रह धीरे-धीरे नीचे उतरने लगा और दूसरे वाले यंत्र की बजाय उस जगह पर आकर बैठ गया, जहाँ पर मैं बैठा था। अब स्थिति यह थी कि वह विग्रह यंत्र के ऊपर था। उससे लगभग तीन फुट की ऊँचाई पर मैं हवा में लटका हुआ था। मेरे सामने लाल रंग का यंत्र अपने बीच में हत्था जोड़ी को लेकर घूम रहा था।

कुछ समय बाद वह यंत्र मेरे चारों तरफ घूमने लगा। वह मेरे चारों तरफ गोल-गोल चक्कर काट रहा था। कुछ समय के बाद मेरे सिर के ऊपर आकर स्थिर होने लगा। उसमें से हत्था जोड़ी निकलकर नीचे रखी हुई थाली में चली गई। वह यंत्र घूमता हुआ धीरे-धीरे नीचे उतरने लगा और मेरे सिर के ऊपर आकर टिक गया। मैं उसके घूमने को महसूस कर रहा था। कुछ समय बाद ऐसा लगा जैसे वह यंत्र मेरे सहस्त्रार में अन्दर प्रवेश कर गया हो। मुझे सिर के अन्दर कुछ घूमने जैसा आभास हो रहा था जो लगभग पन्द्रह-बीस मिनट तक रहा और फिर शान्त हो गया। धूप की तीव्रता को देखते हुए मुझे ऐसा लग रहा था जैसे सुबह के 8 बज गए होंगे... धीरे-धीरे मैं नीचे की ओर आने लगा। मुझे लगा मैं उस विग्रह से टकरा जाऊँगा, लेकिन ऐसा कुछ भी नहीं हुआ। जैसे-जैसे मैं नीचे आया, आभास हुआ कि वह विग्रह ठीक वैसा ही था, जैसे वह पत्थर पारदर्शी हुआ था। मैं धीरे-धीरे उसके अन्दर समाते हुए नीचे उस यंत्र पर पहुँच गया और ऐसा लगा वह भी मेरे अन्दर समाहित हो गया हो।

मेरा मंत्र जाप जारी था। निर्धारित समय लगभग पूर्ण होने वाला था। अचानक मेरे पाँव में भयानक दर्द उठने लगा। ऐसा लगा, जैसे पैर की सारी नसें खिंच रही हैं। यह अनुभव ठीक वैसा ही था, जैसे जब आप अचानक बहुत ठंड में खुले बदन से ज्यादा देर बैठ जाए तो शरीर के अंगों में जैसी अकड़न और खिंचाव महसूस होता है ठीक वैसा ही खिंचाव मैं महसूस कर रहा था। दर्द बहुत जबरदस्त था लेकिन सहन करना मजबूरी थी। मेरी आँखों से दर्द के मारे आँसू बह रहे थे। मेरा मंत्र जाप जारी था। हो सकता है काफी

देर एक ही स्थिति में बैठने की वजह से ऐसा हुआ हो, क्योंकि मैं लगभग बारह घंटे से उसी आसन पर बैठा हुआ था। खैर...

जो भी हो... मंत्र जाप तो मुझे पूर्ण करना ही था। इसलिए मैं लगातार मंत्र जाप करता रहा। दर्द के मारे आँखों से आँसू बहते रहे थे, लेकिन मैंने मंत्र जाप नहीं छोड़ा।

थोड़ी देर के बाद रेणु माई फिर से कमरे में आयीं और सामने वाले आसन पर आकर बैठ गईं। मेरा मंत्र जाप अभी भी जारी था। अब उसके साथ रेणु माई का मंत्र जाप भी सम्मिलित हो गया। हम दोनों एक लय में उसी मंत्र का उच्चारण कर रहे थे। लगभग पन्द्रह-बीस मिनट तक यह उच्चारण संयुक्त रूप से चलता रहा। वह कमरा इस तरह से बना हुआ था कि जब जोर से मंत्र उच्चारण होता था, तो ऐसा लगता था जैसे कमरे की हर दीवार साथ में मंत्रोच्चार कर रही हो। वह अनुभूति बड़ी दिव्य और प्रभावशाली थी।

लगभग आधे घंटे के बाद उन्होंने अपने हाथ जोड़े और मुझे भी हाथ जोड़ने का संकेत किया। मैंने हाथ जोड़ लिए। उसके बाद उन्होंने विचित्र प्रकार का एक मंत्र पढ़ा जो शायद किसी दक्षिण भारतीय भाषा में था। उस मंत्र के पाठ के बाद उन्होंने विभिन्न प्रकार की मुद्राएँ दिखाईं। मुद्राएँ हाथ की उंगलियों से बनाई जाती हैं। तंत्र साधना में इनका बहुत महत्व होता है। इसका प्रयोग आपने बाबा रामदेव के द्वारा अपने प्राणायाम तथा योग के समय हाथ की उंगलियों को जोड़कर बनाई जाने वाली मुद्रा में जरूर देखा होगा। योग और तंत्र वास्तव में दो अलग-अलग विधाएँ जरूर हैं, लेकिन जो तांत्रिक होता है उसे योगिक क्रियाएँ भी मालूम होती है। हाँ यह जरूर सम्भव है कि जो केवल योगी हो वह तंत्र के विषय में विशेष जानकारी ना रखता हो। लेकिन अगर कोई वास्तव में तांत्रिक होगा तो उसे योग का ज्ञान अवश्य होगा। खैर...

इन मुद्राओं में से कई मुद्राओं को उन्होंने मुझसे भी करवाया। सबसे आख़री में उन्होंने मुझे योनि मुद्रा सिखाई और अपने हाथों को समर्पण की स्थिति में हत्था जोड़ी के ऊपर रखने के लिए कहा। अब हत्था जोड़ी बीच में थी और योनि मुद्रा में मेरे दोनों हाथ उसके एक तरफ से और उसी मुद्रा में माई के हाथ दूसरी तरफ से थे। यह वास्तव में जप समर्पण की मुद्रा होती है जब मंत्र जाप पूर्ण हो जाता है तब उसे इसी मुद्रा के माध्यम से सम्बन्धित

देवता को समर्पित किया जाता है। समर्पण के बाद मैंने घड़ी देखी 9:30 बज चुके थे। मैं उठा और रेणु माई के चरण स्पर्श किए। उन्होंने सिर पर हाथ फेरकर आशीर्वाद दिया।

इसके बाद उन्होंने कहा, "अब यह हत्था जोड़ी सिद्ध हो चुकी है इसे हमेशा अपने पास रखना... यह कक्ष कामेश्वर शिव और कामेश्वरी शक्ति का है जिसे दूसरे अर्थों में रति और कामदेव भी कह सकते हैं। इनकी कृपा के बिना वशीकरण सिद्धि कभी भी प्राप्त नहीं हो सकती है। इनकी कृपा प्राप्त हो जाने के बाद हर प्रकार के वशीकरण प्रयोग सफलतापूर्वक सम्पन्न किए जा सकते हैं। वशीकरण का तात्पर्य सामने वाले व्यक्ति की मानसिक स्थिति को अपने अनुकूल करना या उसके मन पर नियंत्रण करना होता है । कामदेव को मन्मथ कहा जाता है । जिसका अर्थ है जो मन को मथता है या मन के अन्दर आकर्षण जैसे भाव पैदा करता है और व्यक्ति को दूसरे व्यक्ति के प्रति आकर्षित होने के लिए विवश करता है।" यहाँ तक तो बात ठीक थी, लेकिन प्रयोग कैसे करना है, यह अभी तक स्पष्ट नहीं था ।

मैंने उनसे पूछा, "माई अब अगर प्रयोग करना है तो कैसे करना होगा?" उन्होंने बताया, "इस सिद्ध हत्था जोड़ी के सामने रखकर किसी भी खाद्य पदार्थ को वशीकरण मंत्र के एक हजार आठ बार जाप करके सिद्ध करना होता है। उसके बाद यदि साध्य अर्थात वह व्यक्ति जिसे आपको आकर्षित करना है उसे वह खाद्य वस्तु खिला दी जाए तो वह निश्चित रूप से आकर्षित होता ही है।" इतना कहकर माई मुझे अपने पीछे आने का इशारा करके चल पड़ी। मैंने भी हत्था जोड़ी को प्रणाम कर अपने थैले में डाला और थैला साथ में लेकर उनके पीछे-पीछे चल पड़ा। इस बार हम लोग उसी छोटे दरवाजे से बाहर निकले जहाँ से रेणु माई अन्दर आयी थीं। वह रास्ता एक सीढ़ी जैसा था। उसमें से उतरकर हम लोग लगभग पन्द्रह फीट नीचे उतर आए। उसके बाद एक गलियारा था। उसे गुफा कहना ज्यादा सही होगा।

उस गुफा गलियारे से होते हुए हम लोग करीब पाँच सौ मीटर आगे आए। उसके बाद एक बड़ा-सा गुफा का मुँह दिखाई देने लगा। उस मुहाने पर जबरदस्त भयानक आकृति वाली एक मूर्ति लगी हुई थी। उसके आसपास लाल-लाल रंग का द्रव बिखरा पड़ा था। उसे देखने से ऐसा लगता था कि वहाँ पर अवश्य ही बलि दी जाती रही होगी, वह लाल रंग का द्रव खून के जैसा दिख रहा था। कई देवी मन्दिरों में बलि का विधान होता है, वैसे ही कई

भैरव मन्दिरों में भी बलि दी जाती है सम्भवतः वह भयानक आकृति वाली मूर्ति भैरव के किसी उग्र स्वरूप की थी जिसे बलि दी जाती रही होगी।

गुफा से बाहर निकलने पर नदी का तट था। रेणु माई ने मुझे वहाँ नित्यकर्म से निवृत्त होने के लिए कहा और स्वयं दूसरी और चली गई। दस-बारह घंटे लगातार बैठने की वजह से हाथ-पैर दर्द कर रहे थे... लेकिन! जैसा मैंने आपको बताया नदी का तट मुझे बेहद पसन्द है! वहाँ पहुँचते ही मुझ में एक नई ऊर्जा का संचार हो जाता है! मैंने सारे कपड़े उतारे और पानी में छलांग लगा दी। लगभग आधा घंटा पानी में आराम से इधर से उधर लोटता रहा। ऐसा लगा जैसे मैं फिर से वापस चार्ज हो गया हूँ। स्नान करके मैं बाहर निकला। तभी मैंने देखा...

सामने से रेणु माई भी स्नान करके निर्वस्त्र अवस्था में मेरी ओर आ रही थी। मैं भी निर्वस्त्र था। अघोर साधकों के लिए देह साधना एक माध्यम है। इसलिए वहाँ पर वस्त्र को विशेष आवश्यक नहीं माना जाता है। स्त्री या पुरुष तब तक देहात्मक रूप से संलग्न नहीं होते जब तक कि कोई साधनात्मक आवश्यकता ना हो। इसे मानव की मूल प्राकृतिक स्थिति कह सकते हैं, जैसा कि आदिवासी लोग रहते हैं। वे पूर्ण नग्न रहते हैं। अपने दिनभर के कार्यों में सामान्य रूप से लिप्त होते हैं और जब आवश्यकता होती है तभी एक दूसरे के साथ शारीरिक रूप से संलग्न होते हैं...

इसलिए न तो मुझे रेणु माई को निर्वस्त्र देखने में कोई दिक्कत हो रही थी और ना ही उन्हें किसी प्रकार की दिक्कत थी। रेणु माई ने मुझे अपने पीछे आने का इशारा किया और गुफा के मुहाने पर बने हुए भयानक आकृति वाले विग्रह के सामने जाकर पद्मासन में बैठ गई। मुझे भी पद्मासन में बैठने का इशारा किया। इसके बाद उन्होंने भगवान भैरव का ध्यान किया...

यं यं यं यक्ष रूपं दश दिशि विदितं भूमि कम्पायमानं।
सं सं सं संहार मूर्ति शुभ मुकुट जटा शेखरं चन्द्र विम्बं।
दं दं दं दीर्घ कायं विकृत नख मुख चौर्ध्व रोमं करालं।
पं पं पं पाप नाशं प्रणमतं सततं भैरवं क्षेत्रपालं॥

हम दोनों उस भयानक आकृति वाले देवता, जो सम्भवतः भैरव ही रहे होंगे, के सामने बैठे हुए थे। वह स्थान एक छोटे कुंड के जैसा था। जो लगभग एक

फुट गहरा रहा होगा। उसी के एक सिरे पर वह मूर्ति थी। भैरव ध्यान के बाद उन्होंने कुछ विशेष प्रकार के मंत्रों का उच्चारण प्रारम्भ किया और लगभग आधे घंटे तक बेहद जोरदार आवाज में वह मंत्र जाप चलता रहा। जैसाकि मैंने पहले भी बताया था उनकी आवाज काफी कड़क थी और जब वह मंत्र उच्चार करती थीं तो एक अलग ही रूद्र स्वरूप उत्पन्न होता था।

तभी! दाहिनी तरफ से एक बुजुर्ग महिला अपने हाथ में दो पात्र लेकर आती हुई दिखीं। यह महिला भी पूर्ण निर्वस्त्र थी। उन पात्रों में कुछ द्रव भरा हुआ था। उसने एक पात्र का द्रव माई के ऊपर उड़ेल दिया और दूसरे पात्र का द्रव मेरे ऊपर उड़ेल दिया। वह लाल रंग का द्रव था। ऐसा लग रहा था... जैसे ताजा खून हो! उसकी चिपचिपाहट को मैं महसूस कर सकता था! माई का मंत्र जाप अभी जारी था । जैसे उन्हें इस प्रकार से द्रव डाले जाने की प्रतीक्षा रही हो... उनके ध्यान में कोई फर्क नहीं आया और वे उसी क्रम में मंत्र उच्चारण करती रहीं। हालांकि मैं हड़बड़ा गया कि अचानक सिर पर क्या गिर गया। फिर उनको देखकर मैं भी थोड़ा सहज हुआ कि हो सकता है यह किसी प्रक्रिया का अंग हो। हम दोनों के सिर पर एक-एक पात्र खाली करके वह बुजुर्ग महिला वापस चली गई।

थोड़ी देर के बाद वह फिर से दो पात्र लेकर आती हुई दिखी। उसने वे दोनों पात्र रेणु माई के सामने रख दिए। माई ने उसे जाने का इशारा किया और वह चली गई। रेणु माई का मंत्र जाप अभी जारी था। लगभग एक घंटा हो चुका था। तभी हल्की-हल्की हवाएँ चलने जैसा आभास होने लगा। जो धीरे-धीरे तेज होता गया। गुफा के बाहर तेज हवाएँ चलने लगी, थोड़ी देर में ऐसा महसूस होने लगा जैसे तूफान आने वाला है। बारिश होने लगी। बिजली कड़कने की आवाज भी आयी। लगभग दस से पन्द्रह मिनट यह स्थिति रही होगी। अब तक माई का मंत्र जाप पूरा हो चुका था और वह सामने की मूर्ति की आँखों में त्राटक करते हुए खड़ी हो चुकी थीं। ऐसा लग रहा था जैसे उस मूर्ति के अन्दर प्राण आ गए हों। उन्होंने रखे गए दोनों पात्रों में से एक पात्र उठाया और उस मूर्ति के मुँह पर लगा दिया। वह मूर्ति उसको गटागट पी गई। थोड़ी ही देर में वह पात्र खाली हो गया। उन्होंने मुझे भी वैसा करने का इशारा किया।

मैं उठा और दूसरे पात्र को मैंने उठाकर उस मूर्ति के मुँह से लगा दिया। जैसे ही मैंने उसे उसके मुख पर लगाया मुझे बड़े जोर का झटका लगा। ठीक

वैसा ही जैसे बिजली के तारों को छूने से लगता है। मेरा वाला पात्र भी धीरे-धीरे खाली होता चला गया। पात्र लगभग आधा खाली हो गया, तो मूर्ति में हलचल-सी हुई और कुछ क्षणों में उसने द्रव पीना बन्द कर दिया। मेरे पात्र में लगभग एक तिहाई द्रव बचा हुआ था। मुझे समझ में नहीं आया कि मुझे क्या करना है। मैंने माई की ओर देखा उन्होंने पात्र को वापस अपनी तरफ ले लेने का इशारा किया। मूर्ति की आँखों में अजीब-सी चमक आ चुकी थी। ऐसा लग रहा था कि वह एकदम जीवन्त हो गई हो। वह एक पुरुष की मूर्ति थी, जिसका मुख मंडल बहुत ही भयानक था और बेहद क्रोध में लगता था।

वह पूरी तरह से नग्न मूर्ति थी जिसका अंग पूरी तरह से उत्थित अवस्था में सामने की ओर तना हुआ था। उस मूर्ति की आँखों से कुछ रश्मियाँ-सी निकली। जो तारा माई और मुझसे टकराई। एक क्षण के लिए ऐसा लगा जैसे हम लोग प्रकाश के किसी आवरण के घेरे में आ गए हो। लगभग पाँच सैकंड वह स्थिति रही होगी, उसके बाद मैं बेहोश होकर वहीं गिर पड़ा... जब मुझे होश आया तो लगभग दोपहर हो चुकी थी। हम दोनों वही उस मूर्ति के पास ही थे। रेणु माई मेरे सिरहाने पर बैठी हुई थीं और मेरे माथे पर हाथ फेर रही थीं। बाजू में ही मेरे हाथ का पात्र रखा हुआ था, उसमें जो बचा हुआ द्रव था, उस द्रव को तारा माई ने मेरे मुख से लगा दिया...

जैसे ही वह द्रव मेरे अन्दर गया, मुझे ऐसा लगा जैसे किसी ने गरम-गरम मिर्ची का घोल पिला दिया हो। पूरा शरीर सनसना गया और मैं उठकर खड़ा हो गया। उस घोल या कहें कि द्रव के अन्दर जाते ही मेरे अन्दर उन्माद-सा आने लगा। मैं कूद-कूद कर नाचने लगा। लगभग दस मिनट तक मैं वैसे ही नाचता रहा और सामने रेणु माई खड़े होकर मुझे देखती रही। दस मिनट के बाद मैं शान्त हुआ और उस मूर्ति के सामने दंडवत मुद्रा में लेट गया। मेरे दोनों हाथ उस मूर्ति के पाँवों पर थे और मैं दंडवत लेटा हुआ था। माई ने मुझे अपना सामान उठाकर पीछे आने का इशारा किया। मैं अपना थैला और वस्त्र समेटकर उनके पीछे चल दिया।

इस मूर्ति के बाई ओर एक छोटा-सा सकरा रास्ता दिख रहा था। जिसमें से एक आदमी आराम से अन्दर जा सकता था। वहाँ से माई अन्दर चली गईं। मैं भी उनके पीछे-पीछे चला गया, अन्दर दस बाय दस का गुफा जैसा कमरा था। वह बुजुर्ग महिला भी बैठी हुई थी। उन्होंने उस महिला से कुछ कहा। महिला ने सहमति में सिर हिलाया और बाई तरफ बने हुए दरवाजे की तरफ

बढ़ गई। रेणु माई एक पत्थर से बने आसन पर बैठ गईं और मुझे भी सामने बैठने का इशारा किया। मैं जाकर उनके सामने बैठ गया। उन्होंने वज्रासन में बैठने का निर्देश दिया। मैं वज्रासन में बैठ गया। वज्रासन में दोनों घुटने मुड़े रहते हैं और कूल्हे पाँव की एड़ियों के ऊपर टिके रहते हैं।

उन्होंने अपने दोनों पाँव मेरे घुटने के ऊपर रखे और मेरे सिर के ऊपर हाथ रख के मन ही मन कुछ मंत्र बुदबुदाने लगी।

इसके बाद उन्होंने मेरे आज्ञा चक्र वाले स्थान पर अपना बाया अंगूठा लगा दिया । मुझे ऐसा लगा जैसे किसी गर्म चीज से मेरे माथे को दाग दिया हो। जहाँ उनका हाथ लगा था। वहाँ का हिस्सा बेहद गर्म हो रहा था ऐसा मुझे आभास हो रहा था। लगभग दस से पन्द्रह सैकंड तक यही स्थिति रही होगी... उसके बाद उन्होंने अंगूठे को मेरे ब्रह्मरन्ध्र अर्थात सिर के ऊपर के हिस्से में रख दिया। जैसा गर्म अहसास मुझे माथे पर हो रहा था, ठीक वैसा ही अहसास अब मेरे ब्रह्मरन्ध्र पर हो रहा था। मुझे ऐसा महसूस हो रहा था कि मेरे सिर के अन्दर मेरे मस्तिष्क के अन्दर कुछ तो चल रहा है...

कुछ अजीब हो रहा है... लेकिन मेरी समझ में नहीं आ रहा था कि क्या हो रहा है...

इसके बाद उन्होंने मेरे गले पर जहाँ एक गड्ढा-सा होता है, वहाँ पर हाथ रखा और फिर से कुछ मंत्र उच्चारण करने लगी... इसी प्रकार से उन्होंने मेरे हृदय वाले भाग पर... नाभि पर अर्थात जहाँ-जहाँ कुंडलिनी में चक्रों की स्थिति बताई जाती है, वहाँ- वहाँ अंगूठे का दबाव डालकर मंत्र जाप किया।

इसके बाद उन्होंने मुझे घूमकर बैठने के लिए कहा। मैं उनकी तरफ पीठ करके पुनः वज्रासन में बैठ गया, उनके पाँव का अंगूठा मेरे रीढ़ की हड्डी के सबसे निचले हिस्से पर स्पर्श कर रहा था, तभी उन्होंने एक जोर की लात वहाँ पर मारी और मैं पलट कर सामने की तरफ चार फुट दूर जा गिरा। मुझे समझ में नहीं आया कि क्या हुआ... मैंने पलटकर देखा तो उन्होंने फिर इशारा किया कि वापस आकर उसी मुद्रा में बैठो। मैं फिर वापस आकर उनकी तरफ पीठ करके वज्रासन में बैठ गया। फिर उनके पाँव का अंगूठा थोड़ा ऊपर आया और मेरे रीढ़ की हड्डी को जोर से दबाने लगा। ऐसा उन्होंने मेरे रीढ़ की हड्डी के एक-एक गोले के साथ किया। मुझे ऐसा लग

रहा था कि वे रीढ़ की हड्डी के हर टुकड़े को अपने पैर के अंगूठे से दबा रही थीं।

इस प्रकार दबाते-दबाते वह मेरे हृदय के पीछे वाले हिस्से में जब पहुँची तो उन्होंने फिर से एक जोरदार लात मारी। मैं फिर से पलटकर गिरा। उठकर फिर मैं वापस आकर उसी स्थान पर वज्रासन में उनकी ओर पीठ करके बैठ गया। उनका पाँव अब मेरी गर्दन के पास तक आया और वह खड़ी हो गई। उन्होंने अपना पाँव मेरे गले के पास में रखकर उसे दबाना चालू किया। उन्होंने इतना दबाया कि मेरा सिर नीचे होते होते जमीन पर टच होने लगा। मेरा माथा जमीन पर था और उनका पाँव मेरे गर्दन और सिर के बीच में रखा हुआ था। यह स्थिति लगभग दस-पन्द्रह सैकंड रही होगी। उसके बाद उन्होंने अपना पाँव हटा लिया।

अब उन्होंने मुझे सीधा लेट जाने के लिए कहा। अब मैं जमीन पर लेट गया। उन्होंने अपने पाँव से मेरे सिर के ऊपरी हिस्से में भी चोट की। उसके बाद दाहिना पैर मेरे माथे के ऊपर रख वह खड़ी हो गई। इस सारी क्रिया में उनके मंत्रों का उच्चारण लगातार जारी था। इतना होने के बाद उन्होंने हवा में अपना हाथ बढ़ाया और उनके हाथ में भस्म आ गई। उन्होंने भस्म को फूँक मारकर मेरी ओर उड़ा दिया। लगभग मेरे शरीर के हर हिस्से में वह भस्म थोड़ी-थोड़ी जाकर चिपक गई। अब मैं श्मशान भस्म लगाया हुआ अघोरी बाबा लग रहा था... उन्होंने मुझसे कहा, "बेटा मदन कामेश्वर गुटिका का मिलना बहुत बड़े सौभाग्य की बात है, जिसको तुम अपने साथ लेकर भी चल सकते हो और अगर चाहो तो मैं इसे तुम्हारी जंघा के अन्दर स्थापित भी कर सकती हूँ।" मैंने कहा, "जैसा आप उचित समझें वैसा करें।" उन्होंने थैली के अन्दर से मदन कामेश्वर गुटिका बाहर निकाली और दाहिने हाथ को ऊपर उठाया तो चमकता हुआ चाकू उनके दाहिने हाथ में आ गया। सैकंड के आधे हिस्से में उन्होंने मेरी जांघ पर एक चीरा लगा दिया। वह चीरा लगभग तीन इंच लम्बा था। उसमें से खून बहने लगा। मुझे दर्द हो रहा था उन्होंने उस गुटिका को उस चीरे के ऊपर रख दिया। उसके बाद कुछ विचित्र प्रकार के मंत्रों का उच्चारण करने लगी...

मुझे ऐसा लग रहा था जैसे वह गुटिका मेरी जाँघ के अन्दर धसती जा रही हो। ठीक वैसे ही जैसे कोई मशीन लकड़ी के तखत में छेद करती हुई अन्दर घुसती है, और नीचे पत्थर या किसी कड़े सतह पर जाकर रुक

जाती है। वैसे ही वह गुटिका अन्दर घुसते- घुसते शायद मेरे हड्डियों के पास जाकर रुक गई। जाँघ से रक्त बह रहा था। जाँघ के नीचे माई ने एक पात्र लगा लिया था बहता हुआ खून उस पात्र में इकट्ठा हो रहा था। लगभग आधा लीटर खून इकट्ठा हो गया होगा। जब तक कि वह गुटिका पूरी तरह से अन्दर नहीं घुस गई। उसके बाद माई ने कटे हुए घाव के दोनों हिस्सों को चिपकाया और कोई मंत्र पढ़ने लगी। वह मंत्र शाबर मंत्र जैसा लग रहा था। मंत्र को उन्होंने तीन बार पढ़कर घांव पर फूँक मारी। उसमें से खून बहना बन्द हो चुका था। चीरा अभी दिख रहा था, लेकिन खून नहीं बह रहा था।

वह बुजुर्ग महिला कुछ पत्तियाँ लेकर तब तक आ चुकी थी। उनको घाव के ऊपर लपेट दिया और अमरबेल जैसे किसी नीले रंग की बेल को उसके चारों तरफ बाँध दिया।

कुछ देर में वो पत्तियाँ मेरी चमड़ी से चिपकती हुई-सी लगी। फिर उन्होंने उस पात्र में रखे हुए रक्त को अपनी उंगलियों में लेकर पत्तियों के ऊपर हल्के-हल्के से लगाना चालू कर दिया। पत्तियाँ करीब-करीब चार इंच चौड़ी थी और एक फुट लम्बी थी। उन्होंने सारी पत्तियों को ऊपर से रक्त से गीला कर दिया। उसके बाद उन्होंने एक जड़ी मुझे सूँघने को दी। मैंने उस जड़ी को सूँघा। उसकी खुशबू मुझे बड़ी मादक-सी लगी। मैंने उसे दो-तीन बार सूँघा। उसके बाद मुझे बेहोशी छाने लगी और मैं होश खो बैठा...

वह समय लगभग दोपहर का था जब यह घटना हुई। जब मुझे होश आया शाम हो चुकी थी। हल्का-हल्का अँधेरा चारों और छाया हुआ था। वह बुजुर्ग महिला वहाँ पर बैठी हुई थी। उसने मुझे नदी में स्नान करके आने के लिए कहा। मैं जाकर नदी में स्नान करके वापस लौटा। पट्टी अभी भी बँधी हुई थी। जब मैं वापस आया तो उसने मुझे चबूतरे पर लेटने के लिए कहा। मैं वहाँ पर लेट गया। उसके बाद उसने मेरे पाँव की पट्टी खोली और किसी काले रंग के पत्ते का रस निचोड़कर उस पर डाला और मलने लगी। लगभग पाँच मिनट मलने के बाद उसने मुझे पुनः स्नान करके आने के लिए कहा। घाव वाला हिस्सा पत्ते के रस की वजह से पूरा काला काला दिखाई दे रहा था। मैं फिर से नहाकर लौटा जब मैं नहाकर नदी से निकला, तो मैंने अपने घाव की तरफ देखा। वह घाव लगभग सूख चुका था। सिर्फ चीरे की एक

लाइन बस दिखाई दे रही थी, ऐसा लग रहा था जैसे फेवीक्विक डालकर चिपका दिया गया हो।

जब मैं वापस उस मूर्ति के पास से होता हुआ उस गुफा में आया तब तक रेणु माई भी वापस आ चुकी थी। उन्होने मुझे चबूतरे पर लेट जाने का इशारा किया। मैं जाकर चबूतरे पर लेट गया। उन्होंने चीरे वाले स्थान पर अपना बायाँ हाथ रखा और दाहिने हाथ मेरे माथे पर रख के कुछ मंत्र उच्चारण किया। उसके बाद उन्होंने मुझे सीधे खड़े हो जाने के लिए कहा। मैं जमीन पर खड़ा हो गया, उन्होंने कहा, "गुटिका तुम्हारी जांघ में मैंने स्थापित कर दी है। अब जब भी तुम्हें इसकी आवश्यकता होगी अपनी जांघ पर बाया हाथ रखकर तीन बार कामेश्वर मंत्र का उच्चारण करना है। आज रात्रि को तुम्हें इस कामेश्वर मंत्र को जप कर सिद्ध करना होगा।" फिर उन्होंने मुझे मंत्र बताया:

।। क्लीं कामेश्वराये नमः ।।

रेणु माई ने कहा, "यह मंत्र काम के देवता कामदेव का मंत्र है। सारी वाममार्गी साधनाओं में युगल साधना की जाती है, इसलिए इन सारी साधना में उनकी कृपा और उनका मंत्र जाप होना अनिवार्य है। उनकी कृपा से ही बिना विचलित हुए इस प्रकार की साधना सम्पन्न की जा सकती हैं।"

माई बोली, "कामदेव को भगवान शिव ने भस्म कर दिया था और उनकी देह समाप्त हो गई थी, इसलिए उन्हें बिना अंग का या अनंग भी कहा जाता है। शरीर ना होने के बावजूद यह पूरी सृष्टि और पूरी मानव जाति उसी कामदेव के प्रभाव में जीती है। अगर तुम देखो तो समाज में सारी प्रक्रियाएँ उसी कामदेव के प्रभाव से संचालित होती हैं। स्त्री और पुरुष के बीच के आकर्षण का मूल भी वही है। विवाह नाम की जो संस्था है, उसे कहें या फिर स्त्री और पुरुष के आपसी सम्बन्ध को, इसके मूल में कामदेव ही क्रियाशील होते हैं। जहाँ से एक नए जीव की उत्पत्ति होती है और गृहस्थ का मायाजाल उसी के इर्द-गिर्द बुना हुआ होता है। दूसरे शब्दों में कहा जाए तो यह पूरा संसार जिस कारण से क्रियाशील होता है वह है कामदेव। तंत्र इस सत्य को उसकी पूर्णता के साथ स्वीकार करता है। इसलिए उनकी आराधना, उनकी सिद्धि उनका आशीर्वाद आवश्यक होता है। तभी साधक इन साधनाओं में सिद्धि सरलता से प्राप्त कर पाता है। अन्यथा उनके कामबाण से जब भगवान

शिव जैसा महासिद्ध नहीं बच पाया तो आम साधकों की तो कोई औकात ही नहीं है। इसलिए तुमको यह साधना अनिवार्य रूप से सिद्ध करनी है।

रेणु माई ने आगे कहा, "इसे सिद्ध करने के लिए इस मंत्र का तीन लाख जाप करना है। यदि तुम इस साधना को युगल रूप में सम्पन्न करोगे तो इसका दशांश अर्थात तीस हजार मंत्र जाप करना पर्याप्त होगा। लेकिन वह थोड़ा-सा कठिन है यह ध्यान रखना।" मैंने अभी तक किसी प्रकार की युगल साधना नहीं की थी, इसलिए मैं समझ नहीं पा रहा था कि मैं क्या करूँ? मेरी उलझन का समाधान भी रेणु माई ने ही किया।

उन्होंने कहा, "महा श्यामा साधना करने से पहले युगल साधना कर लेना तुम्हारे लिए मानसिक दृढ़ता प्रदान करने वाला होगा। मेरी राय में तुम्हें यह साधना युगल रूप में ही सम्पन्न करनी चाहिए।" मैंने सहमति में सिर हिलाया। रेणु माई ने कहा, "ठीक है तुम तैयार हो जाओ। आज रात 9 बजे से तुमको इस साधना में बैठना है। यह साधना लगभग छतीस घंटे की होगी। इस साधना के दौरान नींद और भूख प्यास ना लगने के लिए तुमको मैं कुछ औषधियाँ भी दूँगी।"

उन्होंने मुझे स्नान करके आने के लिए कहा और उस बुजुर्ग महिला को भी स्नान करके आने के लिए कहा। हम दोनों स्नान करके लौटे। माई ने मुझे श्वास खींचकर कुम्भक करने के लिए कहा। कुम्भक का मतलब होता है श्वास को अन्दर लेकर उसे अपने शरीर के अन्दर ही रोक कर रखना। मैं नियमित योगाभ्यास तो नहीं करता था फिर भी प्राणायाम करता था और एक से दो मिनट तक अपनी सांस रोक पाता था। उन्होंने मुझे उस चबूतरे के एक सिरे पर बैठकर कुम्भक करते रहने के लिए कहा। मैं सांस खींचकर रखता और फिर छोड़ देता ऐसे ही चलता रहा। रेणु माई अपने पत्थर वाले आसन पर बैठ चुकी थी। वह बुजुर्ग महिला भी स्नान करके उस कमरे में आयी और रेणु माई के सामने पत्थर के आसन के सामने बैठ गई। रेणु माई ने उसके सिर पर हाथ रखा और मंत्र जाप करना प्रारम्भ कर दिया।

वह बुजुर्ग महिला कुछ साठ-पैंसठ साल की रही होगी। उसके बाल आधे से ज्यादा सफेद थे। चेहरे पर झुर्रियाँ पड़ी हुई थी। सारे शरीर की चमड़ी ढीली थी। दोनों नितम्ब और स्तन लटके हुए थे। वह काफी दुबली-पतली थी और गहरे काले रंग की थी। कुल मिलाकर आप कह सकते हैं कि जैसे

सामान्य वृद्ध महिला होती है, वैसी एक वृद्ध महिला थी। माई ने विभिन्न प्रकार के मंत्रों का उच्चारण करते हुए उसके शरीर पर कलश से जल डाला। जल धीरे-धीरे उनके बालों से होता हुआ नीचे बह रहा था। मैं आश्चर्य से लगभग चबूतरे से कूदने की स्थिति में आ गया, जब मैंने देखा कि उनके सफेद बाल धीरे-धीरे काले होने लगे। कलश का जल समाप्त होते-होते उनके सिर के सारे बाल काले हो चुके थे... अब माई ने उनको खड़ा होने के लिए कहा। वह रेणु माई के सामने सीधी खड़ी थी। रेणु माई ने अपने दोनों पाँव उनके दोनों पाँव पर रखे हुए थे। दाहिना हाथ का अंगूठा उनकी नाभि के पास स्पर्श कर रहा था और दूसरा हाथ पीठ के पिछले भाग पर था। तंत्र का चमत्कार कहिए! विद्या कहिए! आप जो भी कह लीजिए, लेकिन जो दृश्य मैंने उसके बाद देखा, वह मेरी कल्पना के अन्तिम छोर से भी आगे का था...

माई का मंत्र जाप चल रहा था और धीरे-धीरे उस बुजुर्ग महिला की चमड़ी में कसावट आती जा रही थी...मैं अपने सामने देख रहा था कि उनके शरीर की जो झुर्रियाँ थीं वह धीरे-धीरे गायब होती जा रही थी... उसमें जो सलवटे पड़ी हुई थीं वह सीधी होती जा रही थी... उसके बाद! मेरे देखते-देखते उनके नितम्बों ने विकसित होना चालू कर दिया और वह फैलने लगी... उनकी पीठ मेरी तरफ थी, इसलिए मैं उनके पीछे का हिस्सा देख पा रहा था। मैंने देखा उनके नितम्ब धीरे-धीरे सुगठित होने लगे। उनके बाल पहले ही काले हो चुके थे। अब वह किसी युवा स्त्री के जैसे दिख रही थी... मुझे अब और ज्यादा आश्चर्य हो रहा था! उम्र का बढ़ना एक सामान्य घटना है! वृद्ध होना भी एक सामान्य घटना है! क्योंकि समय के साथ हर कोई वृद्ध होता ही है। लेकिन! एक वृद्ध महिला का वापस जवान हो जाना... यह असम्भव-सी घटना थी... जिसे मैं अपने सामने घटित होते हुए देख रहा था...

लगभग आधे घंटे का समय इस पूरी प्रक्रिया में लगा होगा। उन्होंने अपने पास रखे हुए पात्र में से थोड़ी-सी भस्म निकाली और उस पर मंत्र जाप करके उस महिला की तरफ उसे फेंक दिया। शायद यह आखरी प्रक्रिया थी! उनके शरीर में आमूलचूल परिवर्तन आ चुका था! पीछे से वह किसी युवती का शरीर दिखाई देता था! जिसके बाल पीठ तक बिखरे हुए थे! उसका रंग अवश्य काला था, लेकिन देहयष्टि एकदम सुगठित हो गई थी। अब माई अपने आसन से उठी और उसे अपने पीछे आने का संकेत किया। अब वह दोनों मेरी ओर चबूतरे की तरफ बढ़ने लगीं... थोड़ा करीब आने

पर मुझे उसका चेहरा और सामने का हिस्सा दिखाई दे रहा था! उसके चेहरे की सारी झुर्रियाँ गायब हो चुकी थीं... सोलह-सत्रह वर्ष की युवती के जैसा सुन्दर मनमोहक स्वरूप दिख रहा था... जो स्तन लटके हुए थे, वह परिपुष्ट अवस्था में आ चुके थे! उसका सम्पूर्ण शरीर नव यौवन से युक्त हो चुका था।

वह बेहद मादक चाल से चलती हुई चबूतरे की तरफ आ रही थी। अब मेरे मन में उसे देखकर आकर्षण का भाव पैदा होने लगा था... माई ने हम दोनों को ऊपर बैठने के लिए कहा। हम दोनों अब चबूतरे के ऊपर बैठे हुए थे... चबूतरा लगभग सात फीट लम्बा और पाँच फीट चौड़ा रहा होगा। वह काले रंग के पत्थर का बना हुआ था। सम्भवतः पहाड़ी को काटकर या छीलकर बनाया गया होगा। उसके नीचे वाले हिस्से में तीन आले बने हुए थे। यह आले लगभग एक फुट चौड़े और छह से आठ इंच गहरे थे। उनमें तीन दीपक रखे हुए थे। यह दीपक ठीक वैसे थे, जैसे अखंड ज्योति जलाते समय जलाए जाते हैं। बड़े-बड़े से जिनमें किलो भर तेल भरा हुआ था। मोटी बत्तियाँ डली हुई थीं, जिससे लग रहा था कि वह काफी देर तक जलेंगे।

रेणु माई ने हम दोनों को कुम्भक करते रहने के लिए कहा। लगभग सौ बार हम दोनों ने कुम्भक किया होगा। उसके बाद रेणु माई ने रेचक करके सांस रोककर रखने के लिए कहा। रेचक का मतलब होता है सांस बाहर छोड़कर उसे बाहर ही रोके रखना। उन्होंने लगभग पचास बार रेचक कराया होगा। उसके बाद उन्होंने चबूतरे के नीचे हाथ डाला और एक छोटा-सा पीतल का पात्र निकाला यह पात्र ऊपर से बन्द था। उन्होंने उसका ढक्कन खोला और हमारे मुख में उस द्रव की पाँच बूँदें डाल दीं और उसे मुँह में ही रखे रहने के लिए कहा। उसके बाद उन्होंने थैले में से दूसरा पात्र निकाला और उसमें से तीन-तीन बूँदें हमारे मुँह में डाल दीं उन्होंने फिर तीसरा पात्र निकाला और उसमें से एक-एक बूँद हमारे मुँह में डाल दीं। तीन प्रकार के द्रव हमारे मुँह के अन्दर थे।

कुछ सैकंड में उसमें से धुआं जैसा कुछ निकलने लगा। जैसे ही धुआं निकला माई ने द्रव को निगल लेने के लिए कहा। हम लोगों ने मुँह बन्द कर लिया और द्रव को निगल गए। वह धुआँ नाक से बाहर आने लगा और थोड़ी देर में सब कुछ शान्त हो गया। रेणु माई ने बताया, "यह द्रव विशेष प्रकार की औषधियों से मिलाकर बनाया गया है । इसके पीने से कुछ देर में शरीर का सारा मल-मूत्र बाहर हो जाएगा और उसके बाद आसन पर काफी

समय तक बैठे रहना आसान होगा। उन्होंने हमें नदी की तरफ जाने के लिए कहा। हम दोनों बाहर निकल गए। नदी के तट तक पहुँचते-पहुँचते पेट में भयंकर गुड़गुड़ाहट चालू हो चुकी थी। शौच हो जाने के बाद भयंकर जोर से प्यास लगी। लगभग एक लीटर पानी पीने के बाद ऐसा लगा जैसे तृप्ति हुई हो। लेकिन पानी जैसे ही पेट तक पहुँचा फिर से पेट साफ हो गया। ऐसा दस-ग्यारह बार हुआ। आखरी बार तो ऐसा लगा कि जैसे जो पानी पिया हो वही बाहर निकल गया। शरीर पूरा निचुड़ गया हो ऐसा लग रहा था, लेकिन बेहद हल्का भी महसूस हो रहा था। हम लोगों ने थोड़ी देर और प्रतीक्षा की जब लगा कि अब कुछ नहीं हो रहा है तो हम लोग स्नान करके वापस चबूतरे के पास पहुँचे।

रेणु माई ने फिर से अपने थैले में से एक नीले रंग का लगभग मटर के दाने के बराबर का एक फल हम दोनों को दिया और उसे निगल लेने के लिए कहा। हम दोनों ने उसे निगल लिया। उस दाने को निगलने के दस-पन्द्रह मिनट के बाद शरीर में फिर से स्फूर्ति आने जैसा अहसास होने लगा। ऐसा लगा जैसे ताकत वापस लौट गई हो।

माई ने आगे बताया, "यह फल साल में केवल एक बार लगता है और रात के समय ही उसे तोड़ा जा सकता है। दिनभर इसके आसपास जहरीले सर्प घूमते रहते हैं। वे दिन मे इसे तोड़ने वाले को काट लेते हैं केवल अर्धरात्रि के एक घटी में वे उस पेड़ को छोड़ते हैं और उस समय इसे तोड़ लेना पड़ता है। यह वटी एक हफ्ते तक भोजन ना करने पर भी शरीर में ताकत और सामर्थ्य बनाए रखती है। मल-मूत्र की इच्छा भी नहीं होती है। इस प्रकार की अनेक औषधियाँ और जड़ियाँ जंगल में पाई जाती हैं। इसका उपयोग तांत्रिक साधक अपनी साधनाओं के लिए करते हैं, क्योंकि सामान्य अवस्था में इतने लम्बे समय तक बैठ पाना असम्भव होगा...

माई ने आगे बताया, "साधना प्रारम्भ करने का समय हो चुका है। यह वाममार्गी साधना है। जिसमें देह को साधना का माध्यम बनाया जाता है। यह तुम्हारे मानस में स्पष्ट होना चाहिए कि जिस प्रकार हम पूजन में यंत्र और माला तथा इष्ट की प्रतिमा का उपयोग करते हैं उसी प्रकार से इन साधनाओं में हम अपनी देह का भी साधना के माध्यम के रूप में प्रयोग करते हैं। वैसे ही श्रद्धा वैसा ही विश्वास और वैसा ही भाव तुम्हारे अन्दर होना चाहिए। इसके अन्दर जितना कम-से-कम अंश वासना का होगा साधना में उतने ही

उच्च स्तर की सफलता प्राप्त होगी। स्त्री-पुरुष सम्बन्धों के दौरान स्खलन की अवस्था में जो क्षणिक आनन्द प्राप्त होता है, उस आनन्द की विस्तृत अवस्था ही वास्तव में इस प्रकार की साधनाओं का मूल है। जो तुम्हें समाधि के स्तर तक पहुँचाने में सक्षम है। शास्त्रों में भी उस आनन्द को जो आपसी संसर्ग में आता है ब्रह्मानन्द सहोदर कहा गया है। इसकी पूर्ण स्थिति ब्रह्मानन्द है जिसे समाधि में प्राप्त किया जा सकता है और इन साधनाओं के माध्यम से समाधि का मार्ग प्रशस्त होता है।

सहज भाव से तुमको अपनी देह को माध्यम बनाकर उस ओर बढ़ना है। अब तुमको त्रिशला के साथ मंत्र जाप प्रारम्भ करना है। मंत्र जाप करते-करते एक ऐसी स्थिति आएगी जब तुम्हें देह पर नियंत्रण छुटने जैसा आभास होगा। वही स्थिति सबसे खतरनाक है उससे तुमको बचना है। तुम्हारे शरीर में स्थित मदन कामेश्वर गुटिका इसमें तुम्हारी मदद करेगी। जब बहुत ज्यादा विचलन की स्थिति हो जाएगी तो गुटिका वाली जगह पर हाथ रखकर तीन बार गुरुमंत्र का उच्चारण कर लेना स्थिति सँभल जाएगी। तुम दोनों एक-दूसरे का अंग पूजन करोगे और उसके बाद इस साधना में संलग्न होना है। इसकी विधि त्रिशला तुमको समझाएगी। इतना बता कर रेणु माई वह कक्ष छोड़ कर चली गई।

त्रिशला ने हवा में हाथ घुमाया तो कुमकुम से भरा हुआ एक पात्र उसके हाथ में आ गया। उसने मुझसे कहा कि मैं तुम्हारा पूजन कर रही हूँ उसके बाद तुमको मेरा अंग पूजन करना है। उसने मुझे चबूतरे पर लेट जाने के लिए कहा। मैं पीठ के बल लेट गया। वह मेरे पाँव के अंगूठे से प्रारम्भ करके मेरे शरीर के सभी अंगों पर उसी मंत्र का जाप करते हुए बिंदी लगाने लगी। सबसे पहले उसने बाएँ पाँव के अंगूठे में बिंदी लगाई। उसके बाद दाएँ पाँव के अंगूठे में बिंदी लगाई। इसी प्रकार से हर एक उंगली में बिंदी लगाने के बाद धीरे-धीरे घुटने, जांघ, पृष्ठ भाग से होते हुए मेरे माथे तक पहुँची। माथे पर उसने तिलक लगाया और मुझे पलट जाने के लिए कहा। मेरे पलटने के बाद उसने फिर से मेरे पाँव के निचले हिस्से से बिंदी लगाते हुए जाँघ, रीढ़ की हड्डी, कंधा, गला होते हुए वापस सिर के ऊपरी हिस्से तक मंत्र जाप करते हुए कुमकुम से बिंदी लगाई। इतना करने के बाद उसने मुझे उसी प्रकार से मंत्र जाप करते हुए बिंदी लगाते हुए पूजन करने के लिए कहा। मैंने भी उसके बाएँ पाँव से प्रारम्भ किया और मंत्र बोलकर बिंदी लगाते हुए

उसके शरीर का भी पूजन सम्पन्न किया। इस पूरी प्रक्रिया में लगभग आधे घंटे का समय लगा होगा।

अब हम दोनों फिर आमने-सामने बैठे थे। उसने मेरे अंग को स्पर्श करके कुमकुम प्रदान किया और मेरे सामने साष्टांग दंडवत मुद्रा में लेट गई। उसके उठने के बाद मैंने भी उसी प्रक्रिया को दोहराया और उसे साष्टांग दंडवत प्रणाम किया। यह तंत्र क्षेत्र की विशिष्टता है कि यहाँ पर पुरुष और स्त्री साधक एक-दूसरे को अपने ही समान मानते हैं और सम्मान देते हैं। पुरुष को शिव का स्वरूप माना जाता है। भैरव स्वरूप माना जाता है। वहीं स्त्री को शक्ति का स्वरूप माना जाता है। भैरवी का स्वरूप माना जाता है। दोनों ही सम्माननीय होते हैं, इसलिए इस प्रकार की तंत्र साधना में भी दोनों के शरीर को शिव और शक्ति का स्वरूप मानकर उनका पूजन सम्पन्न किया जाता है। इतना होने के बाद अब पूजन का समय था। सबसे पहले गुरु पूजन सम्पन्न हुआ। गुरु पूजन करने के बाद गणपति भैरव और शिव शक्ति का पूजन सम्पन्न किया। वह पूरा पूजन त्रिशला ने सम्पन्न किया। उसके मंत्रोच्चार से लग रहा था कि वह एक सिद्ध साधिका है। ऐसा लग रहा था जैसे कई सालों का पूजन का अनुभव रहा होगा।

गुरु पूजन करने के बाद उन्होंने पृथ्वी का विशेष प्रकार का पूजन किया और दोनों ने एक-दूसरे को काटते हुए त्रिकोण बनाए। हमको इसी त्रिकोण के ऊपर बैठकर पूजन सम्पन्न करना था। आसन के चारों तरफ द्वारपाल क्षेत्रपाल सहित सभी देवताओं का पूजन पूरे मंत्रोच्चार के साथ सम्पन्न किया। हर देवता के लिए कुमकुम समर्पित किया।

जिसके बाद उन्होंने उस कुमकुम को लेकर चबूतरे के चारों तरफ एक घेरा बनाया। मैं बैठकर यह सब देख रहा था। घेरा बनाते समय हर तीन कदम के बाद वह बाएँ पैर से जमीन पर तीन बार ठोकर मारती थी, और फिर आगे बढ़ जाती थी। इस प्रकार से उन्होंने पूरा चबूतरा चारों तरफ से कुमकुम के घेरे से बाँध दिया। इतना करने के बाद उन्होंने कुमकुम के पात्र को पुन: हवा में उठाया और वह पात्र हवा में विलीन हो गया।

उसके बाद दक्षिण दिशा की ओर मुख करके मंत्र जाप किया। मंत्र जाप पूर्ण होते-होते एक रक्तिम लाल रंग की लगभग पाँच फुट ऊँची पुरुष आकृति स्पष्ट होने लगी। आकृति के एक हाथ में भाले जैसा कोई अस्त्र था

और दूसरे हाथ में तलवार थी। उसका चेहरा बहुत भयानक था और बाहर लगी हुई मूर्ति से मिलता-जुलता था। त्रिशला ने प्रणाम किया। उनकी देखा-देखी मैंने भी उसे प्रणाम किया। उसने आशीर्वाद मुद्रा में हाथ उठाया। त्रिशला ने बताया, "साधना प्रारम्भ करने के लिए साधना के अधिष्ठाता देवता उन्मत्त भैरव की अनुमति मिल चुकी है। भैरव इस संसार की क्रियात्मक शक्ति है। जैसाकि तुम जानते हो भगवान शिव सदैव ध्यानमग्न होते हैं। अत्यन्त विशिष्ट स्थिति में जब संसार पर किसी प्रकार की आपदा आने वाली होती है या प्रलय की स्थिति होती है, तभी भगवान शिव अपना ध्यान भंग करके क्रियाशील होते हैं। संसार की अन्य क्रियाओं के लिए उनका भैरव स्वरूप ही सक्रिय और क्रियाशील होता है। इनमें से उन्मुक्त भैरव सबसे गोपनीय भैरव है। जिसके विषय में केवल वाममार्गी साधकों के बीच में ही जानकारी है। उसी भैरव स्वरूप का आशीर्वाद और अनुमति मिलने के बाद हम लोग यह साधना प्रारम्भ करने जा रहे हैं।"

चबूतरे पर यंत्र बना हुआ था। वह यंत्र किसी सामान्य यंत्र की ही तरह था। एक त्रिकोण की नोंक ऊपर की तरफ थी और दूसरे त्रिकोण की नोंक नीचे की तरफ थी। इस प्रकार वे दोनों त्रिकोण एक दूसरे को काट रहे थे। उनके काटने से एक षटकोण बन गया था। उसी षटकोण के बीच में बैठकर साधना की जानी थी। त्रिशला ने स्पष्ट किया, "यह षटकोण तंत्र के षटकर्मों का भी प्रतीक है। इस प्रकार के यंत्र का प्रयोग षटकर्म में सभी मनोकामनाओं के लिए किया जा सकता है। केवल उनका मंत्र और क्रियाविधि अलग-अलग हो जाती है। इस यंत्र के मध्य भाग में प्राण प्रतिष्ठा मंत्रों के साथ जब बिन्दु स्थापना की जाती है तब यह यंत्र जागृत हो जाता है। मैं वही करने जा रही हूँ। जब मैं इसके मध्य में बिंदी लगाऊँगी तब तुम उस बिंदी के ऊपर बैठ जाना।" इतना कहकर त्रिशला अपने कार्य में लग गई।

उसने आकाश-पाताल सहित दसों दिशाओं में देखकर मंत्रों का उच्चारण किया। उसके बाद कामाख्या कवच का पाठ करते हुए उन दोनों त्रिकोण के बीच बने हुए षटकोण के मध्य में बिंदी लगा दी। बिंदी लगाने के बाद मैं उसके ऊपर चढ़कर बैठ गया। उस यंत्र पर अब मैं बैठा हुआ था। त्रिकोणों के कटने से जो छह छोटे त्रिकोण बने थे, उनमें से प्रत्येक त्रिकोण में त्रिशला ने अलग-अलग मंत्रों से देवताओं की स्थापना की। उसके बाद

वह भैरव स्तुति करने लगी। भैरव स्तुति पूर्ण होते-होते मेरा अंग पूर्ण उत्थित अवस्था में आ गया। ध्यान पूरा हो जाने के बाद वह गजतुँड मुद्रा में प्रवेश करते हुए मेरे ऊपर बैठ गई और मंत्र जाप प्रारम्भ हो गया।

पूरी गुफा मंत्र उच्चारण से हल्के-हल्के गूँज रही थी। हम दोनों संयुक्त रूप से मंत्र जाप कर रहे थे। लगभग एक लय में मंत्रोच्चार हो रहा था। इस मंत्र को पढ़ने में लगभग यह स्थिति चलती रही और हम दोनों का मंत्र जाप भी चलता रहा। बीच-बीच में मुझे अनियंत्रित होने का आभास होता तो मैं अपनी जंघा पर स्थित गुटका पर हाथ रख गुरुमंत्र का उच्चारण करता। जिससे मुझे अपने आपको नियंत्रित रखने में मदद मिलती। एक-डेढ़ घंटा जब मंत्र जाप हो गया तो लगभग शरीर पर नियंत्रण आने लगा। हम दोनों का मंत्र जाप धीरे-धीरे तेज होने लगा। मंत्र की ध्वनियाँ पूरी गुफा में गूँज रही थीं। ऐसा लग रहा था जैसे हर पत्थर उसी मंत्र का उच्चारण कर रहा हो।

इस प्रकार मंत्रोच्चार करते करते सुबह हो गई। धीरे-धीरे हम दोनों के शरीर में कुछ तरंगें-सी प्रवाहित होने जैसा आभास होने लगा। मेरा शरीर धीरे-धीरे गर्म होने लगा। ऐसा लग रहा था जैसे बुखार हो गया हो। मेरा शरीर जहाँ गर्म होता जा रहा था। त्रिशला का शरीर ठंडा होता जा रहा था। ऐसा लग रहा था जैसे उसके शरीर के अन्दर की ऊष्मा मेरे अन्दर प्रवेश कर गई हो। हम दोनों के मुख से हल्के-हल्के मंत्र जाप हो रहा था। त्रिशला की गतिविधियों से ऐसा लग रहा था कि वह इस साधना में पहले ही सिद्ध हो। उनके चेहरे पर एक अपूर्व शान्ति बिखरी हुई थी। वह बेहद नियंत्रित अवस्था में अभी तक बैठे हुई थी। जबकि मैं कई बार अपने-आपको विचलित महसूस कर रहा था और आँखें चुराने की कोशिश करता था। लेकिन उनकी आँखें लगातार मेरी आँखों देखती हुई थी। उन आँखों में शान्ति के भाव थे।

वह सहज रूप से बैठी हुई थी। हो सकता है पहली बार होने की वजह से मुझे इस प्रकार की अनुभूति हो रही थी। या पुरुष होने की वजह से मैं ज्यादा अनियंत्रित और वह स्त्री होने की वजह से ज्यादा नियंत्रित अवस्था में रही हो। जो भी कारण हो शुरू के कुछ घंटे मेरे लिए तलवार के ऊपर चलने जैसे रहे। मैं बहुत मुश्किल से अपने- आपको नियंत्रित कर पाया। उसके लिए मैं अपनी जंघा पर जो गुटिका स्थापित हुई थी उसे बेहद महत्वपूर्ण मानता हूँ। जिस स्थिति की मैं बात कर रहा हूँ उस स्थिति में अपने-आपको इतने

लम्बे समय तक नियंत्रित रख पाना बेहद मुश्किल है। या यूँ कह लीजिए कि सामान्य परिस्थितियों में यह सम्भव ही नहीं है।

सबसे आश्चर्यजनक बात यह थी कि जो स्थिति मेरे अंग की भैरव ध्यान के बाद बनी थी, वही स्थिति लगातार बनी हुई थी। यह मेरे लिए बेहद आश्चर्यजनक बात थी। जो पुरुष है वह जानते होंगे कि ऐसा होना सम्भव नहीं है, जो विवाहित है वह भी जानते होंगे कि किसी पुरुष में इस प्रकार से स्थिति नहीं बनती है। जिस प्रकार के असामान्य अभूतपूर्व और अद्‌भुत घटनाओं का मैं साक्षी होता जा रहा था, उसमें यह भी एक अद्‌भुत तथा अविश्वसनीय स्थिति थी। पिछले पाँच घंटों से वही स्थिति बनी हुई थी!

मंत्र जाप चलता रहा... रात का समय था और गुफा में केवल उन तीन दीपकों का प्रकाश था, जो आले के नीचे जल रहे थे। अचानक! कमरे में काले रंग का धुआं भरने लगा! धुआं भरते-भरते यह स्थिति हो गई कि दीपक का प्रकाश भी केवल एक बिन्दु जैसा दिखाई दे रहा था और पूरा कमरा काला दिखाई दे रहा था। गुफा की दीवारें भी काली थी। इसलिए ऐसा प्रतीत होता था, जैसे हम किसी काले बक्से में बन्द हो गए हैं। इसमें विशेष बात यह थी कि काला धुआं होने के बावजूद हम लोग आसानी से सांस ले पा रहे थे। दम घुटने जैसा आभास नहीं हो रहा था। यह स्थिति लगभग आधे घंटे तक रही होगी।

आधे घंटे के बाद वह कमरा सुनहरे रंग के प्रकाश से जगमगा उठा और एक क्षण के लिए भगवती महाकाली का जाज्वल्यमान स्वरूप उस गुफा में प्रकट हुआ और विलुप्त हो गया। उसके बाद रातभर कुछ विशेष घटना नहीं हुई और उसी प्रकार संयुक्त अवस्था में मंत्र जाप चलता रहा। इसमें खास बात यह थी कि लगभग हर आधे घंटे के बाद तीव्र संघात की स्थिति बनती थी, जो लगभग पाँच से दस मिनट तक चलती उसके बाद फिर से उसी अवस्था में मंत्र जाप चालू हो जाता। धीरे धीरे सुबह का उजाला फैलने लगा। रेणु माई तभी उस कमरे के अन्दर प्रवेश करती हुई दिखी, उन्होंने हम दोनों की स्थिति पर एक नजर डाली और सन्तुष्टि का भाव चेहरे पर लेकर हम दोनों को आश्वस्त करती हुई, वहाँ से चली गई अर्थात हम दोनों की साधना ठीक चल रही थी। मंत्र जाप जारी था। धीरे-धीरे समय आगे की ओर बढ़ रहा था... सूरज की किरणें धीरे-धीरे प्रखर होती जा रही थी। जो इस बात का संकेत दे रही थी कि धूप बढ़ रही है। लगभग दोपहर का समय

रहा होगा अन्दाजन कहो तो 12 या 1 बजे होंगे, जब अचानक तीव्र झटका त्रिशला ने दिया और उसके साथ ही मुझे ऐसा लगा जैसे मेरे मूल स्थान से तरंगें निकलकर ऊपर की ओर लहराती हुई जा रही हों।

मैं ध्यान की अवस्था में चला गया। उस अवस्था की कोई व्याख्या करना सम्भव नहीं है। यूँ समझ लीजिए कि वह शब्दों से परे है। मेरी भ्रूमध्य में अर्थात दोनों भौंह के बीच वाले स्थान पर हल्के-हल्के सफेद प्रकाश का घेरा-सा दिखाई देने लगा। वह प्रकाश का घेरा धीरे-धीरे बड़ा होने लगा। ऐसा लग रहा था जैसे प्रकाश की कोई बड़ी-सी सुरंग हो और उस सुरंग के मुहाने पर मैं खड़ा हूँ। यह स्थिति कुछ क्षण तक रही होगी। फिर मुझे वहाँ पर त्रिशला का बिम्ब दिखाई दिया। उसने मुझे हाथ पकड़कर अपनी ओर खींचा और हम दोनों दौड़ते हुए प्रकाशीय गुफा की ओर चले गए। आगे सब कुछ प्रकाशमान था। सब तरफ सफेद-सफेद चाँदनी जैसा मध्यम सुखद और शीतल प्रकाश फैला हुआ था और कुछ भी दिखाई नहीं दे रहा था।

हर तरफ सिर्फ सफेद-सफेद दूधिया प्रकाश... यह स्थिति लगभग एक घंटे तक रही होगी। वहाँ पहुँचने के बाद त्रिशला विलुप्त हो चुकी थी। उस पूरे प्रकाश के बीच में मैं अकेला शान्त और शून्य की अवस्था में बैठा हुआ था। ऐसा लग रहा था कि समय वहीं थम जाए, वे क्षण कभी समाप्त ही ना हो और उन क्षणों के साथ मेरा जीवन सम्पूर्ण हो जाए... यह एक प्रामाणिक सत्य है कि जो साधक इस पृथ्वी पर आता है उसके पीछे भगवती महामाया का कोई न कोई निर्देश होता है। वह किसी निर्धारित लक्ष्य की प्राप्ति के लिए ही साधकों को इस धरती पर सिद्धियाँ और साधना का अवसर प्रदान करती हैं। चाहे वह रामकृष्ण परमहंस हों, चाहे वो विवेकानन्द जी हो, हर किसी को किसी न किसी कार्य के निमित्त ही इस पृथ्वी पर भगवती साधक जीवन में जन्म देती है। यह एक तार्किक तात्विक सत्य है जो ठुकराया नहीं जा सकता। इसलिए मेरी वह स्थिति भी समाप्त होनी ही थी।

उच्चस्तरीय तंत्र साधनाओं में स्त्री और पुरुष के संयुक्त स्वरूप में साधना सम्पन्न की जाती है, जो कि वाममार्गी साधना कहलाती है। अघोर साधनाओं का अपना एक अलग संसार है। जिसमें किसी प्रकार का नियम या प्रतिबन्ध, जो समाज में लागू है, वह लागू नहीं होता है । धीरे-धीरे रात गहराने लगी... जैसाकि मैंने आपको पहले ही बताया था उस चबूतरे के नीचे तीन आले बने हुए थे। तीनों में तीन दीपक साधना के प्रारम्भ से ही जल रहे

थे। सम्भवतः वे साधना काल की पूर्णता तक जलने के लिए लगाए गए होंगे। उनके अलावा उस गुफा में प्रकाश का कोई माध्यम नहीं था। रात ढलने के साथ उन दीयों का प्रकाश ही गुफा में प्रकाशित हो रहा था। हम दोनों संयुक्त अवस्था में मंत्र जाप करते हुए बैठे थे। लगभग साढ़े सात बजे होंगे जब मंत्र जाप करते करते त्रिशला ने मुझे पीठ के बल लिटा दिया। अब स्थिति यह थी कि मैं शवासन में लेटा हुआ था और पद्मासन की स्थिति में त्रिशला मेरे ऊपर स्थित थी। मंत्रोच्चार अभी चल रहा था... मुझे ऐसा लगने लगा कि मैं भारहीन-सा हो गया हूँ। त्रिशला का भार भी अब मुझे सिर्फ वायु के स्पर्श जैसा ही महसूस हो रहा था। धीरे-धीरे मेरा शरीर चबूतरे से ऊपर उठने लगा...

ऐसा कहा जाता है कि उच्च स्तर की साधनाएँ पृथ्वी से स्पर्श करके नहीं की जा सकती। उनके लिए अधर में अर्थात वायु में आसन लगाना पड़ता है। यह आसन साधना करते-करते अपने-आप लग जाता है। उसके लिए कोई विशेष प्रयास करने की जरूरत नहीं पड़ती। मेरे पाठक इस बात को जानते होंगे, क्योंकि मैंने पिछली घटनाओं में भी इस प्रकार का वर्णन किया हुआ है। अब स्थिति यह थी कि मैं शवासन में शून्य में लटका हुआ था और त्रिशला पद्मासन में मेरे ऊपर बैठी हुई थी। मैं चबूतरे से तकरीबन एक से डेढ़ फुट ऊपर स्थित था और वहाँ पर स्थिर हो गया था। दस-पन्द्रह मिनट इसी स्थिति में मंत्र जाप होता रहा। मुझे अब सम्पूर्ण देहयष्टि दिख रही थी जो मुझे ज्यादा विचलित कर रही थी। जब स्थिति मुझे नियंत्रण से बाहर जाती हुई लगी तो मैंने पुनः अपने रामबाण उपाय का प्रयोग किया। मदन कामेश्वर गुटिका के पास स्पर्श करते हुए गुरुमंत्र का जाप किया और तब जाकर शरीर पर पुनः नियंत्रण मिला। दोनों का सस्वर जाप जारी था...

चबूतरे के आले के अन्दर रखी हुई दीपक की लपटें धीरे-धीरे बढ़ने लगीं। आले चबूतरे से लगभग चार से पाँच इंच नीचे बने हुए थे। दीपक की लपटें धीरे-धीरे बढ़ने लगीं और मेरे शरीर के पास तक आने लगी। यानी आप समझ लीजिए कि लगभग डेढ़ से दो फुट ऊँची लपटें रही होगी। बत्तियाँ भी मोटी-मोटी थीं, इसलिए लपटे मोटी-मोटी निकल रही थीं। उनकी जलन मैं अपनी पीठ पर, कमर पर और पाँव के पास महसूस कर सकता था। कुछ समय बीता... अब एक लौ मेरे गले के निचले हिस्से को झुलसा रही थी। दूसरी लौ ठीक मेरे मध्य भाग पर थी और उसकी जलन मैं अपने अंग पर भी महसूस कर रहा था। सम्भवतः उसकी जलन त्रिशला को भी हो रही थी,

क्योंकि वह भी अपनी जगह पर हल्के-हल्के कसमसा रही थी। तीसरी लौ मेरे टखनों के पास थी। तीनों बेहद तकलीफदेह स्थिति में पहुँचा रही थी। साधना के बीच में इस प्रकार की परीक्षण हो सकते हैं यह तो मुझे मालूम था, लेकिन यह परीक्षण बड़ा ही पीड़ादायक था...

कुछ देर में कमरा चमड़े की जलने की बदबू से भरने लगा... वह बदबू मेरे चमड़े के जलने की थी... मैं स्पष्ट महसूस कर रहा था कि वह लौ धीरे-धीरे मेरे चमड़े को जलाकर अन्दर की ओर बढ़ती जा रही है। यह स्थिति लगातार जारी रही... जलन का अहसास धीरे-धीरे बढ़ता गया... इस दौरान मेरे गले के पास वाली लपट मेरे अंगों को जलाती हुई, मेरे गले के नीचे से शरीर को भेदती हुई ऊपर आ चुकी थी। टखनों में भी मैं उसी जलन को महसूस कर रहा था, सम्भवत वह भी पूरा जल चुका होगा। बीच वाली लपट मेरे मध्य भाग को जलाती हुई अब मूल के पास तक पहुँच चुकी थी। मुझे ऐसा लग रहा था कि वह हिस्सा धीरे-धीरे जल रहा है। वह लपट मेरे अंगों को जलाकर नष्ट करती जा रही है। मैं महसूस कर रहा था कि मेरे अंग को जलाने के बाद वह ज्वाला त्रिशला के शरीर में प्रवेश कर गई...

लगभग आधे घंटे तक वही स्थिति चलती रही। अब मैं त्रिशला के चेहरे पर पीड़ा के भाव स्पष्ट देख रहा था। वह भी बहुत प्रयास करके अपने-आप पर नियंत्रण करके बैठी हुई थी। आग की लपटें धीरे-धीरे उसके शरीर से ऊपर की ओर जा रही थी। मुझे भी अपने मध्य भाग से गुजरती उस जलन का आभास हो रहा था। आधे घंटे के बाद उसके ऊपर वाले भाग से अग्नि की लपट बाहर निकलने लगी। ऐसा लग रहा था जैसे गैस कटर की फ्लेम मेरे मूल भाग से प्रवेश करती हुई उसके पूरे शरीर को भेदती हुई सिर के ऊपर की ओर निकल रही है। जलन और दर्द का अहसास लगातार हो रहा था। कई बार ऐसा होता है कि लम्बे समय तक जब पीड़ा बनी रहे तो पीड़ा की आदत हो जाती है। हम दोनों की स्थिति भी वही थी। साधना को बीच में भंग नहीं किया जा सकता था। जलन पिछले कई घंटों से लगातार जारी थी। मंत्र जाप अब भी चल रहा था और लपटें शरीर के तीनों हिस्सों से बाहर निकलकर जैसे अपनी ताकत का प्रमाण दे रही हो। वे लपलपाती हुई निकल रही थी धीरे-धीरे ऊपर बढ़ते-बढ़ते वे छत तक पहुँच रही थीं...

यह स्थिति तकरीबन दो घंटे तक रही होगी। उसके बाद अचानक वह कमरा सुगन्ध से भरने लगा। यह सुगन्ध अजीब-सी थी। जिसे मैंने अपने

जीवन में कभी महसूस नहीं किया था। इसकी खुशबू अष्टगन्ध चमेली और न जाने किस-किस चीज की मिली-जुली -सी थी। धीरे-धीरे मेरे पाँव के पास एक धुँधली-सी स्त्री आकृति प्रकट हुई उसने मेरे पाँवों को पकड़ लिया। जैसे ही उसने मेरे पावों को पकड़ा पैर के पास वाली लौ की तपन शान्त होने लगी... वह लौ अब भी छत तक टकराकर जल रही थी, लेकिन उसकी गर्मी अब महसूस नहीं हो रही थी। धीरे-धीरे वह लौ नीचे की ओर आने लगी और वापस दीये के पास तक पहुँच गई... इसके बाद एक आकृति मेरे सिर की तरफ प्रकट हुई। वह भी एक स्त्री आकृति थी और इस बार मेरे गर्दन के पास वाली लपट भी उसी प्रकार ठंडी होते हुए धीरे-धीरे दीपक तक पहुँच गई...

इसके बाद मेरे दाएँ और बाएँ तरफ दो पुरुष आकृतियाँ प्रकट हो गईं। उन्होंने दोनों हाथों को बाँधकर नितम्ब वाले स्थान पर सीढ़ी जैसा स्ट्रक्चर बना दिया और उसमें मुझे थाम लिया। जैसे ही उन्होंने थामा त्रिशला के सिर से निकल रही लपट भी शान्त होते हुए नीचे आ गई और दीपक के पास समाहित हो गई... वे चारों हमें वापस उसी चबूतरे पर लिटाकर फिर से विलुप्त हो गए... अब वापस शरीर का भार महसूस हो रहा था। मंत्र जाप चल रहा था। नीचे आकर हम वापस फिर उसी मुद्रा में आ गए जिस मुद्रा में हमने साधना प्रारम्भ की थी... पहले नीचे से स्पष्ट कुछ दिखाई नहीं दे रहा था। मैंने त्रिशला के सिर से निकलती हुई लौ जरूर देखी थी। अब इस अवस्था में देख सकता था कि उसके सिर के ऊपर के बाल जले हुए स्पष्ट दिख रहे थे। मेरी गर्दन में भी छेद मुझे आभास हो रहा था और मुझे मूल भाग पर भी और पाँव के पास भी बड़ा-सा जला हुआ छेद दिखाई दे रहा था। जैसे लपट के गुजर जाने के बाद होता है। मर्मान्तक पीड़ा तीनों जगह पर भरपूर हो रही थी, लेकिन किसी प्रकार से मंत्र जाप जारी था। अब जो स्थिति थी उसमें आवाज निकल नहीं रही थी, इसलिए मन ही मन मंत्र जाप लगातार हो रहा था...

ब्रह्म मुहूर्त से कुछ समय पहले वह कमरा दिव्य प्रकाश से जगमगा उठा। अब कमरे में वैसा ही प्रकाश फैला हुआ था, जैसा हम लोगों ने शून्य की अवस्था में देखा था। उसका कोई स्रोत नहीं दिख रहा था, लेकिन पूरा कमरा सफेद रंग के प्रकाश से जगमगा रहा था। रात का समय था, इसलिए ऐसा होने का कोई तार्किक कारण नहीं दिख रहा था मगर गुफा सफेद प्रकाश से जगमगा रही थी... उस प्रकाश के प्रकट होने के बाद एक सफ़ेद रोशनी का गोल छल्ला हमारी तरफ आने लगा। जैसे-जैसे वह हमारे पास आया वह

दो भागों में बट गया। आते समय वह छल्ला सफेद रंग का था। दो भागों में बटने के बाद उसमें से एक छल्ला नीले रंग का और दूसरा छल्ला पीले रंग का हो गया... नीले रंग का छल्ला मेरे शरीर के पास आकर अवस्थित हुआ और पीले रंग का छल्ला त्रिशला के शरीर के पास जाकर अवस्थित हुआ... दोनों छल्ले गोलाकार गति में घूमने लगे...

यह गोला इस प्रकार था कि उसका एक छोर मेरे गुह्य भाग से प्रविष्ट होता था और मेरे मस्तक के उपर स्थित ब्रह्मरन्ध्र से बाहर निकलता था और वह पीछे की तरफ वृत्त बनाता था... ठीक वैसे ही पीले रंग का छल्ला भी त्रिशला के गुह्य भाग से प्रवेश कर ब्रह्मरन्ध्र से बाहर निकलकर उसके पीछे की तरफ वृत्त रूप में मौजूद था... दोनों अपने अपने स्थान पर तेजी से घूम रहे थे... मैं उस छल्ले का अपने शरीर के अन्दर प्रवेश करने से लेकर बाहर निकलने तक को स्पष्ट महसूस कर रहा था... उसका आवागमन ऐसा प्रतीत होता था, जैसे कोई बिजली का करंट नीचे से घुसकर सिर से बाहर निकल रहा है और फिर वापस नीचे से अन्दर प्रवेश कर रहा है...

कुछ समय के बाद दोनों छल्ले आपस में एक-दूसरे के साथ गोल-गोल घूमने लगे। दोनों अलग-अलग घूम रहे थे, कभी वे आपस में एक दूसरे से टकराते थे, तो ज़ोर की आवाज होती थी और चिंगारियाँ निकलती थी... यह स्थिति लगभग एक से डेढ़ मिनट रही होगी। उसके बाद धीरे-धीरे दोनों एक दूसरे के साथ मिलने लगे और उनकी गति बढ़ने लगी। मेरी तरफ वाला छल्ला त्रिशला के बाएँ कंधे के पास से होता हुआ वापस मेरे पास आ रहा था। वही स्थिति उसके छल्ले की भी थी। उसके ब्रह्मरन्ध्र से निकला हुआ छल्ला मेरे बाएँ कंधे के पास स्पर्श किया हुआ था और वह वापस उसके अन्दर प्रवेश कर रहा था... लगभग दस-पन्द्रह सैकंड तक दोनों छल्ले उसी अवस्था में रहे...

उसके बाद एक जोर की आवाज के साथ दोनों आपस में चिपक गए... उनके चिपकने से चिंगारियों की वर्षा चारों तरफ होने लगी। ऐसा लग रहा था जैसे ढेर सारे अनार एक साथ जल रहे हों... उन दोनों छल्लों के चिपकने के साथ ही हम दोनों का भी शरीर एक दूसरे से और कसकर चिपक गया। अब मैं स्पष्ट महसूस कर रहा था कि वह दोनों छल्ले वापस सफेद रंग के हो चुके थे और फिर से वर्तुल गति में चल रहे थे।

इस बार वर्तुल गति करते हुए उन छल्लों की दिशा में परिवर्तन आ चुका था। अब वह मेरे अंग से होकर निकलती और त्रिशला के अंगों से होते हुए उसके आज्ञा चक्र से बाहर निकलकर मेरे आज्ञा चक्र में प्रवेश करके फिर मेरी रीढ़ की हड्डी से होते हुए वापस बाहर निकलकर उसमें समाहित हो रहे थे... शुरू में मध्यम गति में यह चलता रहा और उसके बाद धीरे-धीरे उसकी गति बढ़ती गई। जैसे-जैसे उसकी गति बढ़ती गई हम दोनों का शरीर धीरे-धीरे पारदर्शी-सा होने लगा... सबसे पहले मेरी नजर त्रिशला के चेहरे पर पड़ी! मुझे अब उसके पीछे-पीछे की चीजें दिख रही थी! मेरा शरीर भी धीरे-धीरे पारदर्शी होता जा रहा था! लगभग एक घंटे के बाद यह स्थिति हो गई कि हम दोनों का शरीर पूरी तरह से ऐसा प्रतीत हो रहा था जैसे कांच का या पॉलिथीन का बना हुआ शरीर हो। उसके बीच में सफेद रंग का चिंगारियाँ फेंकता हुआ रोशनी का वह सफ़ेद गोला गोल-गोल घूम रहा था। उसकी गति बढ़ती जा रही थी...

उसकी गति बढ़ते-बढ़ते हम दोनों फिर से ऊपर उठ गए! इस बार हम लोग लगभग उस गुफा की छत के करीब तक पहुँच गए और वही अधर में स्थित हो गए! चक्र वैसा ही घूमता रहा... घूमते घूमते उसने हम दोनों को 360 डिग्री में घुमा दिया अर्थात अब हम लोग भी चक्कर काट रहे थे। संयुक्त अवस्था में ही हमारा शरीर गोल-गोल किसी फुटवाल की तरह घूम रहा था! उसकी दिशा बड़ी अजीबोगरीब थी! कभी दाएँ तरफ घूमता था कभी बाएँ तरफ घूमता था। ऐसा प्रतीत हो रहा था जैसे रोलर स्केटर की राइड में बैठे हुए हो, और उसकी दिशा का कोई हिसाब किताब ना हो... वह कभी क्लॉक वाइज घूमता था, कभी एँटी क्लॉक वाइज....

कभी ऊपर से नीचे घूमता था। कभी नीचे से ऊपर यानी उसका कोई हिसाब-किताब समझ में नहीं आ रहा था... हम लोग किसी बड़े ग्रह के आकर्षण में घूमते हुए छोटे से उल्कापिंड की तरह गुलाटी खा रहे थे। सारा शरीर गुफा में उसी प्रकार से इधर से उधर घूम रहा था... अन्त में वह चक्र धीरे-धीरे छोटा होता हुआ फिर से दो टुकड़ों में बट गया। अबकी बार एक भाग मेरे अंग में और एक भाग त्रिशला के अंग में जाकर समा गया। जैसे ही वह समाया हम दोनों वापस चबूतरे पर स्थित हो गए और हमारा शरीर भी धीरे-धीरे वापस सामान्य अवस्था में आने लगा... चबूतरा गुलाब के फूलों से भरा हुआ था। ऐसा लग रहा था जैसे चबूतरे पर गुलाब की चादर बिछ गई

हो। गुलाब से भरे उस चबूतरे पर बैठते ही ऐसा लगा जैसे बर्फ की सिल्ली पर बैठ गए हों...

सारी गर्मी और जलन समाप्त हो गई थी... हम दोनों का शरीर सामान्य हो चुका था। लपटों से जलने के निशान सारे के सारे गायब हो चुके थे... शरीर बेहद हल्का-फुल्का लग रहा था... अब मंत्रों की आवाज भी बाहर निकल पा रही थी। बड़ी देर के बाद मंत्रों को जोर से बोलने का अवसर मिला था। इसलिए हम दोनों जोर-जोर से मंत्रों का उच्चारण कर रहे थे। बाहर प्रकाश फैलने लगा था। यानी सुबह हो चुकी थी। रात के 9 बजे से हम लोगों ने मंत्र जाप प्रारम्भ किया था। उस हिसाब से अगले दिन सुबह के 9 बजे तक हमें मंत्र जाप करना था। दूसरे दिन की सुबह हो गई थी। लगभग 6 बज गए होंगे। अब केवल तीन घंटे का समय शेष रह गया था। जिसे हर हालत में पूरा करना था और इस साधना में सफलता प्राप्त करनी थी।

लगभग आठ-साढ़े आठ बजे का समय रहा होगा तभी मुझे फिर से त्रिशला की तरफ से ज़ोर का आघात महसूस हुआ। उसके बाद आघात की तीव्रता बढ़ती गई। कमरा फिर चमेली की महक से भर चुका था। चमेली की महक बहुत तीव्र थी। त्रिशला का आघात लगातार तीव्र से तीव्रतर होता जा रहा था। लगभग दस मिनट तक वैसी ही स्थिति रही होगी। फिर वापस शान्ति हो गई। यह शान्ति कुछ दस-पन्द्रह मिनट रही होगी। चमेली की खुशबू पूरे गुफा में भरी हुई थी। ऐसा लग रहा था जैसे वह खुशबू हम दोनों के शरीर से ही निकल रही है...

कमरे के बीच में वह चबूतरा था। उसके चारों तरफ काफी जगह थी। उसके चारों तरफ आठ चबूतरे बने हुए थे। उन चबूतरों के कुल आठ घेरे थे यानि कुल चौंसठ चबूतरे और बने हुए थे। गुफा की दीवारों पर वैसी ही आकृतियाँ बनी हुई थी जैसी चौंसठ योगिनी मन्दिर के बाहर बनी हुई थी। ऐसा प्रतीत हो रहा था कि वे आकृतियाँ जीवन्त होती जा रही है। सारी आकृतियाँ जागृत दिखाई देने लगी। मैं सारी आकृतियों को तो नहीं देख पा रहा था, क्योंकि त्रिशला ने मुझे वापस शवासन में कर दिया था। वह उसी प्रकार मेरे ऊपर स्थापित थी। मुझे दाहिनी और बाएँ तरफ की आकृतियाँ दिखाई दे रही थीं। सभी चबूतरों पर एक-एक युगल आकृति स्थापित थी। वे उसी प्रकार संयुक्त अवस्था में थी, जैसे हम दोनों थे और उनमे भी गतिशीलता दिखाई दे रही थी। पन्द्रह मिनट के बाद त्रिशला ने पुनः आघात प्रारम्भ कर दिए,

इस बार आघात की तीव्रता पहले से भी ज्यादा थी... सम्भवतः साधना का अन्तिम चरण आ चुका था।

जैसे-जैसे त्रिशला की तीव्रता बढ़ती जाती थी आकृतियों में भी तीव्रता में वृद्धि होती जा रही। मैं अपने चारों ओर आकृतियों को देख सकता था। आघातों की तीव्रता बढ़ती जा रही थी... जैसे-जैसे तीव्रता बढ़ रही थी मुझे अपनी रीढ़ की हड्डी में तरंगों के लगातार नीचे से सिर की ओर प्रवाहित होने का आभास बढ़ने लगा। आघातों की तीव्रता लगातार बढ़ती रही और बढ़ते-बढ़ते एक स्थिति ऐसी आ गई, जहाँ पर पहुँचकर उसने मुझे खींचकर वापस प्रारम्भिक स्थिति में बैठा लिया। हम दोनों का माथा आपस में स्पर्श कर रहा था और दोनों एक साथ जुड़े हुए थे। उसके मुँह से तीन बार हुंकार की ध्वनि निकली। उसके बाद किसी विशेष मंत्र का उच्चारण प्रारम्भ हो गया जो शायद उस साधना का समर्पण मंत्र रहा होगा।

मुझे अपने ऊपर नियंत्रण छूटता-सा लगा मैंने पुनः अपनी जांघ पर गुटिका के ऊपर हाथ फेरा और गुरु मंत्र का उच्चारण करने की कोशिश की लेकिन उच्चारण करने से पहले ही हम दोनों एक साथ स्खलित हो गए... स्खलन के साथ ही पूरा मस्तिष्क विचार शून्य हो गया। मंत्रों का उच्चारण भी बन्द हो गया और फिर से हम दोनों चबूतरे से लगभग एक फुट ऊपर उठकर स्थित हो गए। हम दोनों की आँखें बन्द थीं और दोनों एक-दूसरे से जैसे मिलकर एक हो गए हो। बेहद शान्त आभास होने लगा ऐसा लग रहा था जैसे भयानक तूफान आने के बाद सब कुछ शान्त और स्थिर हो गया हो। मेरी आँखें बन्द थीं लेकिन बन्द आँखों से भी मुझे अपने आसपास जो भी हो रहा था, वह दिख रहा था मैं अपने-आपको भी देख पा रहा था। त्रिशला को भी देख पा रहा था।

अपने चारों ओर घूम रही उन चौंसठ योगिनियों की आकृतियों को भी देख पा रहा था, जो अब युगल रूप में आशीर्वाद की मुद्रा में हमारे चारों ओर खड़ी हुई थीं। थोड़ी देर के बाद वह सारी आकृतियाँ वापस अपने-अपने आलों में चली गईं और हम दोनों भी वापस चबूतरे पर स्थित हो गए। लेकिन अभी हम दोनों जुड़े हुए थे, ऐसा लग रहा था जैसे हमको किसी शक्ति ने जोड़े रखा हो। मैंने अलग हटने की कोशिश की लेकिन हट नहीं पाया। तभी... कमरे में रेणु माई का आगमन हुआ। उन्होंने सन्तुष्टि के भाव के साथ हम दोनों को देखा। उन्होंने हम दोनों के सिर पर एक-एक हाथ रखा। उनका हाथ

लगते ही बिजली के झटके जैसा अहसास हुआ उसके बाद ऐसा प्रतीत हुआ जैसे अंग से श्रवित द्रव्य वापस अन्दर की ओर खींच रहा हो।

मैंने योग में इस क्रिया के विषय में सुन रखा था। इसे वज्रोली क्रिया कहते हैं। यह योग की सबसे जटिल क्रिया मानी जाती है। इस क्रिया को सीखने के लिए कई वर्षों का निरन्तर अभ्यास जरूरी होता है। इसमें साधक अपने युगल क्रिया के बाद स्रावित द्रव्य को उसी अंग के माध्यम से वापस अपने शरीर में खींच लेता है। वही सूक्ष्म रूप से इड़ा-पिंगला और सुषुम्ना नाड़ियों के द्वारा अन्तर्निहित होता हुआ सीधे ब्रह्मरन्ध्र की ओर बढ़ता है। वहाँ वह सहस्रार चक्र को स्पन्दित करता है। कुँडलिनी जागरण के अन्तिम चक्र को सहस्रार चक्र कहा जाता है। जिसकी स्थिति मस्तिष्क के ऊपर बताई जाती है। इसका आकार छतरी के जैसा प्रदर्शित किया जाता है। जिसमें से लगातार अमृत बिन्दुओं की वर्षा होती रहती है।

यह स्थिति कुछ क्षणों तक रही होगी लेकिन सम्पूर्ण शरीर में अजीब-सी ताजगी और ताकत का अहसास होने लगा। फिर से शरीर का तापमान बढ़ने लगा ऐसा लग रहा था, जैसे 102 डिग्री का बुखार हो गया हो। माई ने कुछ शान्ति मंत्रों का उच्चारण किया उसके बाद उन्होंने कुछ इशारा किया। अब हम दोनों का शरीर चबूतरे से निकलकर उनकी तरफ बढ़ने लगा। वह गुफा से बाहर की तरफ जाने लगी। हम दोनों का शरीर भी उसी प्रकार हवा में लटका हुआ उनके पीछे-पीछे जाने लगा। वह नदी के तट तक हमको ले गई। उसके बाद उन्होंने अपने हाथों का इशारा किया और हम दोनों नदी के जल के ऊपर हवा में स्थित हो गए। हम दोनों जैसे ही नदी के ऊपर अवस्थित हुए, नदी की लहरें अपने-आप उफान मारने लगीं। आमतौर पर लहरें समुद्र में ही दिखती हैं, लेकिन मैं देख रहा था कि उस नदी में भी लहरें उठ रही थीं। हम लोग नदी से लगभग डेढ़ फुट की ऊँचाई पर रहे होंगे। नदी की लहरें अब हम से टकरा रही थी । करीब पाँच-दस मिनट तक वे लहरें हम दोनों से टकराती रहीं।

रेणु माई ने अपने हाथों का इशारा किया और लहरें शान्त हो गईं। लहरों के शान्त होते ही हम दोनों धीरे-धीरे पानी में उतरने लगे। उसी मुद्रा में नदी के अन्दर जैसे डुबकी लगाई हो वैसे ही हम लोग पूरा नदी के अन्दर चले गए। अन्दर जाने के बाद फिर से उसी मुद्रा में हम लोग बाहर आए। ऐसा सात

बार हुआ और सातवीं बार जब हम नदी से बाहर आए तो फिर रेणु माई ने कुछ मुद्राएँ दिखाईं। हम लोग वापस उनके पीछे पीछे हवा में ही गुफा की ओर चल पड़े। उन्मत्त भैरव की मूर्ति के पास पहुँचने के बाद उन्होंने सामने के चबूतरे पर हम दोनों को स्थापित कर दिया।

उसके बाद अपने हाथ में रखे हुए कमंडल को हवा में उछाल दिया। वह कमंडल सिर के ऊपर आकर तिरछा हो गया और उसमें से दूध गिरने लगा। ऐसा लग रहा था जैसे हम लोगों का अभिषेक हो रहा हो। माई का मंत्र जाप साथ में जारी था और वह दूध हमारे ऊपर लगातार गिर रहा था। लगभग आधे घंटे तक यह क्रिया चलती रही और लगातार हमारे ऊपर उस छोटे से कमंडल से दूध भी गिरता रहा। आधा घंटा बीतने के बाद हम दोनों का शरीर स्वतंत्र हुआ। हम दोनों उनके चरणों में साष्टांग दंडवत प्रणाम करते हुए लेट गए। उन्होंने दोनों को उठाकर अपने सीने से लगा लिया और कहा, "तुमने सफलता प्राप्त कर ली है। मुझे तुम पर गर्व है। चलो। अब उन्मत्त भैरव का आशीर्वाद प्राप्त करो। जब तक मैं ना कहूँ तब तक उनके चरणों से उठना नहीं।"

उन्मत्त भैरव के सामने हम लोग दोनों दंडवत हो गए। त्रिशला ने उनका दाहिना पैर पकड़ा और मैंने उन्मत्त भैरव का बाया पैर पकड़ा। अंगूठे पर अपना माथा टिकाकर दंडवत मुद्रा में लेट गए। वह कमंडल अब हमारे ऊपर से हटकर उन्मत्त भैरव के सिर के ऊपर चला गया। उसमें से सुगन्धित तेल की धारा निकलने लगी। सबसे पहले तेल की धारा भैरव के ऊपर से बहती हुई हमारे ऊपर से बहकर नीचे की तरफ जा रही थी। उसके बाद भैरव कवच का पाठ किया और 108 नाम के साथ उनका पूजन किया। भैरव मूर्ति चैतन्य हो चुकी थी। उनकी आँखें किसी लाल बल्ब की तरह चमक रही थीं। मूर्ति लाल रंग के प्रकाश से चमचमा उठी। पूरी गुफा उस लाल प्रकाश में नहा गई। हम तीनों दंडवत मुद्रा में लेट गए। धीरे-धीरे सबकुछ सामान्य हो गया।

हम लेटे हुए थे, माई ने हम दोनों को उठ जाने के लिए कहा। हम दोनों खड़े हो गए। उन्मत्त भैरव जी को प्रणाम करने के बाद रेणु माई के चरण स्पर्श करके उनके सामने खड़े हो गए। रेणु माई ने हम दोनों को बाहर चलने का इशारा किया। हम दोनों उनके पीछे-पीछे फिर से गुफा के बाहर नदी की तरफ चल पड़े। नदी तट पर पहुँचकर उन्होंने हम दोनों को कमर तक पानी में खड़ा कर दिया और एक दूसरे का तर्पण करने के लिए कहा।

हम दोनों ने एक दूसरे के अंगों में 108 बार जल समर्पित किया और पुन: वापस बाहर आ गए।

माई बोली, "यह साधना बेहद जटिल है। इस साधना से जहाँ कामेश्वर सिद्धि प्राप्त होती है वही चौंसठ योगिनिओं की भी कृपा प्राप्त होती है। योगिनियों की कृपा प्राप्त किए बिना उच्च स्तर की साधनाएँ सम्भव ही नहीं है, क्योंकि महाविद्याओं के साथ योगिनियाँ चलती हैं। उन्हें प्रसन्न किए बिना महाविद्याओं के पास पहुँचना सम्भव नहीं है। तब तक सम्भवत: दोपहर का एक बज चुका था। हम दोनों ने त्रिशला से विदा ली। रेणु माई मुझे उसी रहस्यमय गुफानुमा रास्ते से होते हुए वापस पहले वाले कक्ष में ले आयी। यह वही कक्ष था जिसमें मैंने हत्था जोड़ी की साधना की थी। वहाँ पहुँचने के बाद रेणु माई ने फिर से दीवार की ओर त्राटक करते हुए मंत्रों का उच्चारण प्रारम्भ किया।

लगभग आधे घंटे तक मंत्रोच्चार होने के बाद उन्होंने मेरा हाथ पकड़ा और मेरे सिर पर हल्के से हाथ फिराया। उसके बाद उन्होंने मुझे एक योगिनी मंत्र प्रदान किया। उन्होंने कहा, "तुम अब इस चौंसठ योगिनी मन्दिर में प्रवेश करने के अधिकारी हो चुके हो। इसलिए मैं तुम्हें यह मंत्र दे रही हूँ। यह मंत्र तुम्हें वह क्षमता प्रदान करेगा जिससे किसी भी चौंसठ योगिनी मन्दिर के अन्दर तुम प्रवेश कर सकोगे। वहाँ के गुप्त साधनात्मक जगत का अनुभव भी कर सकोगे।" वह आगे बोलीं, "पिछली बार इस दीवार को पार करने के लिए मैंने अपने मंत्रों का उच्चारण किया था। इस बार बाहर जाने के लिए तुम इस मंत्र का 108 बार उच्चारण करो। भैरव और योगिनी का ध्यान करो, उससे यह गुप्त द्वार खुलेगा।" मैंने योगिनी मंत्र का 108 बार उच्चारण किया उन्मत्त भैरव को ध्यान किया और दीवार की ओर त्राटक करना प्रारम्भ किया। लेकिन दीवार वैसी की वैसी थी।

मैंने असफलता के भाव लेकर माई की ओर देखा। उन्होंने आश्वस्त किया और दोबारा से करने को कहा। मैंने फिर से 108 बार उच्चारण किया, भैरव ध्यान किया और त्राटक करने लगा। लेकिन फिर कुछ नहीं हुआ... माई ने फिर से करने के लिए कहा। ऐसा लगभग दस बार हुआ। ग्यारहवीं बार उन्होंने जब मुझे फिर से करने के लिए कहा तब तक मैं अन्दर से कहीं ना कहीं निराश तो था ही लेकिन मुझे पता था कि जब वह करवा रही हैं तो उसमें कुछ रहस्य होगा! मैंने ग्यारहवीं बार फिर से भैरव ध्यान किया। इस

बार मैंने आँखें बन्द कर उन शक्तियों को याद किया जो साधना के दौरान मेरे चारों ओर विद्यमान थी। अपने मानस पटल पर स्पष्ट करते हुए मैंने 108 बार योगिनी मंत्र का जाप किया और जब आँखें खुली तो...

सामने का पत्थर धीरे धीरे पारदर्शी होता जा रहा था.... फिर मैंने उन्मत्त भैरव का ध्यान किया और ध्यान पूरा होते-होते वह पूरा पारदर्शी हो चुका था। मैंने रेणु माई की ओर देखा उन्होंने मुस्कुराकर मेरी ओर देखा और कहा, "तुम्हारा मेरा साथ यहाँ पर समाप्त हुआ... अभी तुम्हारे सामने इस रहस्यमय संसार के बहुत सारे रहस्य खुलेंगे...

अहंकार और प्रदर्शन से बचना इष्ट और गुरु के प्रति हमेशा श्रद्धा और समर्पण का भाव रखना... तुम्हारा कल्याण हो... अब तुम जाओ मुझे अभी यहाँ और कुछ काम है।"

मैंने उनके चरण स्पर्श किए माई ने आशीर्वाद के रूप में मेरे सिर पर हाथ फेरा... मेरे माथे पर चुम्बन लेते हुए मुझे विदा किया... मुझे ऐसी अनुभूति हो रही थी जैसे मैं अपनी माँ से बिछड़ रहा हूँ... हम दोनों की आँखें नम थीं... लेकिन प्रकृति का विधान है कि जो मिलता है वह बिछड़ता भी है...

नम आँखों से उन्हें देखता हुआ हाथ जोड़कर उस पारदर्शी द्वार से बाहर निकल गया। बाहर निकलने के बाद मैंने पीछे मुड़कर देखा। अभी माई दिख रही थीं उनकी आँखें भी नम दिख रही थीं... धीरे-धीरे वह पत्थर अपने मूल स्वरूप में वापस आ गया। अब कहीं से ऐसा प्रतीत नहीं होता था कि उस पत्थर से कोई अन्दर भी जा सकता है... दोपहर का समय था। बाहर निकलने के बाद मुझे याद आया बनर्जी दादा को तो मैंने कुछ बताया ही नहीं था। जरूर चिन्ता कर रहे होंगे। मैं वापस रामपुर की ओर चल पड़ा। लगभग एक घंटे बाद मैं दरवाजे पर खड़ा था। वापी ने दरवाजा खोला और मुझे देखकर खुशी से आकर मेरे गले लग गया और जोर से चिल्लाया, "दादा आ गए! दादा आ गए! हम दोनों साथ साथ अन्दर गए। बनर्जी दादा भी तब तक कमरे से बाहर आ चुके थे। मैंने उनके चरण स्पर्श किए और अपने कमरे में चला गया।

—————